토메이토와
포테이토

토메이토와 포테이토

2011년 9월 5일 제1판 제1쇄 발행
2017년 5월 21일 제1판 제4쇄 발행

지은이   강병철
그린이   스튜디오 돌
펴낸이   강봉구

펴낸곳   작은숲출판사
등록번호   제406-2013-0000801호
주소   100-250 경기도 파주시 신촌로 21-30
전화   070-4067-8560
팩스   0505-499-8560
홈페이지   http://littlef2010.blog.me
이메일   littlef2010@naver.com

© 강병철, 스튜디오 돌

ISBN 978-89-965430-5-3 43810
값 11,800원

이 도서의 국립중앙도서관 출판시도서목록(CIP)는 e-CIP 홈페이지(http://www.nl.go.kr/ecip)와
국가자료공동목록시스템(http://www.nl.go.kr/kolisnet)에서 이용하실 수 있습니다.
(CIP 제어번호 : CIP2011002918)

강병철 성장소설

토메이토와 포테이토

글 강병철
그림 스튜디오 돌

작은숲

차례

I 낯선 서울 생활

II 친구여 안녕히

I

낯선
서울 생활

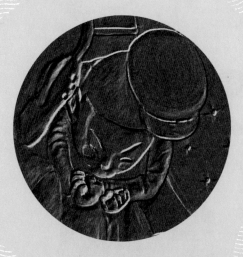

무서운
동 서기

어머니는 보따리를 인 채 전봇대에 기대어 서 있었습니다.

– 무거워서.

보따리를 내렸다간 혼자서는 다시 들어 올릴 수가 없어서 전봇대에
기댄 채 힘을 모았다가 다시 걷는 것입니다. 치마꼬리에서 쇠비름
냄새가 좌르르 쏟아졌습니다.

아현시장 입구 동사무소.

파란 페인트 출입문이 열리면서 사람들의 눈초리가 두 뺨으로 끈
적끈적 달라붙었다. '전입계' 팻말 아래로 서류를 밀어 넣는 공주댁
158센티, 47킬로의 손끝이 가느다랗게 떨린다.

"······저기."

동 서기가 골똘하던 서류 작성을 멈추며 고개를 반짝 치켜 올린다.

"12통 5반으로…… 전입 신고 하러……."

어지럽다. 알전구 불빛을 정면으로 받은 안경알이 사이클 바퀴처럼 뱅그르르 돌았기 때문이다. 사이클 동 서기162센티, 63킬로가 서류 봉투를 펼치며 갸웃거리는 시간이 길어지는 만큼 불안감이 불어나기 시작한다. 잠시 후 얼굴이 일그러지면서,

"씨구다."

'얼씨구'에서 '얼' 자를 빼고 '씨구' 뒤에 '다' 자를 조합시킨 것이다.

어디서 나타났을까. 햇살이 커튼 틈새로 쏟아지면서 그늘 속에 감춰졌던 먼지 더미를 뿌옇게 드러낸다.

'감출 수 없구나.'

강철이는 가슴이 철렁한다.

위장 전입 탓이다.

그랬다. 아버지 성 선생은 편법 전입을 통해서라도 아들의 진검 승부를 보고 싶었다. 이미 상경해 살던 형과 누나, 남매의 자취방으로 강철이의 몸만 옮기는 것이다. 그러나 학교와 동일 지역의 거주지 주소가 필요하므로 일단 유령 주소를 만들어 가족 전체가 이사한 것처럼 꾸미려 한 것이다. 그걸 들키려는 순간이다.

"진짜 이사 온 거욧? 아주마이."

당연하지만 여기서는 그냥 '아줌마'가 되었다. 시골에서는 선생님의 부인이었으므로 사모님으로 불리었지만 그런 끝발들이 이역만리 서울 바닥에서 먹힐 리가 없었다. 그래도 그렇지 '아주머니'도 아니고 '아주마이'라니.

"…… 니에."

"다시 대답해 봐요. 크게. 머라구?"

"에. 얘가 공부를 좀 하니까. 부모로서 마땅히……."

라고 말을 이으려는 순간,

"'에'가 뭐요? 엥."

사이클이 애들 다루듯 답변 연습시키는 바람에 공주댁의 거짓말 실력은 낙제 점수가 되었다. 말꼬리를 흐리자마자 그대로 던진 갈고리에 코가 꿰인 것이다. 공주댁은 이마에 찍힌 표창을 고스란히 감당하며 억지로 태연한 표정을 짓는다.

이상하다. 고개를 흔들 때마다 사금파리 소리가 연신 짤그락거리는 것이다. 호박 덩굴처럼 주렁주렁 매달린 백열등 아래로 빨간 모자를 쓴 유격 조교의 호령이 터진다.

"저기 보이는 전봇대까지 뛰어갔다 왓."

5.16 직후였던가.

서해안에 위치한 수산읍 양대리와 부성면 가사리 사이 어디쯤에 개척단이라는 수용소 막사가 있었다. 전국의 부랑아들을 잡아들여 새로 지은 막사에 집어넣고 훈련과 작업을 되풀이시키는 곳이다. 그네들이 가끔 단체 외출이라도 나오면 토종 청년들과 패쌈이 벌어지기도 해서 신작로 전체가 뒤숭숭했다.

국민학교 2학년 때 견학 겸 소풍을 갔을 때 보았던.

뺑뺑이 돌던 군복들의 훈련 영상들이 떠오르는 것이다. 개척단 유격 조교의 호루라기 소리 따라 수용소 사내들은 '싯싯' 신음을 터뜨리며 박박 기고 뒹굴었다. 그러다가 흙투성이 사내들의 몸이 돌연 마을 아낙네의 몸뚱이로 쫙 바뀌는 것이다. 방댕이 큰 아줌니들이 퉁퉁 불은 볼로 그렇게 뺑뺑이 도는 필름이다. 어지럽다. 그 아줌마들 틈에서 어금니 다문 어머니의 모습이 보이는 듯했는데…….

"박노석 씨 댁인데 어째서 아주메이 집이죠? 거기가?"
깜짝 놀라 정신을 차린다.
사이클은 여전히 한 단계 더 낮춰진 '아주메이'라는 단어로 가슴에 못을 박는 중이다. 강철이는 그저 미꾸라지 비늘처럼 땀이 찬 공주댁의 손바닥만 바싹바싹 죄어 볼 뿐이다.
"문간방 전센데……."
"전세 같은 소리."
공주댁이 마른 침을 삼킨다. 포식자와 먹잇감, 그 팽팽한 긴장감이 전선을 만든다.
"번지수를 잘못 찾았어. 아줌마. 그 집은 재벌은 아니지만 갑부 수준은 되는 집이요. 셋방 같은 거 안 해."
"새로 이사 왔거든유. 아니, 요……."
공주댁은 '유'를 재빨리 '요'로 바꾸었다.
"한번 가 볼까? 진짜."
"…… 좋아, 요."
사이클이 창구 바깥으로 벌떡 튀어나올 줄은 전혀 예상하지 못했다. 엉거주춤 뒤를 따르던 공주댁의 발걸음이 차츰 더뎌진다. 그러다가 골목 앞에서 걸음을 멈춘 채 전신주에 등을 붙인다. 편지 봉투를 꺼내어 오백 원짜리 세종대왕 지폐 한 장을 넣는다. 밀가루 한 부대 값이 자라목 움츠린 채 편지 봉투 속으로 들어갔다.

'뇌물이란 거구나.'

골목길 구멍가게 간판을 기웃거리는데 찬바람이 쏴아 밀려와 소년의 그림자를 폭싹 덮는다. 오줌이 마려우면서 온몸으로 좌르르 전율이 흐른다.

사랑이여 그대
나에게로 오라

그 노래다.

갯마을 처녀들이 그믐달 끌어안고 부르던 그 가락이다. 석자 누나 패거리들은 '염전 바닥 소금 긁기' 밤 작업을 벌일 때마다 고무래를 당기며 콧노래로 합창했다. 노랫소리가 커지면 겁이 사라졌다. 그랬다. 처녀들은 밤마다 염판장 소금을 긁기 위해 강철이네 앞마당을 가로질렀다. 아카시아 수풀 너머 개울 따라 쪼르르 내려가다가 개펄 끄트머리로 소금 긁는 염판장이 있었다.

염전 옆에는.

바닷물을 따로 모으는 소금 생산용 저수지가 차례로 세 곳이 이어져 있었다. 첫 번째 저수지가 가장 넓었고 뒤로 갈수록 점차 면적이 좁아졌다.

먼저 바닷물을 첫 번째 저수지에 가둔 채 일주일쯤 증발시킨 다음 수문을 열고 바닷물을 옆 저수지로 옮긴다. 거기서 다시 보름 동안 증발시키다가 마지막 저수지로 옮겨 염분의 농도를 더욱 진하게 숙성시키는 것이다. 마지막 저수지는 염분의 농도가 워낙 높아서 웬만한 사람들은 사해처럼 몸이 둥둥 뜰 정도였다. 막판에는 물레방아를 돌려 수로 구석까지 박박 긁어 염전으로 끌어올렸다. 인부들이 물레방아 계단을 밟을 때마다 바퀴가 아래로 내려가면서 바닷물이 염전으로 쏠려갔다. 고무래로 염전 바닥의 소금을 긁는 게 마지막 단계다. 그랬다. 갯마을 처녀들은 밤마다 소금을 긁었고 낮에도 밭을 매다가 종아리에 남아 있는 소금 더께를 긁어 대기도 했다.

"오디 가능 겨?"

"갯바람 쐬러…… 히히."

처녀들이 밀짚모자로 얼굴을 가린 채 모깃불 사이로 킬킬킬 몸을 감추면 대밭 사이로 부엉이 울음이 꾸우꾸우 들리기도 했다.

그러던 어느 날 염전에서 석자 누나가 보이지 않았다.

서울 삼각지 어디쯤 식모살이를 떠났다는 소문만 문풍지 사이로 파고들었다. 미자와 금순이 그리고 석순이나 영희 같은 또 다른 갯마을 처녀들도 하나씩 국민학교를 졸업하자마자 석자처럼 일터를 찾아 그렇게 서울로 떠났다.

늦가을, 씨암탉들이 한꺼번에 죽던 날.

모샛뜰 석자는 그리도 슬프게 울었다.

맨 처음 강철이네 닭들이 떼잡이로 죽어 나자빠지자 조심성 많은 성 선생이 진둔병 냇가에 파묻어 버렸다. 그걸 대밭집 서 씨네가 두 마리를 파내어 삶아 먹었는데 사흘 후에 그 집 닭들이 싸그리 죽어 버린 것이다. 다시 석자네 아버지가 서 씨네 죽은 닭 한 마리를 몰래 들고와 삶았는데 나흘 뒤에 석자네 닭 스무 마리까지 죄다 돌림병으로 쓰러져 버렸다. 씨암탉들을 팔아 중학교 입학금과 종잣돈을 마련하려 했는데 하늘이 무너진 것이다.

석자는 중학교를 포기하고 졸업하자마자 당장 호미를 들고 밭 매는 아낙네 틈에 끼어들었다. 한 달 후 키도 더 크고 가슴도 봉곳이 솟기 시작하던 이른 봄, 식모살이 괴나리 보따리를 든 석자는 신새벽 완행버스에 올랐다. 읍내에서 서울행 직행버스로 갈아탈 거라며 생글생글 웃었다.

슬픔일랑 물러가고
행복이여 오거라

사이클은 골목길에서 가장 그럴듯한 이층집 앞에서 걸음을 멈추었다. 바로 뒤에서 두 모자가 고무신 코끝을 굽어보며 죄죄죄 앞으로 끌려 나오는 것이다.

꽃무늬 커튼이 보이는 파란 철창 옆구리로 '박노석'이라는 문패가 붙어 있다. 공주댁이 준비한 흰 봉투를 만지작거리며 심판관 앞에서 쭈뼛쭈뼛 몸을 조아린다. '도마 위의 생선'이 치마끈에 손바닥을 비벼대는 것이다.

'저런 방법이 통할 수도 있나.'

오징어처럼 쪼그라들면서도 '혹시' 하는 기대를 걸어 본다.

"…… 아저씨."

"됐수다."

공주댁의 목소리가 쌍동 끊겨버린다.

유리알 반사경 탓일까.

경멸이 비수처럼 가슴을 찌른다. 고무줄 도막이 튕겨지면서 반지르르 번지는 그 눈빛과 맞서기 위해 강철이는 아랫배에 힘을 쏟는다. 갑자기 똥이 마려웠지만 '독안의 쥐'는 미주알 틀어막고 기다리더라도 눈꼬리를 내리면 안 된다. 굴레방다리 교각이 무너질 것 같다. 캄캄하다.

그때 공주댁이 보따리를 바싹 당기더니 봉투를 쑤셔 넣으며 어금니를 옹문다. 구부린 어깨를 뻣뻣하게 펴더니,

"아저씨, 함부로 무시하지 마세요."

오뚝이처럼 일어선 공주댁의 눈빛에서 아까 아프게 찍힌 표창보다 더 많은 쇳날들을 뾰족하게 세워 고스란히 돌려보내는 중이다. 이번에는 오히려 사이클의 얼굴이 벌겋게 물들 참이다.

"세상과 잘 싸우게 하려고 이러는 거요. 키는 작지만 속을 꽉 채울 거요."

반격이다. 어금니 깨무는 공주댁이 초가을 대추처럼 단단하게 서 있는 중이다.

아무튼 전학 수속을 마치긴 했지만.

아현동에선 방을 포기했고 형과 누나가 원래부터 자취하던 예전의 원효로 골목길로 다시 몸을 옮겼다. 깨진 창살로 찬바람이 을씨년스럽게 쏟아지는 가을밤, 남매의 자취방에서 일기를 썼다. 이부자리 두 채에서 사춘기 삼 남매가 웅크려 새우잠을 자는 그 방이다.

1968년.

권오병 문교부 장관은 그해 서울 지역만의 중학교 무시험 입시 정책을 전격 발표했다. 이듬해에는 부산, 그 다음 해에는 대구, 인천, 광주까지 5대 도시로 확대시키고 마지막으로 대전을 비롯한 전국 도청 소재지까지 중학교 평준화를 위한 뺑뺑이 청사진을 세운 것이다.

성 선생은 평준화 정책을 안타까워했다. 경기중학교와 경기고 그리고 서울대학교로 통하는 'KS 고속도로'가 아들놈의 등용문이 되기를 갈망하면서 여기저기 그물을 걸쳐 놨는데 느닷없이 서울특별시 중학교 무시험 제도가 터진 것이다.

문교부는 집안 전체가 이사하지 않으면 서울 진입이 불가능하도록 규정해서 지방 학생의 서울 진입을 사실상 차단해 버렸다. 그래도 지방 토호들은 호시탐탐 서울 진입을 시도했고 성 선생도 그 대열에 편승한 것이다. 간단했다. 큰아들 재길이와 큰딸 선옥이의 자취방에 강철이를 집어넣고 전입 학교 구역에 있는 남의 집에 슬그머니 호적을 얹어 놓을 작정이었는데.

종로 골목 울빼미로

그런 제도가 있었다.

서울 지역 중학교 무시험 입시가 도입되면서 지방 전입생들을 떨이 상품 처박아 넣듯 우르르 야간 학교로 몰아넣는 탁상판 아이디어였다. 권오병 문교부 장관 시절 지방 전입생들을 '학교 찾기 뺑뺑이 의식수동식 추첨기를 뺑뺑 돌리면 배정될 중학교 번호가 찍힌 은행알 비슷한 게 툭 튀어나왔었음.'에 포함시키지 않았다. 촌놈들이 서울권에 진입하려면 그렇게 야간 중학교 3년을 감수하라는 편의주의 발상이었다. 서울 진입을 시도한 올빼미 집단 중에는 간혹 강철이처럼 위장 전입 부류도 있었다.

"우리 학교는 식민지 시절 2부 학교부터 개교를 했으므로 그 전통이 뿌리가 됩니다. 그래서 우리는 밤마다 외로운 등불을 밝히는 주

18 토메이토와
포테이토

경야독의 2부 체제를 영원히 존속시킬 것입니다. 어른이 되어서는 당당하게 밝은 세상에서 일하기 위해 오늘 어두운 2부 학교에 대한 자존심을 힘차게 세우시길 바랍니다."

교장님은 '야간'이란 단어 대신에 '2부'라는 표현을 유독 강조했다.

당연히 빗나간 연설이었다. 우리들은 문교부 행정 처리에 의해 강제로 야간 학교에 끌려왔을 뿐 직장과 학업을 동시에 짊어진 반딧불이 고학파와는 애당초 거리가 멀었다. 네 개 반 250명 중 직장을 다니기 위해 자발적으로 선택한 주경야독파 학생은 한두 명뿐이었고 나머지는 모두 서울권 진입을 위한 지방 유학파들이었다.

마찬가지였다. 2부 학교의 영원한 존속도 절대로 올빼미 중학생들의 자존심이 될 수 없었다. 오히려 그 학교가 빨리 증발되어야 이판사판 뭔가 찾아낼 수 있었으므로 하루빨리 야간 학교 문 닫는 날이 오기를 빌어 볼 판이었다. 어쨌든 훈사는 훈사일 뿐이므로 그냥 흘려버렸다. 어느새 침침하던 강당이 환해졌다. 날이 어두워지면서 전신주 너머로 땅거미가 밀려오면 맞은편 건물 유리창부터 불빛이 하나씩 켜지는 것이다.

올빼미 수업은 오후 네 시 반부터 시작했다.

중학교 입학 초기에는 대개 같은 국민학교 출신끼리 모여 패거리를 만들며 기싸움을 벌이곤 했지만 여기서는 달랐다. 완전히 각자 플레이였다. 지방 전입생들로 구성된 교실은 팔도 이방인들의 집합소가 되었고 당연히 입학생끼리는 생판 모르는 사이였다. 제주도부터 강원, 경상, 전라, 충청의 사투리가 뒤섞인 1학년 교실에서 유학파

학동끼리 주먹 서열 입문식을 호되게 치르는 것이다. 팔도강산 유학파들은 저마다 '나 홀로 자리잡기' 코스를 거쳐야 했다.

하지만 진짜 주먹짱은 이미 배정되어 있었다.

유급생들이었다.

키 순서로 번호를 매기고 자리 배치까지 마쳤는데 교실마다 빛바랜 교복의 중학생 두세 명이 창백한 행색으로 나타난 것이다. 담임님이 뒷자리를 가리키자 그들이 소리 없이 빈자리에 끼어들면서 뻘쭘한 동거가 시작되었다. 일 년 동안 헛바퀴를 돌린 유급생들은 결석 시수가 넘쳤거나 낙제 점수를 받은 일 년 선배 출신들이었다.

일단 일짱 자리는 유급생 차지이므로 제외해 놓고 나머지끼리 경합을 벌이는 것이다. 하지만 나머지 자리도 만만치 않아서 3월초부터 큰놈이건 조무래기건 웬만하면 한 번씩 몸으로 부닥쳐야 했다.

보호막이 전혀 없는 것이다.

갯마을 국민학교 때는 강철이를 찜벅거리는 아이들이 거의 없었다. 공부도 잘했지만 선생님 아들에다가 부잣집의 자제분이었으므로 친구들이 대충 열외시켜 주었다. 그 보호막이 중학교에 입학하면서 깨진 것이다. 겨우 상위권 성적의 평범한 중학생으로 분류되면서, 언제부터였나, 비슷비슷하게 조그마한 아이들만 강철이 옆에 히쭉히쭉 다가와 친구가 되자며 손을 내미는데.

'조무래기로 분류되는구나.'

그런 불안한 예감으로 가슴이 철렁하는 것이다.

올빼미 수업은 밤 열 시 15분에 끝났다.

쉬는 시간은 변소에 잠깐 다녀올 딱 5분만 주었고 저녁 시간 15분 동안에 도시락 뚜껑을 완전히 해결해야 했다. 발 빠른 아이들은 지하 매점에서 라면 한 그릇을 총알처럼 해치웠으며 불량 상급생들은 그 사이에 지하 변소에서 담배 연기까지 뻑뻑 빨아 댔다. 지하실 우중충한 모퉁이에서 벌집처럼 대롱거리는 '식후 연초 불빛'이 두렵고도 늠름했다.

'학생들도 담배를 피우는구나.'

그렇게 숨어서 담배를 피우며 어른이 되는 과정을 만났다.

낮 시간을 어떻게 때우느냐가 올빼미 생활의 가장 난 코스였다.

자취방 골목길을 나서도 아는 사람이 단 한 명도 없었다. 만홧가게에 드나드는 것도 돈이 들어가므로 대개 자취방에 웅크려 앉아 그야말로 무한정 시간을 죽이는 수밖에 없었다. 나중에는 일부러 원효로 자취방에서 무교동 야간 학교까지 한 시간 남짓을 걸어 다니면서 차비와 시간을 동시에 해결했다. 그리고 시청 앞 KBS 홀에서 공개 방송 쇼를 구경하는 것이다.

열한 시쯤, 맨밥에 물 말아 먹고 자취방을 나섰다.

원효로부터 종로까지 걸어가던 길목에서 덕수궁 신호등 건널목으로 꺾어 KBS 공개홀 계단을 오르는 거였다. 사실은 공개 방송인 척 꾸미는 녹화 방송이었다. 송해와 이순주가 사회를 보는 '수요일, 수요일 밤에'에서는 한명숙, 박재란, 김상진 같은 현직 가수도 직접 출연했다.

　운전기사들이 출연하여 노래를 부르는 〈가로수를 누비며〉가 주
된 구경거리였다. 녹화 방송 방청석에서 시간을 때우다 보면 의자
구석구석에서 낯익은 얼굴들이 키득키득 튀어나왔다. 올빼미 친구
들이다. 실업자 아저씨나 쭈그렁 늙은이 투성이인 시멘트 공간에서
그나마 올빼미 중학생들이 무더기무더기 섞여 푸른 콩 소음으로 히
히덕대는 것이다. 가끔 아낀 차비로 십 원짜리 삼립빵을 사서 세 명
이 나눠 먹기도 했다. 동그랗고 노리끼리한 빵 속에 크림이 쬐끔씩
묻어 있는데 몇 입만 베어 물어도 금세 목이 말랐다.
　공개 방송 구경이 끝나면 광화문 동아일보사 유리창 게시판 독파

부터 시작했다. 처음에는 소년동아일보 만화를 보다가 안의섭의 시사만화를 보기 시작했고 차츰 일간지 스포츠면이나 정치면을 읽어 나갔다. 경인 고속도로에 이어 서울과 부산을 관통하는 경부 고속도로를 개통했다는 기사가 눈길을 끌었다. 완공만 되면 드디어 '서울에서 아침 먹고 부산에서 점심 먹는 시대'가 오는 것이다. 가끔 버스 차장의 고달픈 노동량이나 평화시장 미싱공 이야기도 등장했지만 그냥 지나쳤다. 그러다가 '아차, 늦겠다.' 화들짝 놀라 무교동 쪽으로 달음질치기도 했다. 여기저기 전기 스위치 똑딱이는 시간에 교문에 진입하는 나이롱 올빼미들은 시작부터 파김치가 되기도 했다.

야간 학교는 뜬금없이 폐지되었다.
어느 석회 시간_{야간 학교에서는 조회 대신 저녁 석(夕) 자를 써서 '석회'라고 했다.}에 담임님이,
"주간으로 옮겨 준다면 갈 사람 손들어."
새로운 정보를 인심 쓰듯 발표하며 해바라기 미소를 지었다. 아이들은 '설마' 하는 의혹을 품은 채 우우우 팔을 뻗어 올렸다.
"그냥 야간에 남고 싶은 사람."
딱 한 아이가 손을 드는 바람에 아이들이 "에—" 하면서 돌아보았다.
천배_{137센티, 33킬로}였다.
뒷자리 꼬맹이 천배 혼자만 아이들의 집단 표창을 고스란히 받으며 고개를 푹 숙이고 있었다. 키가 작았지만 늦게 입학하는 바람에 빈자리 54번에 배치되었던 천배가 아이들의 조롱 섞인 눈길을 받

는 중이다.

"야간이 좋다는 거야? 또라이."

강철이도 천배를 처음으로 머릿속에 담을 수 있었다. 이상하다. 고개 숙인 채 움직이지 않는데 천배의 머리에서 어항 소리가 출렁이는 것이다.

아무튼 2부 중학교 제도가 폐지되면서 죄 없이 부끄러웠던 올빼미 생활도 싱겁게 끝났고 야간 학교 선생님들도 학생들을 따라 주간으로 올라왔다. 그리고 알았다. 교실의 상황은 낮과 밤이 전혀 다르지 않다는 것을.

엽기적 매타작 그리고 정글북

서울 선생님의 매타작은 훨씬 엽기적이었다.

서울행 6학년 전입 첫날.

그 차이를 확실하게 보여 주었다. 매 맞을 아이를 뒤에서 친구들이 결박하게 한 다음 샌드백 치는 타법은 오히려 고전적인 방식이었다. 두 명이 양쪽에서 팔을 잡고 한 명은 무릎을 구부리지 못하도록 뒤에서 관절을 옥죈 다음 스승님이 '곡괭이 찍기'나 '고양이 발목치기' 시범을 보이기도 했다. 곤장도 때렸다. 범죄자(?)를 책상 위에 엎어 놓고 네 명이 팔다리 한 짝씩 잡게 한 다음 바지를 내리게 하고 빤쓰 위로 판자때기를 올려붙이는 '매우 쳐라' 타법이다.

자동빵 시스템도 있었다.

대기 선수 열 명가량을 동그랗게 세워 놓고 '반우향우 자세에서 원을 그리며 앞으로 갓' 상태로 실시되었다. 동그라미를 따라 돌던 아이들이 담임님 앞에 멈춘 채 자동으로 싸대기를 45도로 눕혔다. 선생님은 윤전기 돌리듯 손바닥을 올렸다 내리기만 하면 되는 것이다. 1초에 한 번씩 '짝 짝' 소리를 터뜨리는 싸대기 기계들은 휙휙 돌아간 고개를 원위치시킨 후 볼을 비비며 다음 차례를 기다렸다.

'마주보고 때리기'는 벗들끼리 증오심을 심어 주는 교육이었다.

처음엔 서로 눈빛을 나누며 손바닥으로 친구의 볼을 살살 밀어내는 시늉으로 시작했다. 그러다가 횟수가 늘어날수록 손바닥의 강도가 더해졌다. 나중엔 '살살 때리면 나만 손해야.' 라는 울뚝배기로 친구의 싸대기를 이판사판 찍고 누르며 악마가 되기도 했다.

올빼미 학교에서도 그런 방식이 이어졌다.

다른 점이 있다면 사춘기끼리의 '정글의 법칙'이 더욱 강화되었다는 것이다. 약육강식의 흐름을 실감나게 체득해서일까. 콧수염이 거뭇거뭇한 덩빠리 사춘기들은 담임님의 '빳따 맞기'보다 '마주보고 서로 때리기'를 선호했다. 담임님이 아이들 열댓 명을 교탁 앞으로 불러놓고,

'각자 때릴 놈 골라.'

그 말이 떨어지자마자 불량 사탕들은 비실이들만 찍어서 비호처럼 어깨를 낚아채었다. 그리고 선생님의 공식적 명령에 따라 살살 맞고 신나게 패는 찬스를 즐기는 것이다. 약골 아이는 그렇게 예서 제서 밟히며 세월을 때웠다.

지금은 6교시 물상 시간이고.

선생님은 늘상 인상을 찌푸리시는 바람에 웃을 때조차 우는 표정이었다. 그래서 별명도 '물상' 대신 '울쌍'이다.

인태167센티, 62킬로, 합기도 1급는 책상 밑에서 오징어 튀김 밀가루부터 쬐끔씩 떼어먹는 중이었다. 쉬는 시간에 필구142센티, 42킬로에게 담치기 심부름을 시킨 뒤 종대, 인태, 오봉이 등 어깨파 너댓 명이 우물쭈물 씹었는데 그 중 하필 인태만 걸린 것이다. 밀가루 껍데기를 죄다 떼어먹은 다음 오징어 맨살 다리를 입술에 넣고 쭉쭉 빨아들이는 순간 울쌍님의 눈빛과 딱 마주쳤다. 나머지 선수들은 재빨리 자라목 숨긴 채 키득대었다. 울쌍님이 까딱거리는 손가락을 따라 인태 혼자 스프링처럼 튀어 나갔다. 30센티 대자로 배를 꾹꾹 찔린 다음 오징어 다리 절반을 입에 문 채 자동으로 무릎을 꿇었다.

강철이는 임창의 만화 〈땡이와 영화감독〉을 보느라 눈길을 서랍 속에 몰입하던 중이다.

구두닦이 땡이가 우여곡절 끝에 톱스타 대열에 오르기 직전 마침내 자기를 키워 준 감독과 아웅다웅 마찰을 일으키는 순간이다. 서울역 노숙자들 틈에 끼어 널브러져 자고 있던 땡이에게 역전 양아치들이 시비를 거는 대목이었다.

먼저 술에 곯아떨어져 있는 땡이가 툭툭 채이는 느낌에 부스스 눈을 뜬다. 우거지 인상파 세 명이 병풍처럼 쿵 둘러싼다. 그때 잠에서 깬 땡이가 사태를 알아차렸다는 표정으로 여유있게 웃으며 건달의 발길질을 무르팍으로 막아 낸다. 그때 감독이,

'땡이야, 벌떡 일어서서 카운터 펀치를 날리란 말이야.'

'앉은 채 면상을 걷어차는 게 더 세련되게 보이는 데요.'

'일단 일어서 보라니깐.'

'아니라니깐요.'

'감독의 명령에 불복종하는 거냐? 촉망받는 스타 후보를 포기할 거야.'

기실 그 만화는 네 번째 독파 중이어서 말주머니를 거의 외우다시피하는 중이었다. 밑바닥 인생을 끝내고 승승장구하던 땡이가 방심에 빠지던 어느 순간 다시 허방다리로 완전히 몰락하는 장면 때문에 어지러웠다. '고생 끝에 낙이 온다.'가 아니라 '아무리 노력했더라도 성공을 자만하면 추락한다.'는 내용이었다.

갸우뚱한다. 그때까지는 순종적인 착한 캐릭터였는데 땡이의 몸값이 커지면서 어느새 자기 주장을 강력하게 내세우는 고집불통 모습이 혼란스러운 것이다. 그러다가,

'좋습니다. 그만두겠습니다.' 하며 벌떡 일어나는 장면에서 강철

이도 흥분된 마음에,

"그만두겠습니다."

만화책 말주머니 문장이 그대로 튀어나온 것이다.

"뭘 그만 둬?"

울쌍님165센티, 58킬로이 뜨악하게 바라보면서 손가락을 까딱인다. 강철이는 만화책을 재빨리 쑤셔 감추고 앞으로 끌려 나간다. 버틸 만하다. 만화책만 뺏기지 않는다면 싸대기쯤이야 얼마든지 감수할 참이다.

울쌍님은 이유를 묻지 않은 채 두 포획자들을 마주 서게 했다. 키 작은 강철이가 인태의 모가지 아래로 폭삭 파묻힌다. 그러거나 말거나 울쌍님은 두 먹잇감에게 늘상 행하던 대로 '서로 때리기'를 시켰다.

강철이가 선방이었다.

차마 손을 댈 수 없어 아주 살짝 볼을 밀어주는 척했을 뿐인데 인 태는 '빽' 소리나게 응답하는 것이다. 울쌍님은 피식 웃어 줌으로써 계속 진행하라는 눈짓을 보여 주었다. 다음 차례에서도 강철이는 볼 에 손을 대고 '세세세' 수준으로 살짝 밀어만 주었다. 그러거나 말거 나 인태는 떡매 치듯 찰싹 올려 부치는 것이다. 아프다. 아프면 별 이 떴다가 불꽃놀이 파편처럼 흩어진다는 사실을 체득하는 중이다.

'참는 데도 한계가 있지.'

강철이도 45킬로 체중을 손바닥에 모은 다음 그대로 날려버렸다.

단 한 방에 인태의 몸이 '욱' 기울면서 흔들흔들한다. 곧바로 드럼 통처럼 벽에 댕그르르 기대어졌다가 문짝 넘어가듯 쓰러진 것이다.

우아아.

아이들의 탄성이 갑자기 커다랗게 소용돌이 치는 바람에 깜짝 놀라 정신을 차렸다.

'내 손바닥 힘이 이렇게 센가.'

울쌍님은 뜨악한 표정이었고 반 전체 아이들의 얼굴은 환하게 펴졌다. 쬐끄만 아이의 매운 고추 위력이 구경꾼들을 통쾌하게 만든 것이다. 강철이 혼자 미안해서 어쩔 줄 모르며,

"괜찮나?"

허리를 굽히며 민망한 표정을 짓는다. 인태는 빠각빠각 장작 빠개지는 소리로 일어서더니,

"이따가 보자…… 젖 같은 스키."

일부러 피한 것은 아니다.

수업 끝 종이 울린 직후 '안 섯' 소리를 들은 것도 같았으나 버스 시간에 쫓겨 그냥 서둘러 나왔을 뿐이다. 야간 수업이 끝난 후 괜히 얼쩡대다가는 자칫 버스가 끊어지기 때문에 올빼미들은 석회가 끝나자마자 우르르 교실을 빠져나오곤 했다. 열 시 10분에 수업이 끝나고 종례와 청소를 마치면 시간이 30분 남짓 흐르는데 막차는 무교동에서 열 시 50분에 끊어질 때도 있어서 간신히 빡빡한 정도였다. 강철이네 원효로쯤이야 차를 놓치더라도 빠른 걸음으로 통행금지 이전에 세이프할 수 있었지만 수색이나 능곡, 화정, 문산, 소사 아이들은 천상 서울역 대합실 노숙자 틈새에 끼어 신세를 져야 할 판이다.

어제 왜
안 왔어 시캬

다음 날 목요일.

KBS 공개홀에서 인태를 만났을 때는 〈가로수를 누비며〉 녹화 프로가 진행되는 중이었다. 일단 어정쩡하게 반가운 표정을 지었다.

"어."

인태도 처음에는 웃는 것 같았다. 입술 모양의 안도감으로 얼굴이 찌그러져 가는 걸 깜빡 놓쳐 버린 것이다.

"이리 와. 스캬."

강철이는 생글생글 웃으며 다가섰다. 화해 모드로 최대한 돌리기 위해 이빨이 드러나도록 하얗게 웃어 주었다.

"어제 왜 안 왔어, 스캬."

"니가 오라면 오고 가라면 가야 되냠? 우낀다."

그 정도면 가벼운 응수다.

"아우 식빵."

"반사."

그런 말장난을 좋아하지 않지만 인태의 수준에 맞추느라 그냥 '반사'라는 단어를 던져 준 것이다. 순간 주먹이 날아온다.

"어느새!"

강철이가 장난처럼 두어 발자국 물러서며 '어느새' 피했다는 신호로 괴성을 질렀다. 이마를 스친 것이다. 정통으로 맞았더라면 퉁퉁 부어오를 뻔했다.

'필시 장난일 거야. 그냥 웃어야 한다.'

그렇게 얼버무리며 과장되게 '쇼숏' 소리를 내면서 공개홀 계단으로 뛰어갔다.

"당디기 당디기 당디기 디기.디기 딕디기 딩딩딩."

"가로수를 누비며어—."

녹화 방송 시작을 알리는 밴드 소리가 일제히 팡파르를 터뜨렸다. 강철이는 일부러 엉덩이를 실룩실룩 흔들며 실내홀 깊숙이 들어섰다. 몸 냄새가 사방에서 코를 찌른다. 방청석 바로 위에서 쭉쭉 빵빵 미니스커트 아나운서가 오동통한 짜리몽땅 청바지 택시 기사를 내려다보는 중이었다. 여자가 남자보다 한 뼘쯤 키가 크다.

"어서 오세요. 어디 사는 누구신가요?"

"코로나 운전수 이문동 김철동입니다."

짜고 치는 고스톱처럼 문답이 술술 터진다. 아나운서가 다시 청바지 사내를 어여쁘다는 표정으로 쳐다보며,

"김철동 기사님, 골목대장 자세로 씩씩하게 입장하셨군요."

청바지 김 기사가 우쭐하며 양 팔을 올려 뽀빠이 알통을 만드는 시늉을 한다. 아닌 게 아니라 들먹이는 티셔츠 소매 사이로 삐져 나온 짧은 팔뚝 알통이 불뚝불뚝 어지간하다.

"칭찬이신가요?"

"당연히."

"기분 좋은데요."

택시 기사 김 기사의 마이크 소리가 방청석 후미까지 낭랑하게 터져 나온다. 강철이는 마이크 소리에 집중하는 척 고개를 뽑았다.

"좋아요. 우렁찬 목소리로 다시 한 번 크게 말씀해 보세요."

"재차 기분 좋습니다."

"이 공개 방송은 삼천리 방방곡곡에 퍼져나가는 전파입니다. 김철동 씨, 우리나라의 시청자 모두 귀가 뻥 뚫리도록 힘차게 소감을 말씀하세요."

"삼차 기분 좋습니다."

"까르르르르르."

아주 쬐끔 웃긴다. 강철이는 객석의 폭소에 동참할까 말까 입술을 들먹이는 중이다.

"무슨 노래를 준비하셨나요.?"

"노란 샤쓰의 싸나이요."

"니엣, 쿡민 카수 한명숙 씨의 노란 샤쓰의 싸나이, 악단, 부탁해요."

그러더니 반주가 나오기 직전에,

"오늘은 화요일 오후 네 시 케비에스 공개홀에서 방청객들과 함께 하고 있습니다."

그렇게 멘트를 놓는다.

사실 지금은 '목요일 오후 한 시'이지만 닷새 앞당겨서 녹화한 다음 내주 화요일 공개 방송으로 편집시키려는 것이다. 쭉쭉빵빵 아나운서가 오른손을 들어 악단들에게 신호를 주는 순간이었다. 김철동 기사의 '어쩐지 나는 좋아'의 '어'를 따라 하려고 입술을 동그랗게 옹무는데 목덜미로 차가운 감촉이 닿는다.

인태다.

어느새 방청석까지 쫓아와 푸르락푸르락 목덜미를 낚아채는 것이다. 혹시 하는 불안감이 현실이 되었지만 계단으로 끌려 나올 때까지는 일단 벌겋게 웃어 주었다.

퍽.

주먹을 예상해서 몸을 숙였는데 꺾은 무릎 니킥이 날아오는 것이다. 십자걸기로 재빨리 아랫배를 막았는데도 손등이 휘어져 버린다.

"윽."

계단 아래로 세 칸이나 밀려났다. 이제 빼도 박도 못 하는 상황이다.

"쿵 쿵 쿵."

밴드 소리가 강철이의 신음 소리를 폭싹 덮어씌운다.

'어쩐지 맘에 들어.'

순식간에 난간을 넘어 아래로 뛰어내렸다. 시청 앞 신호등 앞에 화사한 옷차림의 인파가 무더기 무더기 대기 중이다.

"안 섯. 젖만한 청춘."

"싸우기 싫다니깐."

경적 소리가 노래 소리를 뚫고 승용차 행렬을 밀고 오는 중이다.

"미남은 아니지만 씩시칸 크 싸나이."

'인태는 키 작은 아이들을 동등한 친구로 생각하지 않는구나.'

이런 시시콜콜한 문제로 사생결단을 내기 싫지만 어쩔 수 없다는 생각이 든다. 언젠가 뒤집어 버리지 않으면 큰놈들의 침범이 끝이 없을 것이다. 하지만 주먹을 부들부들 쥐어 보면서도 막상 싸움판에 서면 결의가 서지 않는 이유도 잘 알고 있다.

천성 때문이다. 예전부터 강철이의 주먹은 상대방 얼굴을 향해 끝까지 뻗어 가지 못했다. 국민학교 때도 그랬다. 상대를 메다꽂고 엉덩이 밑에 깔아 놓고도 배 위에서 먼저 눈물을 뚝뚝 흘려서 판정패

가 되곤 했다. 문득 〈상록수〉의 '영신의 독백'을 떠올리며,

'참자. 이보다 더 심한 것도 참았는데.'

되씹어 본다.

그러나 원인 제공은 솔직히 힘이 아니라 키 때문이다. 키는 눈에 보이는 그대로지만 힘은 확인을 해 봐야 알 수 있기 때문이다. 함부로 대하는 큰애들에게 일일이 힘으로 확인시켜야 벗어날 수 있다는 게 기실 얼마나 버거운 일인가.

성 선생은 당신의 어린 날 사례를 들으며 아들을 위로하곤 했었다. 성 선생 역시 유년 시절엔 친구들 어깨 밑으로 들어가는 조무래기였다가 어느 늦깎이 사춘기에 갑자기 훌쩍 커 버린 것이다.

'키는 결국 비슷비슷해진다. 조숙한 아이들은 금세 성장판이 닫혀서 오히려 어른이 되면 키가 작게 되는 경우가 많다. 1990년대 후반쯤 지나면 부잣집에선 자식들 키를 오래도록 크게 하기 위해 일부러 성장판 늦추는 수술을 하는 시대가 온다.…… 키는 세월이 해결해 주니 고민하지 말라.'는 성 선생의 당부다.

어느 정도 과학적인 위로였다. 당신도 큰 편이고 172센티 어머니 공주댁 158센티 역시나 일제 시대 여성들의 키로 평균치를 웃도니까 유전자 원칙상 좀팽이가 나올 수 없다는 설명이다. 특히 성 선생은 하체가 유난히 긴 편이어서 더 크게 보이기도 했다.

그러나 키는 부모 체질의 영향은 23%뿐이고, 영양 상태나 스트레스, 운동 같은 주변 환경 요소의 영향은 70%를 웃돈다고 했다. 그럴

것 같다. 돼지 새끼 열 마리가 한 배에서 동시에 쏟아져도 어미젖을 잘 빼느냐 못 빼느냐에 따라 무녀리와 틈실이로 나누어지지 않던가. 그러니까 잘 먹어야 한다. 하지만 이미 인태보다 키 작은 어른들이 많았으므로 '일찍 큰 아이들이 나중엔 작아지게 된다.'는 말은 설득력이 약하다. 일단 빨리 크고 봐야 한다.

봄비 탓일까.
어둠이 깔릴수록 쇼윈도가 화사하게 빛난다. 그리고 교실에 보름 전에 새로 등장한 전입생 기세146센티, 45킬로와 강철이 두 소년이 하굣길 버스를 기다리는 중이다. 강철이가 뱃살을 문지르며 망설이던 한마디 꺼낸다.
"큰애들이 계속 건드리면……."
목이 멘다.
"참기 힘들어. …… 맞장으로 안 되면 기습 돌격으로."
아직 '흉기'라는 단어가 나오지 않아 다행이라고 생각하는데 기세가 강철이를 쓸쓸하게 바라본다. 그 눈빛에 서린 뜨악한 여유로움이 말문을 닫게 만드는데,
"시간은 어차피 지나가게 되어 있어."
"이대로 견디란 말이냐?"
"나중에 승자가 되면 원수를 은혜로 갚는 서스펜스를 맛볼 수 있을 거야. 지는 싸움에 승부를 걸지 마."
"……지금은?"

"천하의 명검이 호박 하나 찌르고 인생을 망칠 거야."

저런 생각도 할 수 있겠구나. 기세의 특이한 단어 사용과 과장된 비유에 놀람과 안도감이 동시에 쏟아진다. 강철이는 기세에게 놀라움을 표하며,

"넌 특별한 친구구나."

"칭구가 으떠냐?"

"……."

"받침 'ㅇ'이 '0'과 똑같이 생겼잖아. '0'은 없는 존재인 동시에 무한대와 통하거든."

이해가 가진 않았지만 뭔가 특별한 느낌이 오는 것이다. 문득 '서스펜스'란 단어는 조금 어색해서 갸우뚱했다.

정신봉, 사랑의 선물

2학년 초입.

아이들은 새롭게 등장하는 각 과목 선생님의 인상착의 분석에 몰입하는 중이다. 출입문이 빼깍 열리고 주인공의 몸이 등장하기 직전의 짧은 긴장감, 그 스파크만으로도 침이 바싹바싹 마른다. 그리고 첫 인상 한 컷에 '죽었다'와 '살았다'를 재빨리 판단한다.

이번에는 수학 시간이다.

얼핏 마음씨 착한 동네 아저씨처럼 보였다. 까무잡잡 합죽이 아저씨의 빙글빙글 미소짓는 표정을 안심하고 쳐다보았을 뿐이다. 비록 '정신봉, 사랑의 선물'이라는 잉크가 패인 박달나무 몽둥이를 덜렁 덜렁 들고 왔으나 그냥 그런가 보다 넘어갔다. 어쨌든 아이들은 부동자세와 침묵으로 점령군에 대한 예의를 표시했다. 그러나.

손목에 힘이 깊게 들어간 탓일까.

합죽님174센티, 67킬로이 '잉여 인간'이라고 칠판을 부욱— 긁으면서 쌩 찬바람이 불었다. 분필 도막이 대충 부러지는 게 아니라 아예 칠판 바닥을 씨근씨근 문대며 으스러뜨리는 것이다. 죽었다. 아이들이 일제히 화석처럼 굳어 버렸다.

"목숨 걸고 수학을 공부한다. 잉여 인간이 되면 안 되쥐."

마지막 '간'의 'ㄴ'자를 다시 주욱 내리긋는 것이다. 무섭다. 세상에서 가장 소름 끼치는 소리는 분필이 생짜로 찍찍 끌리는 소리다.

"쓰레기로 남는 자는…… 몹시 맞는다."

그렇게 말을 끊는다. '몹시 맞는다.'의 '몹시'라는 단어가 거슬렸지만 이제 무조건 엎드려야 사는 길이다. 합죽님이 칠판 왼쪽 모서리에서 어깨만 비튼 채 다시 분필을 꾹꾹 눌러 댄다.

삐꺽 삐꺽.

마른침 삼키는 소리만 들린다. 고요하다. 부서진 분필 가루가 칠판 모서리를 타고 사르르 미끄러지는 소리까지 들리는 것 같다. 창 밖은 아직 춥다. 이른 봄 꽃샘바람에 버드나무 잔가지만 소리 없이 바르르 떠는 중이다. 그런데 이건 무엇일까?

손 50
목 50
이 50
조 50
웃 50
못 100

암호를 적던 중.

합죽님이 유리창에 '킁킁' 콧김을 뿜는가 싶더니 느닷없이 '휙' 돌아섰다. 그랬다. 무서운 사람이 몸을 비틀면 실제로 '휙' 소리가 나는 것이다. 아무튼 그의 '초장 군기 잡기'는 일단 대성공을 거뒀다. 이제 우리들은 부동자세로 칠판만 뚫어지게 직시해야 한다. 학동들은 글자와 숫자로 조합된 암호문을 해석하기 시작했다.

책상 위에 손을 올려놓으면 50대
목을 움직이면 50대
이빨이 보이면 50대
조는 놈 걸리면 50대
웃으면 50대
문제를 못 풀면 100대

엄포가 아니다.

석고처럼 굳었다가 기계처럼 문제만 풀어 대라는 화두가 아무래도 초장 겁 주기는 아닌 것 같다. 솔직히 매 맞는 이력도 단련된 상태인지라 '죽었다' 복창하며 두어 달 후에 비상계엄령을 풀어 주길 기대하기도 했다. 택도 없는 요망 사항이었지만.

남신상.

교실마다 동안(童顔)을 하나씩 뽑아 '남신상' 감투를 던져 줬는데 2학년 8반에선 강철이가 뽑힌 것이다. 강철이는 이마의 잔주름이 결정적 흠이지만 천성적으로 피부가 뽀얗고 머리카락 결이 가느다랗다. '풋사과의 주름살z'처럼 어정쩡 귀여운 화상이 애매하게 발탁되었던 것이다.

높이 92미터에 무게 225톤.

'자유의 여신상' 축소판인 '쓰레빠짝 남신상'으로 입문된 것이다. 임무는 수업 시작 전에 출입문 앞에 서서 오른손에 슬리퍼를 번쩍 들고 '하잇 히틀러 자세'로 합죽님을 맞이하는 병정놀이 수준이다.

또 한 명은 '수문장 겸직 연락병'이라는 애매한 직책이었다. 합죽님은 태근이168센티, 59킬로를 찍었다. 연락병은 빠릿빠릿 움직이는 역할이고 수문장은 장승처럼 서 있기만 하는 역할인데 합죽님은 두 가지 명칭을 번갈아 사용했다. 덩치 큰 태근이가 복도 끝 모서리에 붙어 앞 건물 교무실 현관을 지켜보고 있다가 합죽님의 모습이 비치면,

"선생님 오신닷."

후다닥 사발통을 띄워야 했다. 나머지 학동들은 '선생님 오신닷.'
의 '닷'자에 타이밍을 맞춰 '수학 찬가'를 합창한다.

여러분 모두 다 공부햇
여러분 모두 다 즐거웁게 공부햇
여러분 모두 다 수학 공부햇

노래는 노래니까 율동과 하모니를 만들어 낸다.

곡조와 가사에 어깨를 맞추다 보면 키득키득 재미가 조금씩 붙기
도 했다. 마지막 '수학 공부 햇'에서 '햇'자를 0.1초 내에 짧게 끊은 다
음 일동 부동자세를 취할 즈음 합죽님이 비식비식 웃으며 교실 문을
여는 것이다. 바로 그때 강철이가 슬리퍼짝을 90도로 쫘악 뽑았다가
뻗친 팔을 90도 방향으로 건널목 차단기 내리듯 의전 행사를 보여
주어야 한다. 짧은 순간 '내가 진짜 자유의 여신상과 비슷한가?' 하
는 몽상에 빠지기도 하면서.

울퉁불퉁 변성기 합창 소리가 리버티 해변의 파도 소리로 바뀌
는 것이다.

금빛 모래 앞으로 아스라이 부서지는 흰 이빨 파도 소리.

탑승객을 꽉 채운 거대한 화물선이 바다를 가르며 뱃고동을 끼익
끽 울릴 때마다 대서양을 건너온 갈매기 떼 끼룩끼룩 날개 치는 환
상에 빠지기도 했다. 그렇게 아메리카 스페리호를 타고 맨하탄 '자

유의 여신상'을 바라보는 흰둥이 이방인들의 시퍼렇게 부푼 희망을 떠올려 보기도 했다.

그런 청교도 환상은 불과 1초 뒤에 '쌩' 사라졌다.

아무 것도 없다. 정신을 차려 보면 숨소리만 새액색 몰아쉬는 공포의 빡빡대가리 교실로 원위치 되는 것이다. 합죽님은,

"서른세 살, 나는 우리 학교에서 세 번째로 젊어."

독수리 발톱을 슬겅슬겅 갈다가 갑자기 '촛' 노려본다. 먹잇감들은 마네킹 눈빛만 뻣뻣하게 고정시킬 수밖에 없다.

"그래서 힘이 넘쳐."

힘이 넘치니까 아무 데나 분필을 던진다는 것이다. 이런 때 헤벌레 웃었다간 박살난다. 합죽님이 던진 분필 조각이 교실 바닥 뚫어진 구멍으로 절묘하게 골인했지만 함부로 웃음보를 터뜨렸다간 사망이다. 미치겠다.

마지막 암호 '못'.

바로 '못'이다.

여섯 가지 조항 중에는 의지로 통제될 수 있는 게 있고 체질적으로 불가능한 항목도 있었다. '손, 목, 이, 조, 웃'까지는 그동안 익힌 체념과 참을성으로 자기 통제가 가능하지만 마지막 '못'은 진짜 불가능했다. '안' 하는 게 아니라 '못' 하는 것이다. 손은 무르팍에서 떼지 않으면 되고 모가지도 석고처럼 굳혀 놓으면 된다. 얼마든지 무뇌 신경으로 화석처럼 버틸 수 있지만 수학 문제 풀이는 상황이 다

르다. 특히 수학이기 때문에 더 그렇다.

한문이나 국사, 기술, 하다못해 영어처럼 달달달 외우는 과목은 베끼고 또 베끼다 보면 어느 정도 밑그림이 그려진다. 그러나 수학은 외워서 되는 게 아니라 해결 능력을 타고나야 한다. '못' 푸는 사람은 아무리 노력해도 '못' 푸는 뇌의 구조를 벗어날 수 없다. 그러니까 학동들은 비상을 걸 때마다 '정신봉 잔혹사'를 몸으로 때우는 수밖에 없다. 뽀드득뽀드득 어금니 깨물며.

자, 운명의 문제 풀이 시간이다.

합죽님은 손톱 끝으로 분필 도막을 툭툭 뜯어 튕기며 '놓고 치기' 시동을 건다. 아이들에겐 정면만 응시할 수 있는 자유가 있다. 승마용 말처럼 눈가리개 장치가 있으면 좋겠다.

'앞만 보인다.'

그 문장으로 자기 최면을 걸면 머리가 아예 하얗게 비어 버린다.

탐색을 끝낸 합죽님이 앞자리 가운데 앉은 천배에게 정신봉을 겨눈다. 미술이건 음악이건 체육이건 맨 앞자리부터 시키더니 합죽님도 또 앞자리만 겨냥한다. 억울한 좀팽이 팔자랄까.

"못 푸는 문제가 하나라도 있느냐?"

칠판에 적힌 문제 몇 개를 묻는 게 아니라 1학년 초부터 지금까지 배운 모든 수학 문제를 통째로 묻는 것이다.

"…… 예."

그 당연한 대답이 지옥 시범 첫 케이스를 만들었다.

이유 불문, 매타작 타임 단추를 눌렀다.

자동빵으로 종아리를 걷고 교탁에 올라선 천배를 보며 '정신봉'이 팔딱팔딱 생기를 띤다. 합죽님은 비식비식 웃는 것 같지만 정신봉 끝에 정확히 1초에 두 대씩 힘을 쏟아 낸다. 인간의 맨살이 몽둥이 100대를 견뎌 내는 '장한 섬유질 덩어리'인 줄을 그때까지 꿈에도 예상치 못했다. 천배가 파들파들 몸부림치면 씨익 웃으며,

"트위스트 하냐?"

종아리 위 아래로 조근조근 구렁이 자국을 내었다.

그렇다고 '매 맞는 다리'끼리도 서로를 아끼고 보듬어 주는 것은 절대로 아니다. 끌려온 종아리가 팔딱팔딱 비명을 지르면 나머지 벗들은 '애해해해' 배꼽 잡는 멍충이 구경꾼이 되곤 했다.

그 소름 끼치는.

'못' 비상령은 갈수록 거칠어졌다.

이 집단 비상에는 빠져 나갈 구멍이 없었다. 합죽님이 판도라 뚜
껑을 열고 계엄령을 걸 때마다 우리들은 원산철교든 의자나 평행봉
이든 원하는 둔갑술을 죄다 보여 주었다. 하루는,

"1페이지부터 118페이지까지 모르는 문제가 단 하나라도 있는 놈
은 새벽 고추처럼 발딱 일어섯!"

'백시이팔 페이지.'

이빨 틈새로 쇳소리를 '찍' 뿜어 댔지만 아무도 웃지 않았다. 그저
치렁치렁 일어선 2학년 8반 무리 틈에 강철이도 왜소하게 섞여 들었
을 뿐이다. 억울했다. 오랫동안 100대 짜리 '못 비상령'과 맞서 보려
고 마음먹었는데 초장에 기가 꺾인 것이다.

'나는 풀 수 있다.'

단 한 명의 선발자라도 나서면 강철이도,

'저도요.'

뛰쳐나가려고 했는데 송두리째 홀라당 투항하는 바람에 얼떨결
에 그 대열에 끌려 들어가는 것이다.

기실 합죽님도 토닥토닥 몸을 푸는 오픈 게임 정도로 예상했던
것 같다.

여나믄 명 정도 투항자들의 종아리로 대충 근육을 풀어 준 다음
수업을 진행하려 했던 것인데 예상을 빗나가 너무 쉽게 집단 항복
을 받아 낸 것이다. 실행에 옮기지 않으면 '그냥 엄포쟁이'가 되므로

합죽님은 박달나무 정신봉을 바지에 쓰윽쓱 문지른다. 이제 매타작에 들어간다.

또 키 순서로 맞는다. 1번 성렬이135센티, 39킬로, 2학년이 되면서 6센티 자람.가 교탁에 오른다. 차돌박이 성렬이도 정신봉 100대 앞에서는 영광굴비 종아리일 뿐.

"오토바이."

'앞으로 나란히'에서 무르팍을 구부린 기마 자세다.

"그리고 숫자를 세라."

매의 충격을 줄이기 위해 뿌리털까지 바르르 세우지만 택도 없다.

"하나, 둘, 셋…… 서른둘, 서른셋."

매타작 숫자 하나 빼먹지 않는 성실성을 보여 주었지만 다섯 대부터 기마 자세가 후둘후둘 흔들리기 시작했다. 그래도 마지막까지 정신봉의 율동에 몸을 맡기는 중이다.

"서른넷…… 여든아홉, 아흔……."

숫자가 오토바이 속도로 빨라지면서 성렬이도 '죽기 아니면 까무러치기'로 비장한 숨을 내쉰다. 그리고 마침내,

"백."

그제야 곤두벌레처럼 뒤틀며 종아리를 비볐지만 성렬이는 끝까지 울지 않았다. 이번에는 2번이다. 이틀 연속 먹잇감으로 발탁된 2번 천배는 바짓단 올리기 전부터 눈사람처럼 주저앉을 것 같다. 다음 차례인 강철이도 어금니를 드드득 부딪친다.

뒤죽박죽 엉망진창 낙제 자신만만

배고프게 공부해서 출세 보장

합죽님은 급조된 문장 하나씩 칠판에 선보이다가 벅벅 긁어 대던 분필을 휙 던지며,

"이러면 되겠나?"

"안 됩니닷."

심드렁히 던지는 건빵 조각에도 아이들은 기차 화통 삶아 먹는 소리로 화답한다. 얻어맞는 거야 대답이 크거나 작거나 마찬가지였지만 합죽님의 정서 순화를 위해 혼신의 예우를 보여 줘야 한다. 그러나 합죽님보다 더 무서운 게 선배들이라는 진리를 체득하기도 했다. 나중 얘기지만.

그리고 기세의 등장

빠각.

고흥 전입생 기세였다.

문이 열리는 소리가 조금 컸다. 아이들의 목이 일제히 출입구 쪽으로 꺾이면서 굳었던 몸을 살짝 비틀어 본다. 기세는 자퇴생 빈자

리인 23번을 배정받았지만 조무래기 패거리 중 성적이 상위권인 강철이와 주로 붙어 다녔었다. 이 중간 전입생이 바로 등장과 동시에 원조 범생이 종식이를 제치고 1등 자리를 차지한 이변의 주인공이다.

기세가 평균 98점, 종식이가 평균 96점이어서 앞으로 '기세가 1등, 종식이가 2등'으로 고정될 판이다. 그리고 평균 88점인 강철이는 5등에서 6등으로 한 칸 더 밀려났다. 강철이로선 시험이 끝날 때마다 그렇게 한 칸씩 밀리는 게 문득 불길하던 즈음이다. 성적표의 하락세만큼 아이들의 가시권에서 벗어나는 것이다.

기세는 가끔 허리를 짚으며 가쁜 숨을 쉬기도 했다.

평소 아주 유식한 문자로 아이들 기를 죽이다가도 금세 등뼈가 시큰거린다며 옆구리 싸안고 기침을 하곤 했다. 지금은 양호실에서 소염제를 타 먹고 오는 길이다. 영세민 기세는 양호실에 이름을 적어 놓고 이틀치씩 소염제를 타러 들러 오곤 했다. 그래도 아픈 사람답지 않게 늘 표정이 밝고 여유롭다.

합죽님이 막대기를 가로로 내려 잡고 얼굴을 바싹 붙인다. 툭 굴러온 새로운 먹잇감에게 입맛을 다셨는데,

"다 풀 수 있나?"

"옛."

기세가 뜸 들일 틈도 없이 툭 던지는 것이다.

'역시.'

강철이는 안도감으로 맥이 탁 풀린다. 아이들 조마조마 모두 침묵을 지키는데 합죽님 혼자 '혹시 잘못 들었나?' 하면서 다시 나지

막하게 묻는다.

"한 문제도 안 틀린다고?"

"옛!"

백 문제쯤 던져 놓으면 자칫 한 개 정도야 틀릴 수도 있지 않은가. 강철이는 그런 조바심으로 침을 삼키면서도 동시에,

'나도 합죽님과 일대일로 맞붙었더라면 기세처럼 대담했을 텐데……'

안타까워하지만 이미 지나간 버스다.

별의별 생각이 다 든다.

반 전체가 '풀 수 있습니다.' 하며 우르르 일어서며 한꺼번에 저항하는 방법이다. 그러면 재수 없는 아이들 몇만 '복불복'으로 두들겨 맞을 뿐 나머지는 자존심도 세우고 살아남을 수 있지 않을까. 싸우는 상상으로 머리가 복잡해지는데 정작 합죽님은 더 이상 묻지 않고,

"들어 가."

상큼하게 정리하는 것이다. 아무튼 기세는 무사통과 되었지만 잠시 마른 입술을 적신 아이들은 다시 번호 순서대로 종아리를 맞기 시작했다. 합죽님도 지쳤는지 뒤로 갈수록 타작 소리가 약해졌고 그만큼 공포심도 잦아들었다. 키에 따라 달라지는 '매의 강도' 차이를 항변할 길이 없다.

가장 안타까운 건 역시 1번 성렬이다.

강철이는 3번이라서 성렬이의 푸닥거리 시간에 그나마 숨을 고른 다음 맞을 수 있어서 조금은 여유가 있다. 하지만 1번은 다르다. 음

악이건 체육이건 영어 회화건 실기 평가 날짜만 다가오면 언제나 맨 먼저 몸을 맡겨야 한다.

아무튼 매타작은 31번 즈음 끝종이 울렸고 그제야 큰애들은 가슴을 싸안고 한숨을 내쉬게 된다. 그리고 앞 번호 조무래기들은 몽둥이 백 대를 감당한 종아리에 대하여 놀라는 중이다.

도서관을 벗어나 청진동 해장국 골목에 접어들던 길이다. 기세가,

"수열을 만나서 너무 기뻐."

강철이는 사람 이름을 잘못 들었나 하면서,

"걘 성렬이야. 박성렬. 까진 밤톨 축구쟁이."

1번 성렬이는 몸이 단단하고 빠르다. '구르는 축구 선수'로 교실에선 몸값이 붙었지만 아무래도 너무 키가 작다. 국가 대표 선수 중에서 김진국과 이차만이 164센티로 가장 작은 축인데 성렬이가 그만큼이라도 커 줄지 궁금하다.

"수열과 친해져야 진정한 수학쟁이가 될 수 있어."

"……뭣!"

"내일부터는 함수야."

"뭔 수?"

"함수를 시작하는 걸 축하해 줘."

"그걸 왜 축하해야 하니?"

"함수를 만나야 진정한 수학을 만난 거야. 바늘구멍처럼 좁은 미적분은 다음 달로 넘기고."

이 괴물 중학생이 지닌 수학의 끝은 어디에 있을까.

기세는 한 달에 두 번꼴로 청계천 헌책방을 싸그리 뒤져 고등학교 이과반 수학 참고서를 찾아내어 도서실에 파묻히곤 했다. AB형은 천재 아니면 바보라는데, 기세가 바로 그 AB형 천재인 것 같다. 자동차 번호판을 순식간에 소인수분해로 펼쳐 내는 괴물을 어떻게 이해해야 할까. 기세가 한 마디 덧붙인다.

"어려운 문제일수록 전율이 일어나."

언제부터였나. 강철이에게 이상한 현상이 생기기 시작했다. 여러 친구들 틈에서 유독 기세의 얼굴만 반짝반짝 빛나는 것이다. 즉 기세의 얼굴은 주인공 윤곽으로 명징해지는데 주변 친구들은 흐릿한 안개 장막을 형성하는 착시 현상이 생긴 것이다. 함께 붙어 다닐수록 그 증세가 점점 심화되었다.

우주선에 관심을 가진 건 5학년 때.

아폴로 8호가 달을 한 바퀴 돌고 지구에 무사 귀환한 소식 이후였다. 윌리엄 앤더스가 달의 뒷면을 목격한 최초의 우주인이 되었다는 라디오 청소년 드라마 〈아폴로 8호〉를 들으면 꿈결처럼 두근거렸다. 그러나 그때까지 지구와 달의 거리나 태양계의 명왕성, 해왕성과 아니면 북극성이나 은하수의 거리의 차이를 전혀 모를 때였고.

그로부터 2년 후.

아폴로 11호가 달 안착에 성공했다는 소식이 지구를 뒤집어 놓았다. '닐 암스트롱'과 '애드윈 올드린'이 차례로 달나라에 첫발을 내딛

는 동안 '마이클 콜린즈'는 우주선에서 내리지 않고 행사 종료 후 두 우주 비행사를 태워 가기 위해 달 주위를 선회했다. 인간의 발자국이 달나라에 닿는 첫 장면들이 현장 중계되었고 또 수없이 녹화되면서 골목길 만화방마다 텔레비전 브라운관 앞을 꽉 채웠다. 만화방 텔레비전은 한 시간에 1원씩이고, 5원을 내면 초저녁부터 열한 시 30분까지 볼 수 있었다.

사람들은 첫 정복자인 닐 암스트롱만 기억했으나 강철이는 '우주에는 국경도 사상도 영토도 종교도 존재하지 않는다.'는 애드윈 올드린의 그 문장을 소화하기 위한 분석만 되풀이한다.
그렇다.
아폴로에서 바라본 망망 우주에서는 지구라는 존재가 티끌처럼 사소한 것이다. 먼지처럼 작은 지구라는 행성의 한 구석에서 교실의 먹이사슬도 공존하는 것이고.

달아 달아 밝은 달아
암스트롱 밟은 달아

"닐 암스트롱이 인류 최초의 우주 비행사다."
합죽님이 흥얼거리며 문제 풀이에 돌입하려는데,
"아닌데요. 선생님."
쌍둥 자르는 소리다. 기세다. 일순 합죽님의 눈썹이 가늘게 떨렸으나 긴장을 덮으려는 듯 재빨리 반달형으로 미소를 짓는다.

"암스트롱은 달나라에 최초의 발을 디딘 사람이지만 최초의 우주 비행사는 아닙니다."

"어쩌라고?"

"우주 비행사란 우주선을 탄 비행사 모두를 통틀어 말하므로 세계 최초의 우주 비행사는 소련의 '가가린'입니다. 백과사전 맨 앞에 나오는 첫 단어가 '가'라는 자모에 대한 설명이고 두 번째가 소련의 우주비행사 '가가린'이란 사람에 대한 인물 설명입니다. '가가린'요. '가' 플러스 '가' 플러스 '린'이니까 백과사전의 맨 앞에 나오는 겁니다. 그 가가린이 세계 최초의 우주비행사로 기네스북에 기록됩니다."

나머지 아이들은 그냥 무뇌아처럼 헤프게 웃으려는데,

"사실은 우주선이란 말도 과장된 말이거든요. 아폴로는 겨우 우주의 100조 분의 1의 공간만 날았을 뿐입니다."

달은 '수, 금, 지, 화, 목, 토, 천, 해, 명' 중 네 번째 별인 지구의 위성일 뿐이란 얘기다. 그런 태양계가 1000억 개 모여야 은하계가 되고 그 은하계가 또 1000억 개 모여야 우주가 되는데 결국 아폴로는 그 우주의 100조 분의 1 정도만 날았다는 것이다. 엄두가 나지 않는다. 1000억 개 곱하기 1000억의 천문학적 숫자를 나누고 쪼개는 상상력을 도저히 감당할 수가 없는 것이다.

"아주 작은 건 없니?"

돈희156센티, 50킬로다. 동급생 기세에게 직통 질문을 해 보는 것이다.

"원자의 크기는 1센티의 1억 분의 일이야. 그러니까 물 한 방울이 지구만큼 커진다면 원자는 겨우 우리 학교 운동장만큼만 불어 날 뿐이야."

물꼬가 터진 기세가 속사포를 쏘아 댄다.

"사람의 몸에는 100조 개가 넘는 세포가 있어."

"백조 많이 등장하네. 미운 오리 새끼가 변신한 백조."

돈희의 농담엔 아무도 웃지 않았고 기세 혼자 계속.

"한 개의 세포에는 다시 100조 개의 원자로 구성되어 있어. 그런데 그 원자가 축구장만하면 원자핵은 축구공만큼 작아. 그나마 원자핵은 중간자, 미립자. 쿼크, 광자 중에서 가장 큰 거야."

그 후 기세는 사춘기들의 폭력 정글에서 열외되었고 선생님들도 그런 분위기를 만들어 주었다. 강철이 혼자 문득 '기세가 너무 앞질러 간다.' 하며 불안했을 뿐이다.

행복과
성적 순

23번 버스가 무교동을 출발하려고 시동을 거는 찰나다. 무교동 다음 사거리에서 광화문, 신촌, 시청 앞으로 방향이 네 갈래로 갈라진다.

"잠깐만요."

빨간 신호등이었으므로 버스가 멈출 듯이 속도를 줄였다. 돈희는 가방을 옆구리에 끼고 후닥닥 뛰었지만 하필 신호등이 파란불로 바뀌면서 그대로 출발해 버린 것이다. 지금부터 다시 15분을 기다려야 한다.

"엿 먹어라."

돈희도 욕을 입에 달고 다니는 편은 아니었는데 버스를 놓치는 순간 '엿'이라는 단어가 불쑥 튀어나온 것이다. 독일제과 윈도에 기댄 채 하늘 보기에 빠졌던 기세가 툭 삐져나오며,

"그건 '무즙 사건'에서 만들어진 말이야. 경기중학교 입시."

"경기중학교?"

강철이의 눈이 반짝 빛났다.

잠시 잊고 살았던 전설적 교명이 십자가처럼 번쩍 튀어나온다. 6학년 내내 책상머리에 배지를 붙여 놓고 날마다 전의를 가다듬던 그 학교다. 뺑뺑이 이후 초일류 학교는 사실상 사라졌지만 아직도 고등학교 명성이 쟁쟁하지 않은가. 기세가 '무즙 사건'을 재빨리 정리하는 중이다.

최고 명문 중학교의 입시 문제 하나.

다음은 엿을 만드는 순서를 차례대로 적어 놓은 것이다.

1) 찹쌀 1kg가량을 물에 담근다.

2) 이것을 쪄서 밥으로 만든다.

3) 물 3리터와 엿기름 160g을 넣고 잘 섞은 후에 5~6시간가량 둔다.

위 순서 중 번호 3)에서 엿기름 대신 넣어도 되는 것은 무엇인가?

사지선다형 보기 중 ①번이 '디아스타제'이고 ②번이 '무즙'이었다. 정답은 '① 디아스타제'였으나 '② 무즙'을 선택한 답안도 많았다. 문제는 '무즙'도 답이 될 수 있다는 점이다. 답이 틀리게 채점된 수험생의 학부모들은 교과서에서 '침과 무즙에 디아스타제가 들어 있다.'는 대목을 찾아내 들이댔고, 직접 무즙을 고아 경기중학교 곳곳에 덕지덕지 붙이며 격렬하게 항의했다. 마침내 낙방생들의 이름으로 법원에 제소하고 교육청에 찾아가 '엿 먹어라.' 하며 무즙으로 만든 엿을 들이밀었다. 이듬해 3월 30일 서울 고법 특별부는, '①, ②번 모두를 정답이므로 ②번을 선택한 학생 가운데 그것 때문에 불합격한 33명을 추가로 합격시키라.'며 불합격 수험생들의 손을 드는 판결을 내렸다.

강철이는 고개 숙인 채,
"공부가 너무 힘들었어. 지옥처럼."
너무 빠른 나이에 공부 노이로제에 시달렸던 기억이 아직도 아프다.
공부 지옥은 6학년 때부터 시작되었다.
갯마을 학교에서도 선발자 열댓 명이 남아 방과 후 그룹 과외를 받앉고 학교 과외가 끝나면 학교 앞 점방집 구석방으로 살만한 집 아이들 여남은 명이 오밀조밀 모였었다. 6학년 선생님 세 명이 번갈아 과외를 시키다가 이따금 월말고사 시험 문제도 두어 개 정도 흘려주기도 했다. 책을 달달달 외우고 완전히 외운 책은 활활 태워 가루를 만든 다음 한약처럼 약지 손가락으로 슥슥 저어서 한 사발에 들이키라고 했던가. 그 입시 지옥이 성장기의 에너지이기도 했었고.

'두뇌가 명석하고 총기가 넘칩니다.'

6학년 통지표 가정통신란에 적힌 강철에 대한 평가다.

당연했다. 남들보다 참고서가 많았고 친구들이 전혀 겪을 수 없는 과외 중압감에 시달렸으니 당연히 우등생이 될 수밖에 없었다. 아버지가 학교 선생님이었고 일꾼을 두 명이나 두었던 중농 집안이었으므로 농사터도 만만치 않았다.

친구들이 진급을 위해 헌책을 물려받을 때 이미 강철이는 교과서를 과목마다 두 권씩 지니고 다녔다. 한 권은 수업용으로 그런대로 평범했지만 나머지 한 권은 아예 문장 전체를 토씨만 빼놓고 먹물로 새까맣게 지워 버린 채 달달달 외워 버리려 했다. 당시 서울시에서 유행하던 특별시 학습법에 편승하여 갯마을 친구들과 차별화를 시도한 것이다. 오로지 석차만이 승부의 전부였다. 5학년 때는 여덟 차례의 시험 중에서 1등을 다섯 번 차지했다. 1등에서 밀린 세 차례 중 두 번은 2등이었고, 한 번은 사회 답안지 칸을 밀려쓰는 바람에 11등까지 내려갔었다.

외우는 것만큼은 자신 있었다.

4학년 때, 국민교육헌장 외우는 순서대로 집에 보낼 때는 가장 먼저 책가방을 챙길 수 있었다. '타고난 저마다의 소질을' 다음 단어에서, 선생님도 그냥 넘어갈 뻔했던 '계발'과 '개발'의 음운을 명확히 구분해 내기도 했다. 국토 개발처럼 물질적인 것은 '개발'이고 '창조성 계발'처럼 정신적인 것은 '계발'이라고 구분하자 선생님까지 깜짝 놀랐었다.

'이호예병형공6조판서'이나 '외내재법국문농6학년 때 정부의 내각 장관 순서'이나 혓바닥 미각의 '단짠신쓴'은 기본이고 고등학교 화학책에서 우연히 본 '수헤리베붕탄질산불네 나마엘시인황염아 카케스티바크 망철코원소 기호'까지 좔좔 재생시킬 수 있었다. 조선 시대의 왕 '태정태세문단세 예성연중인명선 광인효현숙경영 정순헌철고순'에서는 왕 이름의 뒷글자 '조'와 '종'의 차이도 구분해 냈다. 태종이나 세종처럼 별 탈 없이 임명된 경우는 '종'을 붙이고 세조나 인조처럼 반란을 일으킨 뒤에 옥좌에 앉으면 '조'를 쓰며 백성들의 민란으로 쫓겨나면 연산군이나 광해군처럼 '군'을 붙인다고 딱 부러지게 설명하기도 했었다.

그러나 너무 빨리 '1등 수호 노이로제'에 시달렸다.

남몰래 공부하느라 더 늦게 잠을 잤고 또 라이벌들을 안심시키기 위해 교실에선 전혀 공부한 내색을 보이지 말아야 했다. 갯마을 그 학교에서는 그런 이중성이 어느 정도 먹혀들었다. 다행이랄까, 기세도 종식이도 없었던 갯마을 학교에서는 강철이가 1등 독주를 노리던 시절도 있었다.

서울은 과연 그냥 서울이 아니었다.

공부 선수들이 숭어 떼처럼 푸둥푸둥 떠올랐다. 전입반의 첫 시험은 6학년 8반 87명 중 12등이었다. 시골에선 평균 88점 정도로 1등이 무난했었는데 서울에선 교실마다 '올백' 짜리가 두어 명씩 박혀 있었다.

'나는 똑똑한 아이가 아니었구나.'

기가 죽었다. 그러나 동시에 비로소 '1등 수호 강박증'에서 벗어날 수 있어 한편으론 홀가분했다. 사실 10등 안팎으로 안도하는 모습이란 갯마을 그 학교에선 상상할 수 없었다. 강철이는 시나브로 평범한 대열에서 태연히 안주하는 중이다.

"우물 안 개구리였어."

기세는 대답이 없다.

기세는 '공부가 가장 쉬웠어요.'의 주인공처럼 단어는 톡톡 튀었지만 군더더기가 없었다. 강철이의 성적표 눈금이 하락세를 보일 즈음 교실의 선두 그룹들은 그렇게 저마다의 스타일로 자리매김하고 있었다. 종식이처럼 악을 쓰며 책을 잡기도 했고 기세처럼 천재성으로 몰입하는 아이도 있었고.

그러나 가난한 아이들에겐 입시 지옥도 꿈나라 사연일 뿐이었다.

갯마을 친구들은 절반 이상이 중학교 진학을 포기했다. 농투성

이 아들 딸들은 졸
업 전에 이미 반쪽
짜리 농사꾼이 되
었거나 도시 모
퉁이 노동자로
나갈 채비를 갖
추는 중이었다.
학교만 끝나면
바지개를 지고 호미날
을 옆구리에 끼고 살았다. 가난
은 그렇게 찌든 몸뚱이들을 동아줄로
칭칭 묶어 대물림을 준비했다. 미자나 금순이나
석화 누나 같은 여자들이 특히 그랬다.

헤어지려던 돈희가 가방으로 등짝을 툭 친다.
"개떡에 개 넣나?"
"가래떡에 가래 넣냐?"
흰소리에는 흰소리로 대꾸하는 것이다.
"찍 쌌어."
"빤쓰 갈어입어."
그 시도 때도 없는 흰소리
를 에너지로 삼으며 하

교 중이다. 어느새 덕규가 끼어들어 혓바닥을 날름거리며 입 냄새를 풍기더니,

"요샌 수세식이야. 칭구."

그때 강철이는 보았다.

기세가 삼삼오오 행렬에 동참하기 위해 어깨를 들이밀 때 빌딩 사이 저녁놀 위로 먹장구름이 덮였다. 하필 그 먹장구름이 순식간에 기세의 어깨로 무너지는 것 같은 착시가 일어난 것이다. 불안하다.

스케치부끄 안 가져온
놈 나와

미술 선생님168센티, 73킬로은 흰머리 장발로 초로의 춤쟁이 스타일 티처다.

걸음을 옮기다가 흥이 나면 가끔 찻찻찻 화면의 카바레 놀새떼 스탭을 보여 주기도 했다. 생김새답게 반질반질한 단어만 골라 쓰기도 했다. 노란색을 '오렌지색'이나 '레몬색'이라고 했고, 갈색 대신 '초콜렛색', 빨간색은 토메이토 색이라고 했다. 그런데 유독 스케치북만은 잠뱅이 스타일로 '스케치부끄'라고 발음하는 것이다. 아이들도 스승을 따라 '부끄'라고 뭉툭하게 발음하며 아예 별명으로 붙였다. 또 있다. 한 문장에서 반말과 존댓말을 동시에 사용하는 요상스런 말투다.

"나오시죠. 스케치부끄 안 가져온 간나시키들."

발 빠른 아이들은 다른 반에서 빌려 와 이름을 지우고 위기를 넘기기도 하지만 그도 저도 귀찮은 포기파들은 그냥 몸으로 때우기를 선택했다. 거꾸로 매달아도 시간은 흘러가는 것이다.

또 1번 성렬이가 맨 앞에 서서 심판 대기중이다. 분하다. 스케치북 안 가져온 인간들 매 맞는 것까지 키 순서라니.

"왜 안 가져오셨죠? 스케치부끄."

깍듯한 존댓말은 공포의 예고편에 진입된다. 교실은 침묵의 수렁에 빠짐으로써 체벌자에 대한 예우를 보여 준다.

"깜빡했는데요. 스케치부끄."

성렬이가 무심코 흉내 낸 '부끄'란 발음 때문에 웃음을 참느라고 모두들 죽을 지경이다. 특히 돈희가 손가락 깎지로 입술 묶은 것을 보며 캑캑 대느라 콧물이 풍선처럼 벌렁거린다. 큰일 났다. 웃음바다 방파제가 와르르 무너지면 죽음의 굿판이다.

"아침밥은 먹었니?"

"이옛."

침묵 탓일까. 기어들어 가는 목소리조차 쟁쟁 선명하다. 부끄님이 회심의 미소를 보여 줘서 성렬이도 얼떨결에 입술을 헤벌레 벌리며 따라 웃을 준비를 한다. 그러나 안도감도 잠시.

짜짝.

당장 싸대기에 손바닥 자국이 생긴다. 성렬이는 얼굴이 벌겋게 달아오른 채 고개를 뻣뻣하게 세운다.

"아침밥 먹는 건 잊어버리지 않는 놈이 스케치북은 왜 잊어버려."

"……."

고요, 고요하다.

"다음 번호!"

천배가 결석이므로 강철이 차례다. 재빨리 머리를 굴린다.

"밥은 먹었니?"

"못 먹었습니다."

일부러 성렬이와 반대로 대답한 것이다. '절대로 먹지 않았습니다.'라고 하려다가 '절대로'는 뺐었다. 그런데.

찻.

또 싸대기다. 부끄님은 손바닥을 날림과 동시에 스스로 이빨 사이로 '찻'하고 바람 소리를 곁들인다.

"밥이라도 챙겨 먹어야지."

4, 5, 6, 7, 8번은 준비물을 챙겼으므로 9번 돈희 차례다. 엄살쟁이 돈희가 눈물부터 뚝뚝 흘릴 즈음 앞 번호 조무래기들은 그제야 뺨을 비비면서 안도감으로 지켜볼 수 있다. 일단 기다림의 공포에서 해방되었으므로 편안한 구경꾼이 된다.

"밥은 먹었니?"

"잘못했습니다."

"비용을 지불하시죠. 맴매."

부끄님은 '존댓말 뒤에 유아적 단어'를 툭 던지면서 공포 체험 예고편을 상기시키곤 했다. 돈희가 손바닥이 뺨에 닿기 전부터 휙 쓰

러지며 데굴데굴 뒹구는 바람에 부끄님도 키득키득 웃다가,

"나머지는 재수."

뒤 번호 아이들이 맞지 않는 건 순전히 재수떼기란 얘기다. 뒤 번호들이 탄성을 삼켰고 앞자리 조무래기들은 억울한 표정을 숨기는 중이다.

이번에는 모자이크 시간이다.

곰보 색종이 값은 한 세트가 30원이므로 버스를 여섯 번 탈 수 있는 돈이다. 강철이는 모자이크 실습을 예고할 때부터 돈을 절약할 궁리에 빠진다. 박카스 곽 같은 두꺼운 종이를 구해서 색종이를 붙이고 그 위에 밥풀을 짓이겨 먹이고 톱밥을 부으면 10원쯤 절약할 수 있을 거라는 계산이 나온다. 복잡하다. 그러나 이도 저도 귀찮은 골통들은 아예 처음부터 몸으로 때우며 버티겠다고 작정하는데,

"돈이 없어서 모자이크 못 사는 사람 나와."

인태가 주춤주춤 앞으로 나간 것이다. 인태가 소풍 때마다 돈을 뜯으려고 조무래기 그룹을 무던히 괴롭혔던 이유도 따지고 보면 돈 때문이다.

그랬다. 인태는 수시로 교실 문 앞에서 모자를 들고 구걸 시늉을 하면서 시빗거리를 만들곤 했다. 돈을 그냥 달라는 게 아니라 일단 꿔 달라는 것이다. 먹잇감들은 어차피 앞 번호들이므로 뒤 번호 아이들은 관심이 없다. 문제는 조무래기들이다. 모자에 돈을 넣는 시늉을 하면 약 올린다고 다리를 걸었고 웃으며 지나친 아이는 웃었다고 시비

66 토메이토와
포테이토

를 걸었고 그냥 지나치는 아이는 무시하냐며 어깨를 낚아챘다.

"돈 꿔 줘."

빌린 돈은 당연히 함흥차사이므로 먹잇감들은 '어떻게 빠져나갈까.' 머리 굴리기에 더 바쁘다. 꿔간 돈은 갚지 않았지만 주머니 털린 조무래기들은 '혹시 갚지 않을까' 하며 기웃기웃 가슴앓이 했는데.

오늘은 문득.

'쟤가 돈이 진짜로 없어서 삥을 뜯었구나.'

동정심도 품어 보는 것이다.

포획된 잡식 동물 인태에게 부끄님이 고개를 바싹 붙인 채 나지막하게 묻는다.

"…… 진짜 돈이 없니?"

"예."

"아버지 뭐하시니?"

"철거 공사판 노가단데요."

"어머닌?"

"붕어빵 파는데요. 밀가루 붕어빵."

"어디서?"

"능곡 시장 입구요."

"집안이 가난해서 모자이크 살 돈이 없구나."

"그렇죠."

"너네 집이 밥 먹기도 힘들고요?"

아차, 또 괴상한 존댓말이다. 그러나 긴장감을 놓친 인태는 그저 헬레레 몸을 맡기는 중이다. 게다가 '그렇죠.'라는 불손한 언행까지 흘려냈으니.

"그렇죠? 힘들었구나요?"

부끄님이 비실비실 웃으며 시계를 풀어 낸다. 그제야 인태도 퍼뜩 위기를 느끼긴 했으나 이미 엎질러진 물이므로 그냥 반달형으로 웃어 줄 수밖에 없다. 고개를 바싹 들이밀며 마주서니 둘의 눈높이가 비슷비슷하다.

"예술을 이해하지 못하면."

짝.

예정된 대본처럼 '짝' 소리가 따라붙었다. 인태는 자동빵 무릎 꿇기 자세를 취한다.

"자손만대 즘생이 된다."

그때부터 인태는 한 번도 고개를 들지 않았다. 절망과 굴복으로 쪼그라진 패잔병의 형상이 그리도 애처로웠다. 교탁 옆에서 한 시간 동안 측은한 풍경화로 구겨진 내내 강철이의 가슴을 모처럼 짠하게 만들 뻔했다. 그러나,

"들어가라."

순간 그렁그렁한 눈자위가 재빨리 감춰지더니 고무 풍선 웃음을 쩍쩍 벌리다가 돌아서는 부끄님의 뒤통수에 풋감자를 먹였다. 구경꾼들은 웃음을 참느라고 눈물 콧물 죄다 틀어막으며 성장하는 중이다.

사랑이여 그대

월남이나 가라

월급일랑 부쳐 주고

돌아오지 말아라

그 다음에 나는

새서방을 얻어

아들 낳고 딸을 낳고

행복하게 살리라

II

친구여
안녕히

난쟁이 아저씨의
맞상

모나미 볼펜은 10원이고 육교 아래나 통학로 골목길 노점상에서 판매 중인 짝퉁 '모나니'나 '모마미' 볼펜은 5원이었다. '모나니'는 정품 '모나미'와 달리 수시로 잉크가 끊어졌지만 중딩들은 일단 가격이 싼 '모나니' 앞으로 꾸역꾸역 줄을 섰다. 기실 짝퉁 볼펜만 써도 양호한 편이었다.

강철이는 잉크를 찍어 썼다. 그나마 펜대 값을 아끼느라고 모나니 볼펜 끝에 펜촉을 끼우고 글씨를 쓰는 것이다. 잉크가 오래 머무르도록 하기 위해 펜촉 사이에 3원 짜리 조립식 양철 조각을 끼워 넣었다. 잉크병이 엎질러져서 책상을 새파랗게 덮으면 분필을 굴려 흡수시켰다. 하지만 가방이나 하복 윗도리, 교실 바닥에 엎어지면 잉크 자국 흔적을 그대로 받아먹으며 견딜 수밖에 없다.

학용품은 수시로 계급적 벽을 만들었다.

국민학교 때의 왕자파스가 그랬고 중학생의 엘리트 교복도 그랬다. 부잣집 아이들의 파이로트 만년필은 잉크도 새지 않고 손에 묻지도 않았다. 언제부터였나. 강철이는 '없는 축' 아이들과 어울리는 게 편안해졌다. 지금은 아낀 차비로 덕수궁 돌담길 노점상에게 짝퉁 '모나니'를 하나 산 다음 동자동 육교 쪽으로 걸어가는 중이다.

종로에서부터 원효로 자취방까지는 걸어서 한 시간 남짓 걸린다. '무교동 → 광화문 → 시청 앞 → 서울역 → 동자동 → 갈월동 → 남영동 → 원효로' 순서인데, 걸어갈 때는 시내버스처럼 광화문까지 돌아갈 필요는 없다. 다리가 아프면 서울역 시계탑 아래에서 십 분씩 쉬었다 가기도 했다.

"뭐해?"

천배는 멍 하니 길 건너 육교 아래만 바라본다. 가방끈을 잡아당기던 강철이도 주춤주춤 동자동 육교 건널목 사람들이 웅성대는 곳에 눈길을 준다.

"완죠니 난리 부르스."

정류소를 중심으로 웅기종기 붙어 있던 도깨비 시장 좌판들이 순식간에 소용돌이치는 것이다. 경찰관 제복과 추리닝 차림의 사내들이 이리 떼처럼 우르르 몰려들면서 당장 뒤집어 엎을 기세다. 소꿉장난 같던 노점상 평화가 단박에 깨졌다.

쿵쿵쿵.

앉은뱅이 좌판과 바지개 위 상품 진열대 뚜껑들이 재빨리 덮여지면서 골목길 찾아 구두 발자국 소리를 피해 오그르르 몸을 숨기는 것이다. 골목길로 피하면 일단 도로교통법 위반으로 끌려가진 않는다. 하지만 하루 장사가 깨졌으므로 바닥에 움츠린 자라목 민초들이 부글부글 끓는 중이다.

'쟤네들이 가면 다시 장사를 시작할 수 있어. 조금만 더 기다려.'

그런 소리가 옆구리 찌르며 서로를 도닥거린다.

아.

사람들이 일제히 소리 나는 쪽을 바라보았다.

추리닝 사내 하나가 쇠파이프로 수박 조각이 든 냉차 유리관을 툭툭 건드리는 중이었다. 그리고 수레 주인인 듯한 난쟁이 아저씨가 고개를 반짝 쳐든 채 추리닝의 깍짓동 다리를 바득바득 밀어내고 있었다. 보통 사람의 허리에 닿을 만큼 키가 작았고 딱딱하게 굳은 가슴팍이 툭 튀어나왔다. 노점상 사내들도 슬그머니 외면하는 판인데 오히려 골목길에 숨어 있던 아줌마 몇이 참다 참다 뛰어나가 앞을 막아선다.

"봐주쇼. 저 아저씨 좀 보시오. 살아가기가 좀 지난하겠오? 이."

"비키라닌깐. 쌍."

추리닝들과 아줌마들 사이에 끌고 당기는 몸싸움이 차츰 거칠어지기 시작했다. 그 와중에 추리닝 하나가 난쟁이 아저씨의 작은 몸을 번쩍 들어 허공에 올리려는 찰나다. 버스 두 대가 연이어 육교 아래에 멈추면서 노점상 단속 장면이 완전히 가려져 버렸다. 없다. 이렇게 아무것도 보이지 않았으면 좋겠다.

후드득.

빗방울이 쏟아지려는지 확 어두워졌다.

버스가 발차하면서 다시 풍경이 드러났다. 건널목은 이젠 일대일 맞장 장면이다. 난쟁이 아저씨와 추리닝이 아까보다 훨씬 거칠게 뒤엉킨 채 몸싸움을 벌이는 중이다. 난쟁이님이 가랑이 사이로 파고들어 안간힘을 쓰는데 추리닝은 무엄하게도 머리를 잡은 채 손바닥 회전놀이 시키듯 빙빙 돌리려고 했다. 추리닝은 실룩실룩 웃었지만 난쟁이님은 표정을 전혀 일그러뜨리지 않았다.

육교를 건너왔을 때.

난쟁이님의 얼굴은 이미 핏자국이 낭자했다. 가분수 머리가 선풍기처럼 스르르 내려지며 툭 떨어질 것 같은데 표정만은 씨익 웃고 있는 것이다. 앙 다문 어금니 위로 굴욕을 먹으며 단단해지는 조약돌의 영상이 겹쳐지기도 해서 그때까지는 난쟁이님을 독하고 안쓰럽게만 생각했었는데.

갈월동 철교 밑.

포장집 차양을 들추자 튀김 냄새가 '싸아―' 하게 코를 찌른다. 천 배의 5원짜리 동전과 바꾼 오징어 튀김 한 개를 반으로 쪼개어 질겅질겅 아주 맛있게 먹는다. '시장이 반찬'이라며 편안하게 입맛을 다시는데,

"아버지야."

"키 작은 아저씨가?"

강철이는 재빨리 '키 작은 아저씨'라고 단어를 바꾸었다. '그런데 왜 말리지 않았어.' 하고 물을 판인데, 동자동 좌판 풍경이 재생되면서 머리가 어지럽다. 난쟁이님은 다리를 잡고 혼신으로 파고드는데 철거반 추리닝은 어린아이 다루듯 귀를 잡고 위로 끌어올리다가 머리를 빙빙 돌리기도 했었다.

"갓난아기 때 다쳤대. 다섯 살 더 먹은 큰아버지가 귀엽다며 들어 올렸는데 허리가 뒤로 홱 제껴진 거야. 깜짝 놀라 아기를 위로 들어 세운다는 게 골반만 번쩍 들어올리니까 몸이 완전히 기역자로 꺾어진 거야."

"아."

"오늘 이 장면을 영원히 잊지 않을 테야. 아버지를 사랑한 적은 한 번도 없지만."

강철이는 '영원히 잊지 않을 테야.'보다 '사랑한 적이 없다.'는 말이 더 충격적이다. '가족은 무조건 사랑해야 한다.'는 고정 관념이 단박에 깨지는 순간이다. 그럴까. 가족을 사랑하지 않는 것처럼 나라와 민족을 사랑하지 않는 것도 가능한 것일까. 거기까지 생각이 미치자 화들짝 겁이 나는데 천배는,

"아버진 냉혈인이자 무책임자야. 자식을 동대문 미싱 시다로 보냈겠다니."

그렇게 멍 하니 하늘을 바라본다. '울지 말아야 한다.'가 아니라 '울 수 있는 공간'이 없는 것이다. 빌딩 사이로 드러난 푸른 하늘이 손바닥만하다.

선생님의 나쁜 손

오월의 막바지.

아카시아가 담벼락 너머로 회색빛 꽃송이를 치렁치렁 늘어뜨릴 즈음이다. 합죽님은 새로 개발한 손장난을 시도하기 위하여 예쁘장한 아이들부터 하나씩 불러내었다. 문제 풀이에 걸린 아이들을 교탁에 세워 놓고 사타구니 사이로 침범하며,

"손 올렷."

명령하는 것이다. 첫 타켓은 안면홍조증이 있는 색시 입술 창희였다. 몽둥이 100대가 걸렸으므로 거부할 수 없다. 두 손을 올리자 합죽님의 손이 아주 천천히 아랫도리로 옮겨졌다. 열다섯 사춘기 소년의 몸이 무장 해제된 채 선생님의 손길에 침탈당하는 것이다.

먹잇감들은 여기서도 구경꾼의 이중성을 보였다.

끌려 나온 친구가 홍시처럼 새빨개진 채 어정쩡 똬리 틀면 머리 빈 물건처럼 배꼽만 잡는 아이들을 이해할 수 없는 것이다. 가끔 별종도 있었다. 선생님이 아랫도리를 더듬건 말건 도무지 표정이 없는 벗들이다. 무섭다.

강철이가 걸린 건 순전히 꾀꼬리 때문이었다.

어디서 날아왔을까.

북도공고의 경계선 담벼락 아카시아 가지에 내려앉은 황금빛 꾀

꼬리를 강철이 혼자 만난 것이다. 아름다웠다. 꾀꼬리가 날개 칠 때마다 깃털에서 빠져나오는 무지개 색깔이 하늘로 번지는 것이다. 그 황홀한 사태를 혼자만 간직한다는 사실이 감격스러워 눈을 뗄 수 없었다.

합죽님이 손가락을 까딱거리며 나오라는 신호를 보내는 걸 보긴 했지만 고개를 돌릴 수 없었다. 고개를 돌리는 사이에 꾀꼬리가 홀라당 날아가 버리면 이 황홀한 풍경을 영원히 만나지 못하기 때문이다. 몽둥이가 코밑 가까이 감촉을 드러낼 때 비로소 몸을 움츠렸다. 딱 걸렸다.

"50대 맞을 거냐. 손 올릴 거냐?"

'매타작'과 '주물탕' 중 하나를 스스로 선택하라는 얘기다.

손을 올릴 수도 거부할 수도 없었지만 결국 가랑이 사이로 파고드는 합죽님의 나쁜 손을 막아 내지는 못했다. 손길이 미꾸라지처럼 파고드는 순간, 황금빛 뿜어 대던 꾀꼬리가 나뭇가지를 박차고 옥상쪽으로 푸드덕 날개를 치고 있었다. 분명히 '빨주노초파남보' 일곱 색깔 깃털 파편이다. 아카시아가 늦봄을 기다려 흰송이 주렁주렁 꺼내놓는 그 자리로 햇살 받은 무지갯빛 날개가 반짝반짝 일곱 가지 색깔을 퍼뜨리는 것이다. 이럴 수가.

"아."

강철이가 허공에 번지는 깃털을 보며 탄성을 질렀다. 합죽님이,

"좋으냐?"

교실은 또 한바탕 뒤집어진다. 따라 웃지 말아야 했는데 강철이까

지 핏핏핏 스팀 새는 소리를 터쳤다. 그런데 왜 국민학교 때의 '때 검사' 스크린이 좌르르 펼쳐졌을까.

국민학교 때의 담임님들은 여학생들의 윗도리를 벗겼었다.

여학생들은 학년이 올라갈수록 때 검사와 신체검사 시간에 부딪치기 시작했다. 때 검사는 원래 1학년 때부터 있어 온 용의 검사의 연장이었다. 선생님들은 수시로 저학년들을 운동장에 세워 놓은 다음 윗도리를 벗기고 팔을 벌리거나 목을 제끼게 한 채로 때 검사를 실시했다.

강철이는 태생적으로 속살이 하얗다.

일주일 내내 물을 묻히지 않아도 우윳빛 뽀유스름한 속살이 반짝 반짝 드러났다. 아이들은 때 검사할 때마다 강철이의 맨살을 '하얗다.' '쟤 살결은 진짜 눈이 아리게 뽀얗다.' 하며 황홀하게 쳐다보곤 했다. 선생님도 강철이를 앞에 세우고,

'애처럼 깨끗이 닦아라.'

모범 사례로 본을 보이는 것이다. 기실 때를 별로 닦지 않아서 엉뚱한 칭찬이 껄끄러웠지만 젖살처럼 뽀얀 살결이 자랑스럽기도 했다.

5학년 때.

담임님은 여자아이들이 컸다는 것을 아주 쬐끔만 인정했다. 즉 때 검사를 실시하되 남자애들을 교실 바깥으로 쫓아내겠다는 방침이다.

끼야약.

5학년 여자애들이 비명을 지르며 거부했지만 담임님은 진행을 멈추지 않았다. 이제 막 사춘기에 입문 직전의 소녀들은 훌쩍훌쩍 울기도 하고 키득키득 입을 틀어막기도 하면서 하나씩 윗도리를 벗었다. 담임님이 다가서면 어깨를 오므려 맨가슴 면적을 최대한 좁히면서 오돌오돌 떨기도 했다.

쫓겨난 고추잠자리들은 환장할 지경이었다.

창틀 옆에서 폴짝폴짝 뛰다가 겁도 없이 하나씩 매달리기 시작했다. 신발장 위 칸을 타고 기어올라가 창문 안을 훔쳐보며 키득키득거리는 것이다. 무지렁이들이 바닥에 엎드렸고 반장이나 쌈꾼들이 허리를 밟고 신발장 판자에 매달려 킬킬대는 순간.

와르르.

신발장이 뒤집어지는 바람에 악동들 모두 하늘이 무너지는 줄 알았다.

그러나 저물녘까지 뺑뺑이를 돌면서도 고추잠자리들은 여자애들의 맨살을 떠올리며 '오리 꽥꽥'을 기차놀이처럼 즐거워했다.

6학년 담임님은 조금은 심약한 분이었으므로.

여자애들이 더 강하게 반발했다. 신체검사 순서대로 키, 몸무게, 시력, 청력이 끝나고 가슴둘레 검사에서 팽팽한 줄다리기가 시작되었다. 사내들 검사가 끝나자 담임님은 줄자를 든 채 버버거리며 여자아이들에게 번호 순서대로 나오라고 했다. 그러나 첫 번째 선자에서부터 막혔다.

국민학교 때의 출석부 번호 순서는.

호적상의 생년월일 순서였으므로 앞 번호 아이가 가장 나이가 많았는데 선자는 우리보다 두 살 더 먹었었다. 평소 거의 말수가 없는 시골 소녀였는데 이번에는 완전히 달랐다. 선생님이 아무리 위엄 있는 표정을 지어도 눈물만 비 오듯 흘리며 한사코 움직이지 않는 것이다. 그 바람에 뒤 번호 여자아이들도 힘을 얻었다.

'선자두 안 벗는디 왜 우리만 벗으래유. 싫유.'

담임님이 그냥 줄자를 들고 난감한 표정으로,

'정확히 재야 하는데.'

우물쭈물했지만 결국 여자애들은 메리야쓰 채로 가슴둘레를 재기로 타협을 보았다. 그건 옛날 얘기고.

어느 날 공포의 합죽님이,

"그동안 수학 시간에 가슴 맺힌 원한이 있으면 다 말 해봐. 내가 들어 준다는 건 아니지만 이 시간만큼은 언론의 자유를 특별 써비스한다."

아무도 나서지 못했다. 합죽님은 그렇게 침이 바싹바싹 마르는 갈등의 시간을 즐기려는 참이다.

"지금까지의 발언만 자유다. 이 시간이 끝나면 다시 몽둥이가 춤추는 스파르타 수학 시간으로 돌아가겠지만, 이번 기회는 너희들 용맹성을 확인하는 소중한 시간이 될 것이다. 자, 카타르시르를 맛 봐라. 나왔!"

아무 미동도 없었다.

"부글부글 끓다가 나중에 후회하지 말고."

아닌 게 아니라 속이 타는 중이다. 이 시간이 그냥 지나가면 푹푹 쌓인 억장이 찌꺼기 덮개로 굳어 가슴에서 썩어 버릴 것이다. 어쩌면 마그마가 되었다가 화산처럼 이글이글 폭발할지도 모른다.

"안 나오면 수업을 진행한다. 5초, 4초, 3초."

순간 강철이가 용수철처럼 툭 튀어나가 교탁을 짚었다.

아이들이 '흡' 하며 '폭풍 전야의 고요'를 지켜보는 중이다. 육십구 명, 백삼십팔 개의 눈동자가 일제히 주파수를 쏟으며 교탁에 집중한 다. 이제 주사위는 던져졌다. 죽이 되건 밥이 되건 저질러야 하므로.

단도직입 .

"자지를 만지지 마세요."

'꽝' 터져 버렸다.

자르르르르르.

변성기 웃음소리가 톱밥처럼 쏟아졌다.

이젠 끝까지 밀어붙일 참이다. 합죽님의 입술 꼬리가 애매하게 추켜올려졌지만 그렇다고 크게 불쾌한 표정은 아니다. 그런데 자 꾸 눈시울이 시큰한 것이다. 기껏 몽둥이 찜질 50대에 '몸의 순결'을 침탈당한 게 가문의 치욕으로 지워지지 않는다. 나중에 장가를 가 게 되면 각시에게 또한 얼마나 미안한 노릇인가. 마지막으로 발악 하듯 소리쳤다.

"만지지 마세요. 여학교 선생님들도 그럽니까?"

"와히히히히."

아이들이 책상을 치며 뒤집어졌고 합죽님 혼자 얼굴이 벌겋게 달 아올랐다. 그게 그렇게 웃기는 소린 줄은 전혀 예상하지 못했었다. 강철이 혼자 때 검사 기억처럼 '비참한 코메디'라는 생각이 들어서 한 마디 더 내지른다.

"시할."

아무 일도 없었다. 합죽님 속마음이야 어떻든 때리지 않았으므로 무사 통과인 셈이다. 그 후 합죽님의 손길이 아이들의 사타구니로 다가오는 횟수는 확실히 줄었던 것 같다. 예전처럼 '매 맞는 로봇'의 생활은 이어졌지만 왠지 버틸만 하다는 생각도 들면서.

'선생님의 나쁜 손' 이야기는 일기에 썼다가 너무 화끈거려서 지워버렸다. 이 가위질 증상은 훗날 훈장이 되면서 더 심해졌다. 그 대신 못다 쓴 내용들을 오래도록 곱씹는 버릇이 생겼다.

손대지 마세요
손대면 나는 싫어
세상에서 제일 싫은
수학 꼰대 문어발

씨름의 승자

2학년.

1학년 야간 시절에는 62명씩 네 개 반이었다. 그러다가 2학년으로 진급하면서 각 반에서 4등까지를 뽑아 주간으로 올려 보낸 적이 있었다. 그때 강철이 성적은 6등이어서 바로 두 칸 차이로 끊어지는 바람에 얼마나 안타까웠는지 모른다. 우등생 중에서 주간으로 못 올라간 열외는 딱 두 명이었다. 그것도 1, 2등인 기세와 종식이다. 기세는 완벽한 1등이었지만 전학생 출신이라서 주간 전출 조건에서 제외되는 바람에 야간부가 폐지될 때까지 그대로 남아 있었고 종식이는 중간고사에서 과학 답안지 번호를 한 칸씩 밀려 쓰는 치명적 실수를 범했다. 5월에 야간부를 폐지하면서 네 개 반을 세 개 반으로 줄여서 주간 교실로 '헤쳐 모여' 시키는 바람에 교실이 작년보다 더 바글바글했다.

삼월 첫날.

마찬가지로 키 순서로 번호를 정하는 중이다. 강철이는 1년 사이에 3센티가 커서 136센티가 되었다. 다른 사춘기들은 8센티 내지 10센티쯤 컸으므로 그나마 몇 안 되는 앞자리 아이들도 강철이의 키를 추월했고 뒷자리 아이들과의 신장 격차는 갈수록 벌어졌다. 반 뼘쯤 컸던 아이들이 어느새 강철이를 모가지 하나 차이까지 따돌리면서 코밑 시커먼 총각 스타일로 바뀌는 중이었다.

'넌 안 크니?'

그때마다 얼굴이 새빨개졌다. 1학년 때는 62명 중 4번이었는데 2학년이 되어서는 70명 중 2번이 될 판이다. 담임님은 작은 애부터 하나씩 불러내어 뒤로 돌아서게 한 다음 책받침 키를 맞춰 보는 방식으로 순서를 먹일 참이다. 강철이는 1, 2, 3번이 아닌 하다못해 5번쯤이라도 뒷번호를 타고 싶었다.

몇 가지 방법이 있었다.

먼저 운동화 밑창에 종이 뭉치를 구겨 넣고 뒤꿈치 까치발 선 채 5센티쯤 올려붙이는 것이다. 아니면 아이들이 앞으로 가라고 아무리 등을 떠밀어도 4번 자리에서 움직이지 않고 아등바등 버텨 보는 것이다. 질기게 버티면 강철이가 4번이 되어 5번인 수학 천재 기세와 짝꿍이 될 수 있다. 힐끔힐끔 눈치를 보며 이리저리 발을 맞춘다. 강철이는 기세와 짝꿍이 될 수 있음을 작은 키 덕분이라며 모처럼 다행이라 생각하는 중이다. 수학 천재의 기(氣)를 받겠다는 욕심도 있고 그냥 짝꿍이 되고 싶은 순수 우정도 절반쯤 있다.

깍두기가 끼어드는 바람에 짝꿍 작전이 불발되었다.

천배다. 천배는 반 편성 때 자기가 몇 반인지를 깜빡 듣지 못했다. 3층 10반 교실에서 헤매다가 다시 '여긴가' 하며 9반 교실에 들어갔다가 꿀밤 한 대로 퇴짜를 맞고 8반까지 내려온 것이다. 그 천배가 강철이를 보더니 쌩끗 웃으며 사이에 끼어드는 바람에 강철이는 3번, 천배가 4번, 기세는 5번이 되었다.

천배는 홍제동 산 중턱의 판잣집이 도시 개발 공사로 헐리는 바람에 30미터쯤 더 높이 올라갔다고 했다. 거기서 또 돈이 떨어지면 쓰레기장 쪽으로 20미터쯤 더 올라가야 한단다.

"높은 집에 사니까 전망도 좋아. 다리 운동도 되고".

천배가 귀엣말로 속삭인다. 강철이는 짝꿍 작전이 불발된 게 서운해서 못 들은 척했다.

"오래 다니진 못할 거야. 아버지가 평화 시장에 자리를 알아봤대. 평생 재봉밥 먹으며 살으래."

강철이가 고개를 돌린 이유는 천배의 물 빠진 교복과 기미 낀 얼굴이 지겨운 탓도 있었다.

체육님은 참깨폭탄이다.

웃기 직전 주근깨가 얼굴 가운데로 응집되었다가 웃음보를 터뜨리는 순간 스프링처럼 확 튕겨지곤 했다. 몸 전체가 근육질로 울퉁불퉁하지만 겁을 주는 것만큼 매섭게 때리지는 않아서 실제로 아이들이 무서워하는 건 아니었다.

체육 시간에는 기세와 짝꿍이 아니어서 좋은 면도 있었다. 특히 청백전 시합에서는 기세와 같은 편이 될 수 있는 것이다. 홀짝으로 대항군을 나누는 줄다리기나 릴레이, 기마전까지 오히려 '우리'가 될 수 있는 것이다.

그런데 씨름은 달랐다.

참깨폭탄님은 씨름 실기 평가에서 체급별로 '45킬로 이하'와 '45킬로에서 55킬로까지' 그리고 '55킬로 이상'의 세 등급으로 나누어 맞상대를 붙였다. 45킬로 이하는 대개 오밀조밀하게 생겼고 55킬로 이상은 키가 껑충 크거나 뱃살이 불룩했지만 아직은 몸의 얼개가 엉성한 상태. 그 씨름판에서 하필 기세를 맞상대로 만난 것이다. 오동통한 땅딸보끼리의 대결에 대하여 기실 나머지 아이들은 별로 관심이 없었다. 어쨌든 승자만이 '수'를 받을 수 있다.

진퇴양난.

가장 가혹한 시험대는 사랑하는 사람을 외나무다리에서 부닥치게 하는 형벌이다. 그러거나 말거나 지금은 승자와 패자로 명징하게 구분되는 실기 평가다. 난감하다. 넘기면 점수가 남고 넘어지면 의리가 남는다. 얼핏 운동화 끈을 야무지게 조이는 기세를 곁눈질하면서 문득 긴장이 되기도 했다. 넘겨야 하나 말아야 하나.

밭다리를 걸었다.

밭다리는 뒤집기 다음으로 폼 나는 기술로 구경꾼들의 눈을 화려하게 만들어 주는 화끈한 맛이 있지만 되치기의 위험을 감수해야 한다. 그러니까 밭다리 기술을 넣었을 때 기세가 어지간히만 버텨 주면 못 이기는 척 져 줄 수도 있다는 심사다. 안다리는 일단 걸리기만 하면 상대방이 십중팔구 쓰러지지만 기세를 넘기기 위해 사타구니 사이로 파고들기는 아무래도 민망하다. 어쨌든 강철이는 오른 발을 기세의 정강이 쪽에 느슨하게 걸어 보려는 참이다.

'아차'

기세가 먼저 모래판 저만치로 벌러덩 주저앉는 것이다. 외통수에 걸린 것일까. 아니면 일부러 져 준 것일까.

오— 예.

별로 관심이 없던 뒷번호 아이들까지 조무래기 씨름에 탄성을 지른 건 아마도 기세에 대한 관심 때문이리라.

"강철이 승리. 야무진 애야. 그런데."

참깨폭탄님은 미심쩍은 듯 갸우뚱 하다가,

'됐다. 그럴 수도 있지.'

그대로 수첩에 체크하는 것이다. 그 표정이 마치 '똑똑한 놈은 마음도 착해' 하는 감탄으로 들린다. 강철이가 '수' 기세가 '미'를 받게 되었는데 기실 체육은 '미'를 받아도 입시에 지장이 없었다. 통지표 수, 우, 미, 양, 가와 전혀 무관하게 입시가 치러지던 시대다. 기세는 모래판에 손바닥 짚은 채 환하게 웃었다.

패자는 상큼하게 웃으며 모래알 털어 내었고 승자가 된 강철이만 가슴이 싸―하게 식어 가는 중이다. 몽둥이로 얻어맞지 않아도 몸이 아플 수 있다는 사실을 처음으로 겪었다. 그러나 솔직히 '기세도 나를 사랑하는구나.' 하는 확인의 안도감도 조금은 있었다.

기세가 팔을 잡아당기는 바람에 가방끼리 부딪치면서 도시락 흔들리는 소리로 달그락거린다. 강철이는 잉크병이 깨질까 봐 재빨리 가방을 감싼다.

"세계에서 팔씨름이 가장 센 사람은?"

"…… 맨 마운틴미국 프로레슬러, 212센티, 280킬로?"

강철이는 격투기 팬이므로 어지간한 선수들의 프로필을 외우고 다닌다. 프로레슬러 중 김일과 천규덕 그리고 키 작은 여건부 선수를 좋아한다. 헤비급 프로권투에서는 캐시어스 클레이나중에 무하마드 알리로 이름을 바꿈보다 소니 리스튼에게 챔피언 벨트를 빼앗겼던 패더슨의 팬이기도 하고 국내 선수로는 허버트 강의 팬이다.

김현과 허버트 강의 라이벌전이 프로권투 최고의 인기였다. 김현은 허버트 강과 비슷한 또래지만 이미 백전 캐리어의 성실과 복서로 팬 확보가 꾸준했고 허버트 강은 라운드 초반에 쇠망치 주먹을 폭발시켜 팬들의 인기를 휩쓰는 중이었다. 상대 선수가 빠른 스텝으로 링 주변을 팔짝팔짝 뛰어다니면 허버트 강은 느릿느릿 몸을 돌리며 카운터 펀치를 노렸다. '보니큐드'와 붙을 때는 일부러 가드를 내리며 대여섯 대를 맞아 준 다음 크로스카운터 한 방으로 쓰러뜨리기도 했다. 그랬다. 세계 랭킹 2위인 기교파 서강일이나 벤베노티를 클린치와 어퍼컷으로 격파한 미들급 세계 챔피언 김기수보다 중딩들은 허버트 강의 KO 펀치에 더 빠져 있었다.

"아니야, 암스트롱."

"아무리 팔씨름을 잘해도 운전해서 달나라까지 가는 사람이 가장

팔 힘이 센 거야. 어쭈구리 철학적이네."

"아니야 암스트롱(arm strong)이니까 힘이 세지."

기세가 깡마른 팔을 올려 알통 흉내를 낸다. 어리둥절하던 강철이
도 한참 뒤에 펫펫펫 웃음을 터뜨렸다. 영어와 한글을 조합시켜 웃
기는 것도 중학생의 힘이다.

풀려가는 공공칠님

점심때부터 일기 쓰기에 몰입했다. 문장이 마음에 차지 않아서 몇
차례 고치길 반복했던 것 같다. 그러다 보니 또 고쳐야 할 문장이
생기고 또 그런 문장들이 고구마 뿌리처럼 튀어나오는 것이다. 그
때 갑자기 창밖이 새까맣게 색칠되어서 아무 것도 보이지 않았다.
'내가 갑자기 장님이 되었나.'
사실은 그 사이에 날이 어두워진 것이다.

세계사를 가르치는 공공칠님의 이름은 정상익182센티, 62킬로이었다.
키다리 아저씨인 그가 칠판에 자기 이름을 써 놓고 긴 팔을 뻗어
위쪽 자모 '저, 사, 이'를 쓱 지우자 '정상익'의 받침만 남은 'ㅇㅇㄱ'
이 007처럼 보이기도 했다. 사람들이 멋을 부리느라 숫자 7의 앞 획

을 빼고 'ㄱ'으로 쓰기도 하던 그 몸이다.

아무도 웃지 않는데 공공칠님 혼자 키득댈 때 특히 어벙해 보이는 것이다. 나이도 그랬다. 서른아홉이라고 하더니 작년 재작년에도 서른아홉이었고 내년 내후년은 물론 앞으로도 영원히 서른아홉일 거라는 '유치 코메디'로 저 혼자 키득대는 것이다. 그게 뭐가 우스운가. 더러는 외로워 보였다.

한 칠판 가득 채운 다음 혼자 창문 쪽에 서서 저무는 햇살을 바라볼 때의 표정은 완전히 '고독은 나의 것' 표정이었다. 그즈음 그는 특이한 화두를 던지기도 했다. 뭔가 뭉쳐 있는 것 같은 덩어리 문장을 통 던져 놓는 것이다. 가령.

"백성들이 민중 봉기로 정권을 바꾸면 혁명이라고 하고 군인들이 총칼로 정권을 바꾸면 쿠데타라고 한다. 그러니까 5.16이나 이성계의 위화도 회군은 단어 풀이상 쿠데타가 맞는 거야."

범생이 몇몇은 메모에 몰입하지만 나머지 아이들은 대개 감흥이 없었다. 공공칠님은 '태정태세문단세'나 전쟁 연도는 외우라고 하지 않는 대신 전쟁의 배경과 결과를 현대사와 대입시키려 했다. 신라의 삼국 통일도.

"전쟁의 원인은 대개 강대국 지배층의 이익 때문에 발생합니다. 당나라 역시 남의 나라 삼국 통일에는 관심이 아예 없었어요. 소정방이 신라를 도울 때는 한강 북쪽 땅덩이가 탐이 났던 것이지. 1894년 동학 혁명에 이어진 갑오경장과 청일 전쟁도 마찬가지야. 우금치에서 일본군이 동학군을 전멸시킬 때는 조선 임금을 도우려는 게 아니라 조선이라는 알토란 땅덩이를 먹고 싶었던 겁니다. 그래서 외세끼리 땅 뺏기 싸움을 벌인 게 청일 전쟁이고 조정에서는 성난 민심을 달래기 위해 제도를 바꾼 게 갑오경장이야."

그러더니 낮고 비장한 어조로,

"강대국이 약소국을 도울 때는 분명히 자기 나라의 이익이 개입되는 거야."

"미국도요?"

종대가 약간 불안한 표정으로 말을 끊자,

"스스로 판단하는 게 공부야."

슬쩍 물러선다. 공공칠님은 뒤로 돌아서며 아무도 모르게 뇌까렸지만 강철이 혼자 분명히 들었다.

"바른 말 하는 게……."

공공칠님의 못 다한 문장은 과연 무엇이었을까. 신열이 정수리까지 욱신 올라온 것은 아침의 맨밥덩이가 소화되지 못한 탓이다. 하지만 공공칠님의 그런 강의도 범생이들에게 한 방씩 먹고 상처받기도 했는데.

"원시 시대에는 약한 무리들도 최소한의 먹거리가 있었다. 힘센 놈들이 아무리 욕심을 부려도 배가 차면 더 이상 못 먹으니까 남긴 찌꺼기 정도는 약한 놈들이 먹을 수 있었다. 어차피 썩는 것이므로 약한 놈들의 먹거리를 남겨 놓는 거야. …… 곡식 생산이 시초였어.

인간은 곡식을 심으면서부터 남아도는 식량을 약자에게 주지 않고 자기네 창고에 채우기 시작했지. 그 후 정착민끼리 곡식 창고를 빼앗기 위한 전쟁이 시작된 거야."

공공칠님이 '정착' 아래에 '창고'라고 쓰면서 심각한 표정을 짓는 순간이었다.

"시험에 나오는 걸로요. 선생님."

종식158센티, 50킬로 이다.

비록 기세에게 일격을 맞았지만 여전히 범생이이므로 주먹쟁이들도 종식이만큼은 건드리지 않는다. 공부를 아주 잘하면 힘센 아이들의 보호 본능이 발생하던가.

"……."

공공칠님은 설레설레 흔들며 바깥만 바라보는 중이다. 장발족과 먹테 안경 속의 수심 어린 눈동자 그리고 가느다란 목이 다큐멘터리 흑백 영상 어디선가 많이 본 장면 같았다. 벌판과 어둠 그리고 초승달 아래 우울히 서 있는 키다리 사내의 풍경이다.

지금 공공칠님은 오월의 햇살을 느끼는 중이다.

햇빛 아스라한 운동장 연못 속에서 빡빡머리 피라미 떼가 바글바글 헤엄치는 모습으로 겹쳐졌다. 비록 일급수 열목어는 아니지만 조선 잡초가 자라듯 닥치는 대로 뿌리내리는 중이다. 그랬다. 지난한 시국, 사급수 오급수 오물덩이 속에서도 잡초처럼 울쑥불쑥 자라나는 희망의 싹을 보며 감회에 젖는 중이다.

우두커니 바라보던 공공칠님이 무엇을 발견했는지 힘이 쫘악 빠진 표정으로 터덜터덜 다가선다. 지금은 체육복 차림의 몇 놈들이 등을 돌린 채 계단 모서리에 쪼그려 앉아 무엇인가 작업에 몰입하고 있다. 종대는 계단 모서리에 기댄 채 앉아 있고 조무래기 두 명이 엎드린 채 운동화 끈 매 주는 장면이 눈에 잡힌 것이다. 아이들은 공공칠님의 눈길 따위는 안중에도 없이 오로지 운동화 끈에만 몰두한 채 재빠른 손놀림이다. 마른기침을 털어 내자 웅크렸던 세 놈이 느릿느릿 고개를 치켜든다. 덩치 큰 종대 옆에 조무래기 두 놈이 꼬붕처럼 오종종하게 붙어 있는데,

"왜 이걸 시키니?"

"운동화 끈 맬 줄 모르는데요."

"…… 8반 반장 맞니?"

종대가 햇빛을 가로막으려는 듯 팔을 뻗쳐 꺾는다. 시곗줄에 비친 공공칠님의 얼굴이 엿가락처럼 길게 늘어지는 찰나이다.

"얘는 운동화 끈 못 매요."

필구가 끼어든다. 반달형으로 추켜올린 입술 사이로 순발력과 비굴함이 교차한다. 그래도 공공칠님의 눈빛과 마주치자 고개를 슬쩍 숙여 주긴 했다.

"운동화 끈 매는 법을 가르쳐 줘야지."

"이게 재밌어요."

봄 햇살이 마른 비듬처럼 부수수 쏟아진다. 어떻게 알았을까. 아카시아가 늦봄을 기다렸다가 하얀 꽃송이를 한꺼번에 머금는 중이

었다. 그리고 고목이 된 식물성 선생님이 구부정하게 서 있고.

공공칠님 담임 반인 2학년 6반 교실 게시판은 조금 특이했다.
사진이 모두 흑백이었고 '일하는 여자들'이란 제목부터 생소했다.
비탈밭 매는 아낙들의 사진을 맨 오른쪽에 붙여 놓았고 버스에 매달
린 채 '오라잇' 하며 문을 두들기는 차장 아가씨들의 사진을 오려 붙
였다. 시장 좌판에서 풋밤콩 몇 되 놓고 화사하게 웃는 어머니들도
있고 무거운 물건을 이고 가다가 전신주에 기댄 채 숨을 돌리는 공주
댁 같은 사진들도 있었다. 두꺼운 잠바를 입고 자갈치 시장에서 생
선 파는 아줌마의 웃음은 푸짐하면서도 슬퍼 보였다. 영락없다. 틀
림없이 이웃집 어머니와 누나들의 표정이다.
그러나 아이들은 아무 생각 없이 게시판을 지나칠 뿐이다.
강철이 혼자 일부러 아래층 6반 교실까지 내려가 보기도 했었다.
'일하는 여자의 모습은 아름답습니다. 깊은 사랑으로 만납시다.'
붓글씨 먹물 자국 하나하나를 낱낱이 가슴에 담아 보기도 했다.
그 사진들은 때때로 서늘한 느낌이 들기도 했다. 웨딩드레스나 색동
저고리도 아니고 발레나 무용도 아니고 가야금이나 피아노를 치는
것도 절대로 아니다. 먹고 살기가 각박해 아름다움을 전혀 모르는
여자들에게 '아름답다'를 붙인다는 게 얼마나 서늘한가.

칠월 어느 날.
옥신각신하는 계단 앞 장면을 목격하기도 했다.

시멘트 바닥에서 올라오는 지열 탓일까, 교장님이나 공공칠님 그리고 그 옆의 노타이 차림새의 사내까지 모두 얼굴이 벌겋게 달아 있었다.

"요소요소에 부정적 사상으로 꼭 차 있어요."

"그냥 붙여 놓은 거니 걱정 마십시오."

"흑백 사진을 모두 컬러 사진으로 바꾸세요."

누구였을까. 기름기 사내가 싸늘한 눈초리로 교장님의 말을 거든다.

"게시판이 별건가. 대충 인수분해 몇 개를 붙여도 되지만 사진은 맹호부대 아저씨들의 사진과 아폴로 11호의 우주선 발사 장면으로 바꿔요. 내일까지."

강철이 생각에도 아폴로 11호 정도는 붙어 있어야 할 것 같았다. '태양계 100억 배 곱하기 은하계 100억 배'의 우주를 생각하면 가슴이 터질 것 같았다. 하지만 우주의 무한함 뒤로 '일하는 여자들의 손마디' 역시 또 다른 느낌으로 '울컥' 올라오는 것이다.

"신고가 또 들어오면 그땐 나도 몰라요."

그런 식으로 싹뚝싹뚝 잘려 나간다. 중딩들의 정글보다 복잡다기한 어른들의 세상 구조가 두렵기도 했다.

"이 정도 살얼음판 쯤이야."

복도에서 공공칠님과 딱 마주쳤을 때 강철이가 먼저 고개를 숙였다. 중얼거리는 공공칠님의 혼잣말 문장을 고스란히 가슴에 담는 순간 골목길에 엎드렸던 전신주 그림자들이 후두두 허리를 일으키는 것이다. 강철이 혼자 담벼락 위로 떠오르는 낮달을 보며 시린 눈을 비볐다.

'사랑할 수 있을 것 같아요.'

그 고백을 땅속에 파묻는 중이다. '사랑'이란 단어는 아무리 진실하다 하더라도 겉으로 드러내는 순간 거짓이라는 생각이다. 그렇다. 짝사랑은 보이지 않기 때문에 더욱 진해지는 것이다. 그러나 며칠 후 종로 거리에서의 '시민 정상의'은 어이없이 초라했다.

토요일, 무교동에서 종각 쪽으로 가는 신호등 아래.

공공칠님은 답십리행 버스를 기다리며 멍 하니 하늘을 바라보는 중이었다. 강철이 역시 물상들의 틈새로 보이는 하늘빛이 가장 아름답다며 건물 사이를 올려 보았다.

"어."

순간 호루라기 소리가 발목을 걸었다.

경찰 두 명이 공공칠님을 양쪽에서 포위하더니 다짜고짜 허리띠를 잡아당기는 것이다. 몸을 버티려 반사적으로 허리를 비틀자 이번에는 아예 목을 찍어 누른다. 바닥에 떨어진 먹테 안경 위로 봄바람이 덮친다.

하굣길 버스를 기다리던 도시의 늦봄, 그 계절에 공공칠님의 꺾인 목이 바닥에 찍힌 채 혓바닥을 내밀고 있었다. 가로수들이 이파리를 검게 물들이려는 중이었다.

"앗."

돈희가 먼저 발견하고 강철이의 옆구리를 찌른다.

"간첩이었을까? 선생님이."

맞은편 현수막에 적힌 '친절한 우리 이웃 간첩인가 다시 보자' 그 표어가 눈앞에 딱 들어온 것이다. 나이가 서른아홉에서 멈추는 것도 간첩들의 수법이 아닐까. 무섭다. 열 길 물속은 알아도 한 길 사람 마음은 모른다고 하지 않는가. 갸웃대는 순간 강철이의 가슴까지 철렁 내려앉기도 했다.

"수업도 수상했어."

돈희가 자기 이마를 딱 친다. '일하는 여자들'이란 게시판도 그렇고 쿠데타나 곡물 창고 설명도 수상했던 것이다. 그러나.

장발 단속에 걸려 끌려가는 장면일 뿐이다.

아닌 게 아니라 아까부터 종로 바닥의 젊은 청년들이 갑자기 허둥지둥 몸을 감추는 중이었다. 기껏 경찰관 제복 두 명의 장발 단속 호루라기가 이유다. 그랬다. 경찰관 그림자가 뜰 때마다 수두룩 장발족 청년들이 자맥질하듯 숨어 버리는 것이다. 그 그물망에 퇴근길 공공칠님까지 걸린 것이다.

"놓고 말씀 하세요."

"단속 숫자를 채워야 돼."

"제발."

자동차 클랙슨 소리가 오후의 햇살 속으로 빨려 들어가고 있었다. 어지럽다. 땅거미가 몰려오면서 네온사인들이 번뜩거렸기 때문이다.

"당신 같은 사람들 때문에 우리 경찰들의 인력이 얼마나 낭비되는 줄 아나?"

"저는 학교 선생입니다. 지금 가야 할 길이 바쁘니 용건을 말씀하셔요."

"선생이란 작자가 머리칼이 이렇게 길어. 에잇. 확!"

머리칼은 귀를 절반쯤 덮었을 정도다. 그 곱슬머리를 잡아채는 경찰관 소매 끝을 따라 중학생들의 눈동자가 마차 바퀴처럼 때르륵때르륵 굴러간다. 돈희가 소리쳤다.

"선생님 수갑 채였다."

기실 그냥 허리띠만 잡힌 채 끌려가는 중이었다.

강철이도 종로 파출소까지 그림자 밟기 하듯 따라갈 수밖에 없다. 그리고 더 벅머리 사내들로 득실득

실한 파출소 구석에 잡혀 있는 공공칠님의 왜소한 모습을 보게 되는 것이다. 마침내 배불뚝이 경찰복이 철학가 공공칠님의 머리카락에 가위를 대는 무엄한 장면까지 낱낱이 지켜보게 된다. 처음에는 훈육실 선생님처럼 살짝 흠집만 내는 줄 알았다. 그런데 가위질이 그치질 않는 것이다. 공공칠님의 뒷머리 하얀 맨살이 드러날 때까지 '더 넓고 더 깊게' 굴욕의 영역을 싹둑싹둑 확장하는 것이다. 절망이었다. 공공칠님은 그저 정신봉 앞의 종아리처럼 왜소하게 서 있을 뿐이다.

"이번에 단호히."

그 쇳소리가 스승의 그림자를 바닥에 쓰러뜨린 채 잘근잘근 짓밟는 것이다. '유목' '정착' '동학' '외세', 그런 포만감 넘치는 단어들이 잘린 머리칼로 '단호히' 나동그라진다. 노란 수건으로 깎인 뒷머리를 감춘 채 '꽁지 빠진 닭'으로 파출소를 나서는 스승의 몰골이라니. 그렇구나. 간첩으로 의심했을 땐 두려움은 컸지만 초라해 보이진 않았다. 지금은 두려움의 기억조차 다행으로 여겨진다.

돈희가 가방을 제껴 맨 채 버스표를 꺼내기 위해 주머니를 뒤진다. 차량들이 우르르 빠져나가면 또 다른 차량들이 물살처럼 빈자리를 채운다. 공공칠님이 장발 단속에 걸려 끌려가던 그 자리는 여전히 똑같은 일상의 반복이다.

"앞뒤로 거꾸로 말해도 똑같은 말은?"

그런 말장난을 즐기자는 것이다. 강철이도 순발력이 좋으므로 '기

러기'나 '토마토' 정도를 말할 수 있으나 지금은 만사가 귀찮다. 그러나 돈희는 혼자서,

"다시 합시다."

거꾸로 말해도 '다시 합시다'란 얘기다.

"소주 만 병만 주소. 이건 일곱 자짜리"

"자지 만지자. 이건 다섯 자."

시키지도 않았는데 혼자서 세 개의 문장을 연달아 터뜨린다. 민망한 웃음이 터질 뻔한 순간,

"또 있어. 이번에도 일곱 자…… 자지만 또 만지자."

거기서 가방을 홱 제쳐 맨다. 원효로행 버스가 그 앞에 멈췄기 때문이다.

선옥이 누나

재길이는 버스 통학 거리만 왕복 네 시간이고 선옥이는 왕복 두 시간 정도 걸렸다.

장거리 통학생 재길이 형과 선옥이 누나가 워낙 일찍 자취방을 빠져나가는 바람에 강철이까지 덩달아 새벽밥 먹고 등굣길에 나서야 했다. 덕분에 날마다 일등으로 등교한다. 맨 먼저 도착해 교실 문을

열고 나면 잠시 후에 여명이 걷히곤 했다.

숙직을 마친 공공칠님이 교실을 순시하다가 빙그레 웃으며 강철이의 머리를 쓰다듬는다. 중학생의 머리를 쓰다듬는 건 유치하다고 생각하지만 표시를 내지 못하는 중이다. 그때까지 공공칠님의 장발 단속 봉변 잔상이 지워지지 않아서 뒷모습조차 바라보기 힘들어질 즈음이다.

"강철이는 누구하고 제일 친하니?"

"누나요."

사실은 '누구와 가장 친하니?' 하고 건성으로 묻는 것을 '누구와 자취하니?'로 잘못 들은 것이었다.

"누나하고 제일 친하다구."

"…… 네."

막상 잘못 들은 문장을 고치고 싶지는 않다. 공공칠님은 조금 뜨악한 표정으로 '누나하고 제일 친하다는 아이가 다 있네. 아주 시적(詩的)이야.' 하며 쓰뭉하게 몸을 돌리려한다.

"우니?"

감기가 걸려 훌쩍였을 뿐이다.

그리고 몸 냄새를 물씬 받아들이며 마음이 편안해지는 것이다. 길거리 장발 단속이나 걸리던 초라한 공공칠님이 어느새 다시 인자한 스승으로 변모했기 때문이다.

예배당 종소리가 사금파리 깨지는 듯 시끄럽다.

선옥이가 고3, 강철이는 중2로 다섯 살 터울이다.

수험생 막바지에 몰린 선옥이는 신새벽부터 동생을 억지로 깨워 타이밍과 함께 물그릇을 내밀곤 했다. 그리고 신새벽을 꿰뚫는 예배당 종소리다. 그 새벽 종소리가 다른 사람 모두에게도 시끄러운 소음으로 찾아오는 줄 알았다. 나중에 친구들이 '예배당 종소리가 은은하게 가슴 속으로 파고든다'고 했을 때 얼마나 깜짝 놀랐는지 모른다.

"일류대를 갈 거야."

강철이도 선옥이를 따라 물 한 모금에 타이밍을 꿀꺽 삼키며 결심을 굳힌다. 앉은뱅이 밥상 사이에 발을 집어넣고 아침까지 책을 놓지 않겠다고 결심을 굳히기도 한다. 그러나 어떤 때는 타이밍을 먹고도 밥상에 코를 박고 끄떡끄떡 졸기도 했다.

선옥이가 담근 김치는 이삼일만 지나면 신김치가 되었다.

일주일쯤 지나 부글부글 거품이 차올라 뚜껑 열기가 불안할 지경이 되면 아예 물에 빨아서 된장을 풀어 먹기도 했다. 그래도 다라에 담그면 며칠을 더 버틸 수가 있었다. 그늘 아래 물 다라에 들여놓고 오륙일까지 갈 수 있도록 김치 단지를 지성으로 간수했다. 신김치를 찐김치로 만들면 가장 맛이 좋았다. 신김치를 연탄불 위에 살짝 데친 다음 굵은 멸치와 함께 물을 두어 숟가락 넣고 끓였다. 굵은 멸치를 넣고 기름 한 방울 떨어뜨려 부글부글 끓이면 금세 고소한 냄새가 파고들었다. 최고의 반찬이었다.

나머지는 주로 비벼 먹었다. 반찬이 없으면 깨소금에 맨밥을 깨작깨작 비벼먹었다. 버터를 아끼고 아끼느라 쬐끔씩 떼어 비벼 먹다가 유통 기한이 지나 멀쩡한 버터까지 썩히기도 했다. 단무지를 간장에 비벼 먹었고 바쁠 때는 그냥 맨 소금에 맨밥을 비벼 먹기도 했다. 그랬다. 단무지 한 조각까지 밥과 반찬의 분량을 숟가락 저울질하며 균형을 맞췄다.

'1980년대가 되면 잘 사는 집에선 냉장고를 쓴다던데.'

넋 빠지듯 중얼대곤 했다. 망상이었다. 그보다는 당장 안팎에서 썩는 것들을 견뎌 내야 했다. 자취방 벽은 빗물이 스며들어 이끼들이 자라고 있었다. 물기가 벽을 타고 내려와 아래로 스며들수록 이끼 뿌리가 번져 가면서 방바닥 한 뼘 가까이까지 침범하는 중이었다.

윗목의 쌀자루는 빗물이 샐 때마다 썩는 냄새가 치고 올라왔으므로 수시로 방바닥에 펼쳐 말렸다. 아랫목에 펼쳐 놓으면 곰팡이 자국이 신문지 밑바닥으로 스며들어 장판까지 칙칙하게 올라왔다. 때론 연탄불 위에서 부글거리는 밥 냄새를 맡다가 울컥 올라오기도 했다. 그래도 자꾸 펼쳐 놓아야 바구미가 빠져나갔고 며칠 지나면 바싹바싹 말라서 쌀알에 냄새가 걷히기도 했다.

국립 남산도서관 출입의 시초는 돈 때문이었다.

차비도 아낄 수 있고 책도 공짜로 볼 수 있지만 무엇보다 시간을 때울 수 있다는 점이다. 남산도서관이 무료라는 정보를 얻어 내면서부터 새로운 통로가 생겼다. 남영동 성남극장 골목에서 용산고등학교 정문과 미군 기지 담벼락 지나 후암동 계단을 오르기 시작한 것이다.

그렇게 가로지르면 선옥이네 석광여고도 비록 비탈길 계단을 통과하지만 걸어서 한 시간 남짓이면 될 것 같았다. 오르막 지름길을 넘으면 버스 통학과 십분 남짓 정도밖에 차이 나지 않게 도착할 수 있다. 흥분된 강철이가,

"남산을 뚫고 가면 걸어서도 갈 수 있어. 석광여고까지 한 시간 정도."

그러나 선옥이는 단칼에 잘라 버린다.

"싫어."

"차비가 굳는데."

"돈 아끼는 재미로 내가 죽어라고 걸어 다닐 것 아니냐. 그 돈 몇 푼 때문에 비바람 눈보라칠 때마다 발바닥 퉁퉁 붓게 고생을 해야 하는 내 모습이 너무 불쌍할 것 같아."

강철이는 '그 정도 고생은 일부러 만들어서라도 해야 돈이 모아지지 않나.'라고 되묻지 못했다. 동시에 '돈을 아끼기 위해서는 무조건 견뎌야 한다'는 생각도 바뀔 수 있음을 처음 알았다.

그렇게 올빼미 시절부터 남산도서관 지름길을 익혀 버렸다. 맨밥 도시락을 5원짜리 국물로 말아 먹으면 오후 네 시 반 야간 학교 등교 시간까지 때울 수 있어서 아주 '딱'이었다. 도서관 4층 베란다에서 서울 시내를 내려다보는 맛도 있었다. 성냥갑 같은 건물들 사이

로 보리알만한 차량들이 쉴 새없이 움직이고 있었다. 그리고 소설을 만났다. 김동인, 나도향, 현진건 같은 이십 년대 단편소설에서 삼십 년대 장편소설까지 짯짯하게 훑어가면 활자의 신기루들이 하나씩 껍질을 벗는 것 같았다.

맨 처음 만난 나도향의 〈물레방아〉는 충격적이었다.

주인댁 영감 신치규가 머슴 방원의 아내 손목을 잡고 물레방앗간으로 끌고 들어갈 때 여자의 얼굴이 새빨갛게 물들어 가는 이유를 막연하게나마 느낄 수 있었다. 신치규의 고발로 감옥을 다녀온 방원이 휘두르는 분노한 조선낫과 피비린내의 의미를 정확히는 몰랐지만 분명한 것은 그 쇼킹한 내용 속에서 아찔한 설렘을 느낀 것이다.

"낫으로 죽인 이유는 모르지만 앞으로 그런 책을 많이 읽어야 겠다."

"넌 어쩌면 문학을 할 수 있을지도 모르겠다."

강철이의 얘기를 심각하게 듣던 선옥이가 던진 말에 강철이도 그럴 수 있겠다고 막연히 생각한다. 그러나 아무리 훌륭한 소설을 써도 나도향처럼 26세에 죽는 건 억울하다. '굵고 짧게'보다 '가늘게 오래 크면서' 무게를 저울질하고 싶은 것이다.

여름 방학이 끝나는 날.

남매는 시내버스를 타고 삼청공원까지 나들이를 갔다. 서울 시내

한복판의 나무와 숲길도 대단한데 다람쥐까지 출몰하는 게 진짜 신기했다. 울타리만 건너도 낙원 같은 세상이 숨어 있는 것이다.

선옥이는 돌아오는 길에 무교동 골목길 만두집 문을 열었다. 겁이 났다. 우리들이 이렇게 골목길 간이식당 문을 열어도 괜찮은 것일까.

"누나, 돈 있어?"

"〈student〉 판 것."

선옥이는 주간 영자신문 〈student〉를 팔았다. 석광여고 교실마다 돌아다니며 15원 짜리 〈student〉 한 장을 팔면 2원이 남았으니 아르바이트 치고는 비교적 쉽고 이윤이 남는 장사였다. 매 페이지마다 영어판과 한글 번역판이 동시에 붙어 있어서 영어 공부에 도움도 되지만 무엇보다 읽을 때마다 품위가 생겨서 인기가 있었다.

40원을 내었더니 5원짜리 만두를 아홉 개를 주었다. 하나를 더 보태 준 것이다. 간장에 찍어 만두 속을 베어 먹으면서 아주 모처럼 행복이란 단어가 떠올랐다. 돈이 있어야 행복에 가까워지는 것 같다.

"이게 돈의 위력이야."

새벽밥을 짓고 나서야 비로소 등굣길을 서두를 수밖에 없는 선옥이의 하소연이다. 하지만 마음씨 착한 강철이까지 설거지통 앞엔 여자가 서야 하는 게 당연하다고 생각하며 짐짓 딴전을 피운다.

"하늘의 끝이 과연 어디일까?"

그 풀리지 않는 궁금증을 괜시리 던져 보는 것이다. 선옥이는 여전히,

"설거지 하지 않고 그냥 책만 볼 수 있으면…… 서울대학교도 해볼 만할 텐데……."

강철이 역시 안쓰럽다는 생각은 들었지만 그게 여자 팔자라는 생각이다.

"사람이 죽으면 진짜 영혼이 하늘로 가는 것일까? 달나라보다 100조 배가 넘은 망망 우주까지 영혼이 끝도 없이 날아가고 있는 중일까?"

선옥이의 반응이 없자 다시,

"하늘의 끝이 어디인지 정말 궁금해. 나는."

"입시가 코앞인데도 맨 날 설거지 하는 꿈만 꾸다니……."

동문서답.

남매는 그런 겉도는 대화로 소통하는 중이다. 문득 만두를 집는 선옥이의 젓가락이 어느 날 불쑥 불도저처럼 확대되면서 딱딱하게 굳은 박토를 파헤칠 것 같다.

일 년 뒤.

선옥이는 서울대학교는 아니지만 갯마을 최초의 여자 대학생으로 태어났다.

유명한 사람의 글이라는 게

2학년 가을.

강철이는 글쓰기 재미에 몰입하기 시작했다. 언제부터였나. 중간고사 때도 답안지를 일찌감치 제출하고 문제지 뒷면에 시를 쓰는 문학 소년이 되면서 석차가 조금씩 더 떨어졌다. 그리고 후기 대학 합격생 선옥이는 핸드백에 시집을 넣고 다니는 국문학과 여대생이 되었다.

"좋은 책이야."

선옥이가 건네준 책은 〈갈매기의 꿈〉이었다. 표지 첫 장은 갈매기가 수평선 위로 날아가는 흑백 사진 풍경이었다. 그러나 강철이는 아직 갈매기의 날갯짓에서 선옥이가 느꼈던 파문을 찾아내지 못해 노심초사하는 중이다. 일부러 감동에 빠지기 위해 번들번들한 하드커버 사진 속의 갈매기를 집중해서 바라보기도 했다. 푸른 물결과 날갯짓을 가슴에 담기 위해 사진 속에 코를 처박고 집중했지만 마찬가지였다. 갈매기도 바닷물도 그냥 책 표지에서만 번들거렸다.

가방을 열며 얼굴이 달아오른 이유를 강철이 스스로 잘 안다.

"유명한 사람이 쓴 글인 것 같은데 무슨 뜻인지 모르겠어."

선옥이는 국문학도답게 스프링 노트를 조근조근 더듬으며 가끔 고개를 끄떡이기도 하면서 글자 분석에 몰입한다.

"'이별이 아닌 이별'이라고 했잖니. 단어 속에 숨겨진 내면을 한번 더 뒤집어 보는 게 바로 시적 언어의 이중 구조야. 사소한 이별보다 더 깊은 응어리를 역설적으로 표현하는 거야. 언어 질서를 파괴하면 새로운 감동이 만들어지거든."

"'소리 없는 아우성' 같은 역설?"

선옥이는 강철이의 공세적 질문을 차분하게 듣는 중이다.

"그냥 내키는 대로 뱉은 것을 독자들이 억지로 해석하는 것일 수도 있어. 내 생각엔 누나, 시인들이 독자를 우롱하는 것 같아. 특히 참고서에서."

"'그냥은'은 아냐. 네가 대학에서 문학을 공부해 보면 알아."

강철이는 감췄던 카드를 내민다. 조금은 민망한 표정으로.

"…… 사실은 내가 쓴 거야."

"누가?"

"내가…… 미안해."

국문학과 대학생을 우롱한 것 같아 조금은 미안했다. 선옥이는 눈동자를 굴리며 어이없다는 표정을 지으며.

"쓰는 것도 중요하지만 해석도 중요하다."

그렇게 가름했다.

"이건 소설이야."

기왕지사 강철이는 노트 한 권을 더 내민다. 선옥이가 동생의 습작 소설에 몰두할 즈음 강철이는 '나만의 무엇'에 대한 혼자만의 밑

그림에 빠진다. 신춘문예에 도전해서 매스컴에 화려하게 등장하는 '키 작은 중학생'의 모습이다. 지금까지 쓴 시를 남 몰래 걸러 내어 딱 세 편만 우체통에 넣을 참이다.

그리고 당선자 인터뷰 장면의 상상에 빠진다. 인터뷰 기자들이 '왜 그렇게 키가 작니?' 하고 물으면 '다른 시인에게 인터뷰하듯 평범하게 물어 주세요.'라고 느긋하게 대답할 계획도 세워 보았다.

습작 소설 독서에 몰입하던 선옥이가 강철이를 딱 때렸다.

그러나 아프지 않다. 키는 작지만 어쨌든 여자들의 손바닥 정도는 쉽게 감당하는 남성으로 성장하는 중이다. 그보다는 선옥이의 눈동자가 안쓰럽다.

"죽이면 안 돼."

〈안면 장애 여자의 일생〉이다.

어린 시절 동네 아이들이 장난으로 머리카락에 불을 붙이는 바람에 얼굴까지 일그러진 한 여자가 있다. 노력 끝에 대학에 합격했지만 아름다운 캠퍼스에서 아무도 상대해 주지 않는다. 어느 날 사촌 오빠가 찾아와 학교 식당에서 밥을 먹는데 누구와 함께 밥을 먹는다는 사소한 상황에서 처음으로 행복을 느낀다. 그리고 행복의 환상이 확장된다. 사람들과 웃고 떠들고 어울릴 수 있을 것만 같다. 마침내 왕자님 같은 사내의 사랑 고백을 받는 환각 상태를 영원히 간직하고 싶어 철둑길 육교 위에서 뛰어내릴까 말까 고민에 빠진다.

"나쁜 짓을 하지 않았는데 왜 죽이니?"

"나쁜 짓을 하고 벌 받아 죽는 것은 실제랑은 아무 상관이 없어. 어쨌든 나는 소재만큼은 밑바닥에 사는 사람들 얘기를 쓰고 싶어. 들장미 공주나 백마 탄 왕자나 모두 우리와는 아무 상관도 없는 거였잖아."

"글은 사람들에게 희망을 줘야 해. 미리부터 절망의 세상을 강요할 순 없어. 미운 오리새끼처럼 마침내 행복을 만나게 하든가."

강철이는 오히려 냉담하다.

"하느님이 견딜 만한 시련만 주신다는 건 새빨간 거짓말이야. 억울하지만 그건 별개의 문제야."

선옥이가 문득 이 쬐그만 중학생이 머리통만 커다란 어른이 되어 간다는 생각을 해 본다. 그러나 강철이는 엉뚱하게,

"…… 글보다 더 중요한 게 있어."

강철이의 교만했던 표정이 폭싹 꺼져버리면서,

"여자애들이 나를 이성으로 대해 주지 않아."

그렇게 불쑥 던진 채 거울을 쳐다보는 중이다.

그랬다. 글을 쓸 때는 막연한 환상이 울컥 올라오는 것 같기도 했지만 키를 떠올리면 설레설레 고개를 흔들어야 했다. 그나마 잘 생긴 부분은 코다. 인중까지 쭈욱 빠졌고 맨질맨질한 콧등이 그나마 괜찮은 부분이다. 나머지는 내세울 게 없다. 피부는 하얗지만 주근깨가 많고 머리카락은 고슴도치처럼 듬성듬성하다. 게다가 겨우 열다섯 살 짜리가 이마에 굵은 주름살까지 패인 것이다.

가장 중요한 건 역시 키다.

얼굴이야 돈이 있으면 성형 수술로 뜯어고치면 되겠지만 짧은 신장은 도대체 늘려 볼 방법이 없다. 까치발을 세우더라도 앞자리 한두 명은 제낄 수 있겠지만 뒷줄 아이들은 교탁에 올라서서도 눈높이를 올려야 한다. 뚱뚱하거나 빼빼 마른 것보다 키가 훨씬 절박하다.

"아무리 속이 꽉 차도 여학생들이 130이 겨우 넘는 내 키를 좋아할 리가 없어. 누나 같으면 나 같이 쬐끄만 남자와 사귀고 싶겠느냐구…… 그래서 콤플렉스를 이길 수 있는 '나만의 무엇'을 찾아내고 말 거야."

그런 생각이 드는 것이다. 공부, 싸움, 여자, 심지어 키까지 작아 무엇 하나 내세울 수 있는 게 없지만, 아무도 찾아내지 못한 '나만의 무엇'을 찾아내야 한다. 반드시.

"친구끼린 때리고 맞지 않았으면 좋겠어. 특히 동급생끼리는 키

가 크건 작건 평등하게 만났으면 좋겠는데 아이들에게 당하지 않기 위해 일일이 몸싸움을 벌여야 하는 지금의 상황이 무서워. 그리고 아주 센 놈은 내가 감당할 수가 없어."

심난하다. 고답적인 문학 얘기에서 자꾸만 주먹싸움 이야기로 바뀌는 것이다. 뜨악한 표정을 짓던 선옥이의 눈시울이 엷게 젖었다.

"심부름을 하지 않기 위해 큰 애들과 목숨을 걸 듯 싸워야 하는 내 운명이 너무 유치해."

"상대를 안 하면?"

"걔네들이 빵 심부름을 시키면 부닥치지 않을 수가 없어. …… 또 있어. 반장 자식이 단체로 주는 기합은 피할 수가 없어. 선생님들도 반장 편이야. 질서를 위해 반장에게 기합을 받아야 한다는 선생님들의 마음을 어떻게 이해해야 하나?"

문득 선옥이의 눈동자 속에 강철이가 고스란히 들어앉아 있는 것 같았다.

"시인이 될 거니?"

동문서답이다.

"일단 국어 선생이 되어 글을 쓸 거야. 월급으로 살 기반을 마련한 다음 글을 아주 열심히 쓸 거야."

수학 천재가 죽다니

늑막염.

두 겹으로 된 흉막 사이의 좁은 공간에서 염증이 생기는 증세다. 늑막염이 진행하면 흉막강에 액체가 괴어 흉수라는 합병증을 일으킬 수 있다. 화농성이라면 흉수가 끈적한 황갈색으로 변하고, 암성이면 흉수가 고이면서 혈액과 섞이게 되며 빼낸 다음에도 곧바로 다시 고이게 된다. 흉수는 늑막염뿐만 아니라 만성 류마티즘이나 간장병, 신장염, 심장기능부전이 동반될 수 있지만 죽는 병은 아니다.

최근 기세가 도도한 상태이긴 했다.

미술 시간에도 그랬다. 아이들은 곱슬머리 석고상의 명암을 살려내는 중이었고 기세 혼자만 〈수학의 정석〉에 몰두하고 있었다. 부끄님도 요즘은 기세의 꼬라지를 못 본 척 넘기려 했는데 아무래도 앞자리여서 더 눈에 거슬린 것이다.

"왜 수학이……?"

"조금만 더 시간을 내주면 해결 방법이 생각날 거예요."

그러더니 이맛살 찌뿌려진 부끄님 따위는 안중에도 없다는 듯 생끗 웃으며

"…… 어쩔 수 없어요."

그대로 고개 숙인 채 문제 풀이에 몰입하는 바람에 부끄님의 표정

이 싸늘해졌다. 그 팽팽한 밧줄 사이에 칼날만 살짝 대더라도 '탕' 끊어지면서 저만치 나가떨어질 것 같다.

"뎃상 빠지고 싶으면 당장 나가셧."

기세는 그 말을 끝내자마자 〈수학의 정석〉을 들고 밖으로 나갔다. 순간 부끄님이 목을 낚아챈 채 그대로 싸대기를 날릴 줄 알았는데.

"들어오지 맛."

그렇게 끝내는 바람에 아이들은 모두 기세가 이겼다고 생각하는 중이다.

그때 강철이는 보았다.

천장에서 가스 덩어리 무더기기가 와르르 쏟아지면서 기세의 머리를 송두리째 덮어 내리는 스크린이다.

'또야.'

강철이 혼자 그 아찔한 순간을 가슴에 삭이는 것이다. 불안하다. 언제부터였나. 기세가 선생님들과 부딪치면서 교실의 흐름을 깨는 장면에서 자꾸 '땡이와 영화 감독'이 겹치는 것이다. 불우한 성장기를 거친 천재 배우 땡이가 몰락하는 마지막 장면이다.

'저세의원'은 가난한 사람들만 치료해 주는 영세민 병원이었다. 그랬다. 그 영세민 병원에서 늑막염 수술을 결정했다는 기세의 소식을 그때까지는 흘려들었을 뿐이다.

"무리하게 아령을 들었어."

거기까지는 무리한 운동량을 인정하는 듯 기세도 아무 말이 없었다. 그런데.

"수술 준비를."

그 말이 나오자마자 거품을 물며 완강하게 거부하는 것이다.

"최상의 컨디션에서 수술 받고 싶어요. 잠을 사흘째 두 시간도 못 잤단 말예요."

정형외과 의사님은 잠깐 당황했던 표정을 슬쩍 덮는다. 약품 냄새가 시멘트 벽에서 튀어나와 몸속으로 와르르 파고드는 것 같다.

"어린놈이 무슨 컨디션이냐. 간단한 수술인데."

의사 가운 앞에서는 기세의 천재성도 전혀 먹혀들지 않는다. 오히려 보호자로 상경한 기세 아버지에게,

"혈압, 맥박, 오줌검사, 피검사, 다 정상이니 수술을 해야 합니다. 자칫하면 폐렴 늑막염 합병증으로 24시간 수술할 수도 있는데, 지금은 초기니까 두 시간 사십 분 후면 마취가 편안하게 깨어납니다."

쐐기를 박아 버린다.

눈 큰 사람이 겁이 많을까. 기세 아버지는 연신 왕방울눈을 끔뻑거리며 허리춤에 손을 집어넣고 고무줄을 만지작거린다. 빤쓰 주머니에 바느질로 꿰매 놓은 돈다발을 만지작거리며 연신 저울질이다. 왕방울님은 6.25 참전 부상병이라서 특정 보훈 병원에서만 의료비 혜

택이 있어서 아주 큰 비용은 들지 않지만 그래도 걱정이다. 병원비
를 해결한다 해도 아들 뒷바라지는 누군가에게 맡겨야 한다. 그나마
고흥 바닷가 천수답을 팔지 않고 치료할 기회가 있어서 다행이었다.

"어젯밤 두 시간 밖에 못 잤거든요. 저는 아직 수학 공부를 더 해
야 해서."

여전히 기세의 간청이 벽에 부딪치는 것이다. 하지만 강철이는 분
명히 보았다. 연신 수면 부족 얘기를 꺼내는 기세의 눈빛이 초조하
게 쇠해지는 것이다. 지금 기세는 떨고 있는 중이다.

"항균제를 투여하거나 흉막 유착은 막아야 하는데, 이 학생은 호
흡조차 가빠요. 주사로 흉수를 뽑아 줬으면 좋겠어요. 통증과 염증
을 완화시키려면 비스토레이드 소염제로 처방하면 좋을 텐데."

왕방울님으로선 도대체 알아들을 수 없는 용어들이므로 그대로
멍하니 서 있었고, 간호사 혼자 기계처럼 혈압을 잴 뿐이다.

그게 마지막일 줄은 꿈에도 몰랐다.

한두 시간은 그냥저냥 버텼는데 이튿날까지 삼시간에 삼십 시간이 넘어갈 즈음 병원 사람 모두 얼굴이 새파랗게 질려 버렸다. 의사님은 기세의 급박한 판단력을 140센티 중학생의 엄살로 규정하는 치명적 오류를 범한 것이다. 그리고 강철이는 생전 처음 친구의 죽음을 만난다.

모든 게 예고된 각본 같다.

그러니까 기세의 '수술하기 싫어요.'라는 외침은 '살고 싶다.'는 애원이었던 것이다. '수술해야 한다.'고 강요한 것은 살기 위해 도망치려는 사람에게 '빨리 죽어라.' 하며 고삐를 끌고 간 것이다.

'아기 장수 우투리'처럼 날개를 펴지 못한 채 하늘의 부르심을 받게 된 기세야. 헤어지자마자 찢어지게 그립구나.

버스를 탄다.

왕방울님이 '기세야'를 부르며 술떡으로 울던 장면도 설레설레 지워 버린다. 학교건 병원이건 아무도 주시하지 않았고 강철이도 슬그머니 몸을 피했을 뿐이다.

"우환은 아무도 못 막아."

공공칠님도 그렇게 슬쩍 지나칠 뿐이다. 그러나 가슴이 아픈 건 마음만 아픈 게 아니라 실제로 생살이 찢어지는 아픔이다.

23번 버스 그리고 저물녘.

수은등 불빛이 가로수에 겹치면서 초가을 색깔을 뿜어 대고 있었다. 강철이는 차창에 비친 자신의 얼굴을 멍 하니 응시하는 중이다. 네온사인 불빛이 창살을 타고 미끌미끌 흘러내리는데 꾀죄죄한 중학생 하나 버스 창문 저쪽 어둠 속에서 칙칙한 그림자를 응시하는 중이다. 울지 말아야 한다. 하느님은 우는 사람 편을 들지 않는다.

그렇게 입술을 옹물다가 깜빡 잠이 들었다. 누군가 툭툭 치는 바람에 화들짝 눈을 떴는데 여전히 버스 안이었다. 그리고 짙은 눈썹의 버스 차장이,

"내릴 데가 어디니?"

웃는 모습이 성렬이를 닮은 버스 차장이 깨우지 않았더라면 원효로를 지나쳐 여의도까지 갔을지도 모른다. 가끔 그런 생각이 든다. 이대로 종점까지 갔다가 영원히 돌아오지 않고 싶은 것이다. 한 번도 가 보지 못한 여의도 그 넓은 섬에서 새도록 헤매고 싶다는 생각도.

빼앗기지 않기 위하여

깊은 산중에서 토끼 한 마리가 도망치고 있었다. 노루가 물었다.

"왜 도망치는 거야."

"하이에나가 나타났어. 다람쥐만 보면 죄다 잡아먹겠다고 으르렁

거리는 중이야."

"너는 다람쥐가 아니잖아."

"하지만 하이에나가 나를 다람쥐라고 몰아치면 빠져나갈 증거가 없어."

"그럼 나도 도망가야겠네."

노루도 토끼를 따라 언덕 아래로 도망쳤다.

그런 야전 노름판이 있었다.

가을 도봉산 분지에 악동 중딩들이 오그르르 모여 있으면 야바위꾼들이 주사위를 굴리며 바람 잡는 풍경이다. 먼저 평평한 널빤지를 받쳐 놓고 파란 천으로 덮는다. 그 위에 밥공기 세 개를 이리저리 뒤섞다가 그 중 어떤 밥공기에 얼룩백이 주사위가 담겨져 있느냐를 알아맞히는 노름판이다.

배추머리 야바위꾼이 컵을 잡으면 옆자리 잠바 차림의 어른들 몇몇이 얼쩡얼쩡 번호판을 골라 짚으며 동전을 얹었다가 빼는 시늉으로 바람몰이 중이다. 곧바로 중학생들이 덫에 걸린다. 비둘기 떼처럼 구구구 모여 야바위판 소용돌이에 빨려 들어가기 시작했다.

"찍히기만 하면 두 배를 먹습니다. 사나이답게 도전하세요. 흥부네 복권이 식은 죽 먹기요, 아싸로비아."

그러면서 천천히 컵을 돌렸다. 누가 봐도 어느 컵에 주사위가 들어 있는지를 빠드름히 알 수 있게 돌렸는데 구경꾼처럼 서성이던 아저씨 두 명은 연신 엉뚱한 쪽에 돈을 거는 것이다. 그중 목발 짚은 사

람이 특히 엉성해 보인다고 생각하는 중인데,

"여기 있는데."

돈희가 불쑥 머리를 들이밀었다.

손가락으로 찍은 밥공기를 열어제끼자 아닌 게 아니라 주사위가 멀쩡하니 있는 것이다. 배추머리는 당황하는 척하면서 다시 밥공기를 이리저리 돌려본다. 기실 지금까지는 꼼꼼히 살펴보기만 하면 누구나 맞출 수 있는 느린 속도였지만,

"무효야. 돈을 걸지 않았으니."

다음 판에도 또 맞췄으나 역시 돈을 걸지 않았으므로 허당이란다.

돈희는 더 이상 참을 수가 없었던지 주머니를 홀라당 뒤집어 털어 낸다. 이상하다. 연습할 때는 잘 맞추던 것이 막상 돈을 걸면 밑 빠진 항아리처럼 쑤르르 빠져나가는 것이다. 약이 올라 찔끔찔끔 지르던 액수를 와장창 늘려 보려는 참이다. 드디어 돈희가 동전 두 개만 달랑 남겨 놓고 나머지 스무 개를 몽땅 걸어 버렸다. 이제 모 아니면 도다. 그러자 조바심으로 쭈뼛대던 나머지 아이들까지 우르르 달라붙었다. 호박이 넝쿨 채 걸린 것이다.

"나는 망했다. 망했다."

배추머리는 주술을 외우듯 '망했다'를 중얼거리면서 쌓인 동전을 차곡차곡 챙겨 담요 밑에 쑤셔 넣었다. 이제 돈희는 소풍비는 물론 집에 갈 차비까지 몽땅 털릴 지경이다. 아무튼 돈희건 인태건 천배 건 백상학교 중학생들은 놀음판의 수렁에서 도저히 빠져나올 수가 없었다. 호시탐탐 '한 번만 더'를 벼르며 먼지까지 홀라당 털리더라도 저물도록 끝장을 볼 판이다. 40원을 딴 종대도 손바닥 동전을 짤랑짤랑 흔들면서 마지막으로 통 크게 한판 찔러 볼 자리를 물색하느라 눈이 뒤집어질 지경이다.

강철이는 체질적으로 노름을 싫어했으므로 아예 먼발치에서 나뭇잎들의 색깔 구별에 취해 있는 중이다. 딱 한 번 목발 짚은 아저씨를 보면서,

'저 몸으로 산꼭대기까지 올라오다니.'

갸우뚱했을 뿐 금세 잊어버렸다.

밥은 바빠서 못 먹고 죽은 죽어도 못 먹네
디리 쐬주나 마시고 디리 춤이나 춥시다
당디기 당디기

가을 산이 아름다운 건 나무마다 뿜어 대는 색깔이 다르기 때문이다. 은행나무 노란 빛깔은 귀족적으로 도도하고 단풍나무는 너무 빨간 열정이 무섭다. 자세히 살펴보면 같은 나무에서도 이파리마다 보여 주는 색깔이 다르다. 아름답다.

지금 강철이는 그 단풍나무 아래에서 쭈뼛쭈뼛 허리띠를 끄르는 중이다. 푸른 초목들이 오줌 줄기를 먹고 파릇파릇 대궁을 세울 것 같다. '풀밭에 오줌을 누면'이란 시를 써야겠다는 충동이 이는데,

"몇 반이냐?"

웬 사내가 강철이에게 묻는다. 가죽 잠바에 뱁새눈, 그늘이 자욱한 안색이 얼핏 영화 '불한당'의 엑스트라쯤에서 만난 인상이다.

"8반인데요."

"따라 와."

당연히 선생님이라고 생각했다.

자연 보호를 시키거나 아니면 강철이가 단풍나무 등치에 오줌 눈다고 야단치려는 줄 알고 무심히 뒤를 따랐을 뿐이다. 이대팔 가르마 아래로 뱁새눈의 피로한 인상이 아까 야바위 판 밥공기 위로 잠깐 겹치기도 했지만 금세 잊어버렸다.

백상학교는 중학교 열 개 반 곱하기 세 개 학년 30반이었고 고등

학교는 주야간 합쳐서 일곱 개 반이었으므로 세 학년 21반에 야간 부까지 곱하기 2였으므로 총 42반이며 중·고 모두 합치면 도합 72개 반이나 된다. 100여 명이 넘는 선생님들의 얼굴이 당연히 헷갈릴 수 있었다.

아닌 게 아니라 뱁새눈174센티, 75킬로도 골짜기를 지나치다가 백상 학교 아이들에게 가끔 한 번씩 툭툭 물어보는 것이다. 인태가 나무에 기댄 채 콜라병 주둥이에 입을 맞추는데,

"몇 반이냐?"

"2학년 8반인데요."

"빨리 들어가."

"자유 시간인데요."

갸우뚱했다. 누구건 중딩들 몇 명 더 따라오라고 해야 하는데 다른 아이들에겐 그냥 물어보기만 하고 지나치는 것이다. 인태도 금이 빨을 보이며 웃어 주었지만 강철이는 지난번 주먹질 사건이 떠올라 잠깐 외면했을 뿐이다. 그렇게 뱁새눈이 산꼭대기 쪽으로 올라가면 강철이는 갸우뚱 하면서도 고삐에 묶여 따라간다. 이제 소풍 일행들과는 십 분 남짓 거리로 멀어졌다.

바람이 스친다. 산날맹이 바위 위에 뱁새눈이 다리를 또아리 틀었고 그 앞에 키 작은 중학생 강철이가 엉거주춤 서 있는 중이다. 가을 바람을 받으며 그 와중에도 까마득히 보이는 세상이 참으로 조그마하다는 생각이 드는데.

뱁새눈 역시 말없이 담배 연기만 뻑뻑 빨아 대고 있어서 그냥 침묵만 흐를 뿐이다. 고요, 고요하다. 그때 갑자기 뱁새눈의 구둣발이 홱 날아온다. 그냥 발길질이 아니라 아예 이단 꺾어차기를 넣는 것이다. 강철이가 반사적으로 물러서다가 소나무 등걸에 어깨를 부딪친다.

"옆에 인간이 누구냐?"

"…… 엣?"

"다리 병신 말야. 스발늠아."

"…… 무슨 말씀인지."

퍽.

아차, 싶은 것이다.

말투와 몸짓까지 모두 수상하다고 생각하는 찰나 눈앞이 번쩍하면서 주먹을 정통으로 맞았다. 주먹으로 눈텡이를 강타하다니 이건 아무래도 아니다. 게다가 '스발늠'이라니. '시발'도 아니고 양아치처럼 '스발'이라니.

"제가 잘못한 걸 말씀해 주세요. 선생님."

침착해야 한다. 강철이는 일부러 또랑또랑한 목소리를 꺼낸다. 뱁새눈은 '선생님'이라는 호칭에 잠깐 동요가 있는 듯했지만 다시 눈에 핏발을 세운다. 작은 눈매 쌍심지 아래로 눈동자가 바람개비처럼 팽글팽글 돌아가는 게 어쩌면 정신이 나간 사람 같기도 하다.

"노름했잖아. 발병신이랑."

"아닌데요."

"생 까. 습새야."

교련 시간에 배운 뻣뻣한 부동자세로 대답했는데도 또 주먹이 날아온다. 뒤로 피할 수도 있었지만 선생님의 손이므로 이번에는 고스란히 머리를 내어 주었다.

퍼퍽.

호박 터지는 소리와 함께 코피 자국이 입술에 끈적끈적 묻어 나온다.

"대가리에 피뢰침 꽂히기 전에."

"옛!"

"목발쟁이한테 야바위 판 딴 돈 다 내놔. 스발놈아."

"야바위 판에 가지도 않았는데요."

"봤어. 새캬."

"할 줄도 모르는데요."

"증거를 대 봐. 할 줄 모르는데 왜 그 옆에 있었어."

"야바위 판이 우리 소풍을 따라온 거지 저랑 상관없는데요."

강철이는 분명히 야바위 판에서 멀찌감치 떨어진 채 나무들을 살피고 있었다. 진짜다. 이파리마다 다른 색깔을 뿜어 대는 나뭇잎들의 결을 구별하려고 머리를 조아렸을 뿐이었다. 그런데도 뱁새눈은 한사코 강철이가 옆에 있었다는 것만 강조한다.

"야바위꾼 옆에 서 있는 니 눈빛이 거무티티하게 반들대고 있었어. 그게 증거야. 눈동자를 보면 알아."

"나무 그늘 때문에 그런 건데요. 저는 원래 이파리를 가까이서 쳐다보거든요."

"바람이 불 때 네가 움찔움찔 놀랐단 말야. 그게 제 발 저린다는 증거야. 도둥놈아."

잠시나마 담았던 감동들이 조각조각 부서진다. 가을 하늘이 가장 아름다웠다는 감상까지 모든 게 딴 세상 이야기가 된 것이다.

"노름판 돈 다 꺼내 봐."

속았다. 순간 분노가 치솟는 것이다.

'키가 작다 보니까 별의별 좀생이 양아치한테 다 걸리는구나.'

중학생씩이나 되어 기껏 숲 속에서 몸 수색 당하는 자신의 모습이 너무 한심한 것이다. 선옥이 누나한테 소풍비로 받은 달랑 50원뿐이지만 절대로 빼앗길 수 없다. 학생 할인 차비가 5원이니 강철이로선 원효로에서 무교동까지 일주일 내내 발품을 팔아야 되는 돈이다. 차비에서 남은 돈은 사이다 한 병을 사서 자취방에서 형과 누나와 삼등분해서 나눠 먹어야 한다.

발길질을 피하는데 코피가 흐른다. 코피 따위는 소매로 훔쳐 버리면 끝이므로 별거 아니다. 게다가 내뻗는 주먹 끝에 힘이 들어가야 하는데 미리 어깨부터 힘이 들어가는 폼새가 삼류 건달 치고도 어설프다.

'아무래도 붙어야 할 것 같다.'

모가지 정도 신장 차이야 차라리 싸우기 좋은 상대다.

이쪽에선 대충 주먹을 날려도 과녁에 맞지만 상대방은 오히려 주먹을 맞출 확률이 적어진다. 게다가 산 아래쪽으로 몇 분만 치달리면 백상학교 소풍팀이 천 명 이상 모여 있으므로 겁먹을 상황이 전혀 아니다. 문제는 상대가 어른이라는 점이다. 아무리 좀팽이 양아치라지만 중학생이 어른의 얼굴에 주먹을 겨눠야 하는 게 꺼림칙하다. 어쨌든 목숨을 지키기 위한 싸움은 죄가 아니라며 기회를 노린다.

허점이 보인다. 상대가 몸을 빼는 순간 소나무 반동을 이용하여 박치기로 옆구리를 받아 버리면 절반의 승산이 있다. 뱁새눈이 강철이의 박치기에 밀려 자칫 벼랑 끝에 떨어져 죽을까 봐 불안하지만 어쩔 수 없다. 몸을 일으키며 빈틈을 찾는다. 지금이다. 강철이가 몸을 숙이며 복부를 향해 필살기 박치기를 시도했다. 별이 번쩍 튀면서 피가 터진다. 돌멩이에 이마를 찍힌 것이다.

'비겁하게'

통증은 전혀 느끼지 못했다. 그런데 눈이 가물가물 감기면서 벼랑 아래로 쿵 떨어졌다. 이렇게 쉽게 죽는구나.

춥다.

어둠 속에서 나뭇잎 바삭거리는 소리가 적막을 헤칠 뿐이다. 강철이는 정신을 차리고도 눈꺼풀이 떨어지지 않아 한참 동안 운신을 못

토메이토와
포테이토

하는 중이다. 몸을 간신히 뒤틀자 쌓여 있던 가랑잎이 부스스 떨어져 나가는 것 같다.

'내가 긁어 모았나.'

몸 위에 붙었던 나머지 가랑잎이 누군가의 손길에 의해 하나씩 털어지는 것 같다.

'일어나.'

처음에는 바람 소리인 줄 알았다. 어디선가 낯익은 목소리가 들리는 것 같은데 도저히 눈이 떠지지 않는다. 다시 가랑잎 몇 개가 더 털어지는 것 같다.

'몇 시인가?'

굳은 몸을 펴기 위해 손가락에 힘을 주는 중인데,

'일어나. 칭구.'

바람 소리뿐 여전히 아무 것도 보이지 않았다. 눈꺼풀이 떨어지면서 흐릿했던 형체가 차츰 윤곽을 드러낸다. 목소리의 주인공은 아, 기세였다. 기세가 바싹 웅크려 앉아 강철이의 이마에 달라붙은 핏자국을 소매 끝으로 살살 문지를 때마다 살점이 뜨끔뜨끔 떨어져 나가는 것 같다. 순간,

'살았다.'

그 생각만 드는 것이다. 이대로 몸을 맡기고 싶다며 강철이는 신음 소리를 꾹꾹 삼킨다.

"…… 몇 시야?"

어느새 백상학교 아이들 모두 흔적조차 감췄는데 끝까지 남아 준

기세는 역시 가장 운명적인 친구다. '칭구'라는 호칭도 선명해진다.

"계속 누워 있다간 저체온증으로 얼어 죽는다."

저체온증.

'저체온증은 몸이 35도 이하로 떨어진 상태야. 주로 찬물에 빠진 경우나 한랭한 공기, 눈, 얼음 등에 오랜 시간 노출된 경우에 일어나거든. 심장, 뇌, 폐와 중요한 장기의 기능이 저하되기 시작하고 27도 이하가 되면 부정맥을 유발시키며 25도 이하가 되면 심장이 정지되어 얼핏 사망한 것처럼 보여. 몸을 녹인답시고 함부로 불을 쬐면 또 부정맥을 일으킬 수 있으므로 주의해야 돼.'

이상하다. 오늘은 기세가 그런 생물학적 백과사전을 좌르르 펼치지 않는 것이다. 강철이 스스로 일어서는 모습을 지켜만 보는데 왠지 얼굴에 표정이 보이지 않는다.

"고마워 칭구."

빠각빠각 뼈마디 관절 사이로 차가운 바람이 스쳐 간다.

그러거나 말거나 기세는 입을 다문 채 홀연히 몸을 돌려 산날맹이 아래로 내려가는 것이다. 새털처럼 가벼워진 것일까. 기세의 오솔길에는 모래알 하나 함부로 구르지 않는다. 강철이는 하마 놓칠세라 미세한 발자국 소리까지 귀를 기울이며 앞서는 그림자만 가쁘게 좇을 뿐이다. 언제부터였나. 그저 자석에 끌리는 쇠붙이처럼 총총총 뒤를 따르는데 기세는 혼자 저만치 걸어가다가 강철이가 지친 몸을 헉헉 추스릴 때마다 잠깐 걸음을 멈추고 먼 산 보기로 기다려 준다. 그러다가 가까이 다가서면 다시 총총 걸음치다가 저만치 거리를 남긴 채 우두커니 서 있기를 되풀이한다. 그렇게 한 시간 남짓 골짜기와 산등성이 넘어 혼신으로 움직인 것이다.

'쉬었다 가자.'

그런데 정작 그 말이 떨어지지 않는다. 내리막길에 다다른 다음 벌판까지도 한참을 더 걸은 것 같다. 어둠은 수풀과 길의 구별까지 폭삭 지워 버렸다. 이제는 나무건 수풀이건 구분이 가질 않는다. 내리막길 어디쯤 첫 번째 불빛 속으로 몸을 감췄으므로 강철이 혼자 정류소에서 한참을 더 기다렸다. 오가는 차량들이 아스팔트를 가로지를 때마다 라이트 불빛이 유난히 화사하다고 느꼈다.

그게 마지막이었다.

한번 간 기세의 그림자가 다시는 돌아오지 않지만 강철이는 놀라지 않은 채 옷깃을 여민다.

'별들이 저렇게 엄청나게 모여 있었나.'

수은등 너머로 매달린 별 무더기가 한꺼번에 쏟아질 듯 출렁출렁 흔들렸기 때문이다.

'더 기다리진 않을 거야. 혼자 갈 수 있으니깐.'

뭉쳐 있던 혈관들이 일제히 허벅지 핏줄을 파고들면서 자르르 전기를 쏘아 대는 것 같다. 기세가 다시는 돌아오지 않을 거라고 마음을 굳히면서 차라리 마음이 편안해진 것이다.

"누나, 주먹으로 두세 대까진 버틸 만했는데 돈을 빼앗기지 않으려다가 짱돌을 맞았어. 나중엔 선생님이 아닌 걸 확인하고 한바탕 붙어 보려 했지만 짱돌 때문에 정신을 잃어버린 거야."

"실제로 노름한 건 아니구?"

변명할수록 노기가 치민다. 엉뚱하게 '놀음판을 참가했네, 아니네'를 왈가왈부해야 하는 게 분한 것이다.

"남은 돈으로 사이다를 사서 누나와 나눠 먹으려고 했어. 나는 손목이 잘리더라도 손가락을 펴지 않으려고 했어."

방과 후 옥상이나 교실 뒷문에 숨어 돈놀이하는 친구들이 진짜 싫었지만 아무 방법이 없었다. 아이들은 동전을 짝수로 나누는 '홀짝'보다 삼등분 시켜 따먹기를 하는 '으찌 니 싼'을 더 선호했다.

"그게 중요한 게 아냐. 누나."

"……."

강철이의 눈빛이 늪처럼 가라앉으면서 선옥이의 표정도 진지해진다.

"숲 속에 쓰러졌을 때 나를 구해 준 애가 바로 기세야. 기세가 수풀 속에 쓰러진 나를 일으켜 세우고 굳은 피를 닦아 줬어."

"수학쟁이?"

선옥이가 눈을 둥그렇게 뜨는 바람에 강철이가 재빨리,

"그리움이 너무 간절해지니까 기세가 도움을 주려고 저승의 언덕을 넘어 나에게로 돌아온 거야."

"…… 그렇구나."

선옥이가 생각보다 더 벌벌 떤다. '기세가 너를 살리러 내려온 거야.'라고 해몽해 주려 했지만 몸이 풀리지 않는 것이다. 그럴수록 강철이는 몸을 더욱 바로 세우며 또렷한 목소리를 보여 준다.

"그리움이 강해지면 죽은 사람도 돌아올 수 있어. 하지만 나는 더 이상 기다리지 않기로 했어. 이제 잊어도 된다는 계시였던 거야."

강철이는 헛것을 만났던 설렘이 그리도 황홀하다.

기세가 돌아온 이유는 잊으라는 신호다.

귀신을 만나서 행복했던 날.

III

통과
의례

토메이토와 포테이토

맨 처음 '맹물 박카스 사건'은 공공칠님 시간까지 거슬러 올라간다. 장발 단속에 걸린 후 '꽁지 빠진 닭머리'가 된 공공칠님이 수시로 '슬픈 코메디언'의 표정으로 굳어 버리던 즈음이다. 9번 돈희가 공공칠님의 교탁에 맹물 박카스 병을 올려놓은 것이다. 공공칠님은 교탁에 올라온 박카스 병을 보면서 모처럼 환한 표정이 되었다.

"10분 뒤에 소리 없이 뚜껑을 열겠습니다."

"지금 마셔훗. 지금."

돈희가 책상을 '탕' 친다. 강철이는 세계사 시간의 자유로움이 저렇게 오버액션으로 변질되는 게 싫다. 나머지 아이들도 맹물 박카스의 드링크 실황을 빨리 보고 싶었으나 인내심으로 10분쯤 더 참으려는 중이다. 공공칠님은 아무 말 없이 한 칠판 꽉 차게 글씨를 채우더니,

"손 안 대고 밑 닦는 시대가 옵니다. 1990년대가 지나면 변기에 앉아 단추만 눌러도 물이 분수처럼 올라와 아랫도리 구석구석 닦아 주는 비데 세상이 오지요. 그뿐이 아니지. 2010년도쯤엔 공상 만화의 장면들이 실제 생활에 등장합니다. 손바닥에 들고 다니는 전화기가 생기고 서울과 뉴욕 시민이 안방 컴퓨터 화면으로 서로 마주 보고 대화하는 세상이 옵니다. 행복하겠나요?"

'행복하겠나요?'

거기서 마침표를 찍더니 게시판 쪽으로 몸을 돌린다. 드디어 박카스를 마실 참이다. 일순 착한 아이 나쁜 아이 가릴 것 없이 받은 신음소리를 삼켰다. 강철이도.

'마시지 마세요.'

내뱉고 싶었으나 의리상 어금니를 '앙' 깨무느라 입술이 아프다. 입술을 잘못 놀리면 꿰맨 쪽박 깨지면서 교실의 배신자로 몰리는 수가 있다. 때로는 사소한 일에도 어금니 깨물어 약속을 지켜야 한다.

문득 황톳물 급류에 쓸려 가던 송사리 떼가 겹친다.

봄 소풍 때 우이동 골짜기 버드나무 소용돌이였던가. 급류에 쓸려 가던 송사리 수십 마리가 풀잎 끄트머리를 깨물며 오그르르 버티고 있었다. 물살이 몰아칠 때마다 송사리들은 곤두박질치며 오로지 풀잎 끝에 어금니를 깨문 채 파닥파닥 몸을 지탱하는 것이다. 풀잎에 아가미가 찢어지더라도 입술을 옹물어야 물살에 쓸려 나가지 않는다. 그 피라미 떼처럼 혓바닥 앙물고 버티는 중이다. 아직은 입을 떼면 안 된다.

아무튼 공공칠님은 박카스 병을 단칼에 비우셨다. 아주 잠깐 당혹한 표정으로 입술을 옹무는가 싶었는데 다시 고개를 젖히고 마지막 한 방울까지 꿀떡꿀떡 들이키는 것이다. 오히려 아이들의 입술이 애매하게 찌그러졌다.

"덕분에 10분 동안 행복했습니다. 동지들의 센스가 오래도록 행복한 기억으로 남을 것입니다."

도대체 맹물을 마신 건지 아니면 진짜 박카스를 마신 건지 일을 저지른 아이들이 더 헷갈릴 정도였다. 아무튼 강철이는 공공칠님이 모처럼 밝은 표정을 되찾았음을 다행으로 여기는 중이다. 문제는 그다음 영어 시간이었다.

돈희는 이미 감자님영어, 168센티, 78킬로과의 오픈 게임에서 일 합에 찌그러지기도 했었다. 보름 전이었던가. 감자님은 하필 그날따라 교실 뒷문으로 들어오려 했다.

쿵, 쿵, 뿌직 뿌직.

뒷문짝이 제껴지면서 책상이 밀리더니 먼저 오랑우탄 아랫배가 불쑥 들어온다.

"저쪽으로 오셔야 하는데. 책상 때문에."

교실이 좁아지면서 책상을 작년처럼 두 개씩 짝 지우지 않고 아예 네 개씩 쪼르르 붙여 놓았다. 69명의 숫자를 감당하느라 가운데 통로를 제외하면 양쪽 모두 책상만 간신히 붙어 있는데 감자님은 부득불 그쪽으로 뚫고 들어오겠다는 것이다.

"열어 임마."

푸르락푸르락 문짝을 밀어붙이자 다닥다닥 붙어 있던 책상다리들이 시멘트 바닥을 끌면서 찌꺽찌꺽 신음을 터뜨린다. 그러다가 뒷문 입장을 마친 감자님의 눈에 쓰레기통이 잡힌 것이다. 게시판 아래 쓰레기통 아가리 바깥으로 휴지 뭉테기가 넘치고 헝겊 쪼가리나 팅팅 불은 라면 가락까지 총천연색으로 질질 널브러져 있었다. 늘 그랬던 일상의 연장이었는데,

"주번 나왓!"

순간 돈희가 깜짝 놀라며 단어장을 덮고 두루뭉술 일어선다. 그 바람에 진짜 주번인 창희와 필구가 엉거주춤 일어서려다가 갸우뚱 엉덩이를 주저앉히는 중이다. 알머리 두어 대는 일단 기본이고.

"쓰레기통 넘치게 할 건가요? 주번놈아."

"……?"

그러다가 교실을 휙 둘러보며 생각났다는 듯,

"주번 또 한 놈은 누구냐? 왜 너만 나와?"

"저 주번 아닌데요."

돈희가 뜨악한 표정으로 감자님을 바라본다.

"근디 왜 나오셨는감?"

"9번 나오라고 했잖아요. 선생님이."

감자님이 어리둥절 서 있다가 잠시 후에 카르르 침방울을 삼키시며,

"주번 말이야. 주번. 9번이 아니구…… 이왕 나왔으니까 기념으로

한 대 더 맞으시구요. 2학년 8반 골 때려요."

돈희가 허리를 숙여 출석부를 피하자 까르르 소리가 터져 나왔다. 감자님은 불쾌한 얼굴로 주먹을 번쩍 드는 시늉을 했으나 더 이상 때리지는 않았다.

돈희가 또 지난번처럼 감자님의 교탁 위에 맹물 박카스를 올려놓았다. 번지수를 잘못 찾았다는 생각은 당연히 꿈도 꾸지 않았고.

'헛헛헛. 맹물 같은 놈.'

꿀밤 정도의 유쾌한 해프닝일 줄 알았는데 출석부가 날아오는 것이다. 출석부도 모서리로 맞으면 머리가 밤톨처럼 부풀어 오른다. 그러다가 원망스럽게 쳐다보는 돈희의 눈동자를 의식한 듯,

"그냥 맹물만 넣을 리가 없어. 네놈이 보나마나 침이나 코딱지 같은 것을 박카스병에 잔뜩 쑤셔 넣었겠지."

돈희의 볼이 거품처럼 부글부글 터지려 하더니,

"보시라구요. 누런 게 안 보이잖아요."

"시캬. 침, 침, 하얗고 맑은 침."

"침이면 끈적끈적 거품이 일어나야 하는 데훗."

"이러니까 조선넘덜이 물에 빠지면 주뎅이만 동동 떠오르지."

거기까지였고 그날은 더 이상 벌어지지 않았다. 어쨌든 아이들은 감자님에게 당할까 봐 쭐밋거리면서도 도저히 장난질을 멈출 수 없는 것이다.

그 다음 시간에 덕규163센티, 55킬로의 싸대기 사건까지 겹친 것이다.

덕규도 인태와 푸닥거리 한판 이후 주먹 서열이 불쑥 올라온 상태였다.

1학년 소풍 직전이었던가. 인태가 교실 문을 막아선 채 또 모자 앵벌이 삥을 뜯는 중이었다. 지금 덕규는 1년 사이에 10센티나 크는 바람에 큰애들 틈에 섞이지만 그때 덕규는 153센티로 인태보다 반 뼘쯤 작았다. 아무튼 덕규는 삥 뜯는 수문장을 무시한 채 서슴없이 지나치려 했다. 뒷덜미를 우악스럽게 낚아채는 순간 덕규가 휙 눈을 치켜뜬다. 인태가,

"어쭈 세게 나오는데."

"죽고 싶나?"

덕규의 선방이 먼저 터져서 모두 깜짝 놀랐다.

인태가 뒤로 밀리며 덕규의 뒷덜미를 잡아당기면서 몸뚱이 두 개가 순식간에 뒤엉켰다. 아이들이 와르르 달라붙어 뜯어말리기 전까지 약 1분간이었지만 덕규는 인태와 대등한 맞짱 수준을 보여 주었다. 멍든 놈이나 볼때기 찢어진 놈이나 그만그만하므로 덕규의 주먹 서열이 단숨에 몇 단계 뛰어올랐다.

그 영어부장 덕규가 오늘은 수업 시작 전에 아이들에게 발음 연습을 시키는 중이었다.

"volcano."

"volcano."

덕규의 선창, 아이들의 후창이 쨍그랑쨍그랑 상쾌하게 울려 퍼진다. 범생이들은 범생이대로 칠판 글씨와 입 모양을 맞추는 중이고, 농땡이꾼들은 아예 칠판은 보지도 않고 '오리 꽥꽥' '돼지 꿀꿀' 소리 지르는 재미로 시간을 때우는 중이다. 그러거나 말거나 꼬부랑 글씨 합창은 왠지 품격을 다르게 해 준다.

"piano."

"piano."

"tomato."

"tomato."

기분이 좋아 다시 한번 '토메이토' 소리를 지르자 아이들이 악다구니로 따라 했다. 얼핏 마지막 '토메이토' 발음에서 '포테이토'와 비슷한 소리가 나기도 했던 것 같다. 뒤쪽에서 스팀 뿜는 소리가 '식식' 콧김을 뿜어 댔지만 그때까지는 아무 생각이 없었다. 그런데 갑자기 덕규의 눈앞에 불이 번쩍 튄 것이다.

"뭐라고?"

온몸으로 수증기 푹푹 뿜어 대는 영문을 당연히 알 수가 없다. 그래도 일단 '아닌 밤중의 홍두깨'를 피해야 하는데,

"⋯⋯왜요?"

덕규가 얼굴을 돌리며 이마를 싸맨다. 홍당무 얼굴로 감자님의 들창코 스팀을 뚫고 바싹 다가선다.

"포테이토. 시캬."

"토메이톤데."

"다시."

"토-메이토."

"거짓말 또 해 봐. 포테이토라고 했잖아. 네가 도야지 감자라고 약 올리는 거 모를 것 같아."

감자님의 별명은 그냥 '조선 감자'보다 더 시커멓고 울퉁불퉁한 '돼지 감자'였다. 감자님은 자신의 별명을 한 글자 더 늘려서 '도야지 감자'로 알면서 분기탱천 중이다.

"단어 연습…… 중인데."

그러자 감자님이 교실 후미까지 쫘악 훑어보면서 아이들과 하나씩 눈동자를 맞춘다.

"금방 뭐라고 했냐? 도마도냐? 포대또냐?"

"포테이토요?"

종대가 씨익 되받아치자 아이들이 침묵을 깨고 일제히 배꼽을 쥐어짠다. 덕규가 종대에게 원망스런 눈초리를 보내는 순간. 종대니까 그런 농담이 가능한 것이다.

"봐앗, 자식아."

감자님은 족집게처럼 집어냈다는 듯 멱살을 잡아 추켜올린다. 깔깔대던 아이들은 감자님의 매운 주먹 세례를 체감하면서 일순 창백하게 굳어지기 시작했다. 곧바로 호박이 통째로 깨지듯 퍽퍽 소리가 난다.

"돼지감자라고 약 올린 게 아니라 …… 선생님, 저희끼리 영어 단어 연습한 건데 그냥 제가 농담한 겁니다. 사실은 포테토가 아니라 토메이토라고 했는데요."

종대가 벌떡 일어서더니 재빨리 실토한다. 병 주고 약 주기다.

"뭣, 도야지 감자."

"아니요, 도야지 감자가 아니고 돼지감자지요."

아이들이 배꼽을 잡고 자지러지는데 감자님의 찐빵처럼 팅팅 불은 눈두덩으로 우동 국물이 쏟아지는 줄 알았다. 그런데,

"이런 넘 땜에 독재가 필요한 거시여."

평소 훈시처럼 조선 종자들 국민성 운운으로 어물쩍 소란을 정리하는 것이다. 감자님의 모든 훈화는 '조선 팽이는 때려야 돈다.'로 시작하여 '박정희 대통령 예찬론'으로 끝맺곤 한다. 그리고 무릇 후진국은 김현옥 시장식으로 불도저처럼 밀어붙여야 하며 그런 의미에서 '국수라도 먹게 해 준 5.16 혁명 군인들에게 감사해야 한다.'는 얘기를 족히 수십 번은 더 들었다. 덕규는 볼을 비비다가 감자님이 돌아서는 순간 뒤통수에 손가락 V자를 만들며 엉덩이를 후르르 돌린다.

'싸대기쯤이야.'

얼마든지 맞아 준다는 뱃심이다. 하얀 이빨 사이로 혓바닥 낼름거리는 바람에 아이들이 웃음을 참느라 죽을 지경이다.

일본놈하고

이쁜이하고

삼팔선에서

사시나무 떨리는

오밤중부터

여섯 시까지

치마를 올리고

팔뚝만한 잠지로

구먹을 찾아서

십 했다.

그 감자님이 강철이를 짠하게 감동시킨 것이다.

비 오는 봄날의 오후였던가. 청소 시간 끝물에 쓰레기통을 비우려고 소각장 쪽으로 빠져나가는 중이었다. 문득 빗소리 사이로 아름다운 선율이 들려오는 바람에 별관 입구에서 걸음을 우뚝 멈추었는데.

피아노 소리다.

지하 음악실 창틀 사이로 새어나오는 피아노 선율 〈소녀의 기도〉를 따라 시나브로 강철이의 목이 끌려가는 중이다. 무심히, 그야말로 무심히 별관 지하 음악실 문틈을 훔쳐보았을 뿐인데, 어렵쇼, 음률의 주인공이 바로.

이럴 수가.

피아노 앞에 다소곳이 앉아 있는 사람은 분명히 감자님이었다. 모든 게 새롭다. 풍만한 살집에서 빠져나온 손가락조차 하얗고 가느다랗다. 그 가느다란 손가락이 건반 위에 닿을락 말락 콩나물콩처럼 통통 퉁기고 있었다. 황홀했다. 감자님의 머리 꼭대기로 감자꽃 무더기가 하얗게 피어올랐기 때문이다.

그 선율이 쓰레기 소각장까지 꼬리를 물고 따라붙는 것이다. 게다가 소각장 아궁이로 들어간 〈소녀의 기도〉 선율이 활활 타오르며 가슴을 뻥 뚫어 주는 것이다. 드럼통 소각로로 불길이 화르릉화르릉 터져 나왔고 불 탄 쓰레기 잔재는 바리케이트 안에 긁어모았다가 트럭에 실어 나를 참이다. 아름다움이 그런 것일까. 굴뚝 꼭대기로 재티가 조팝꽃 무더기처럼 화사하게 피어올랐다. 그러면서도 한편 마음이 불안했지만.

다시 음악실로 돌아왔을 때.

감자님은 피아노와 완전히 합체되어 있었다. 감자님의 엉덩이 비곗살이 솜사탕 되어 분명히 허공에 5센티쯤 뜬 채 폭신폭신한 선율의 조화를 이루는 중이었다. 눈동자에서 이슬이 한 사발쯤 쏟아질 것만 같다.

그러나 인기척을 눈치챈 감자님이 피아노 의자에서 느릿느릿 일어섰다. 순간 음율이 '툭' 끊어지더니 모든 소음까지 동시에 멈춰 버린 것이다.

"…… 먼 일로 오셨능감?"

감자님의 실체가 원위치되었는데도 강철이는 아직 황홀한 안개 속을 헤매는 중이었다. 웬일일까. 우윳빛 목소리가 나긋나긋 어깨를 쓰다듬을 것 같다. 그 예술적 승화가 돼지감자를 도라지 꽃대궁으로 변신시켰구나. 그런 생각에 빠진 채 깜빡 쓰레기통을 떨어뜨렸다.

까깡.

타악기 하모니인 줄 알았다. 그 순간 '천사의 눈빛'에서 감자탕 육수가 흘러 내리지 않았더라면 강철이는 감자꽃 무더기 품에 잠긴 채 그대로 쓰러졌을지도 모른다. 그러나,

"아색갸. 쓰레기."

그제야 화들짝 정신을 차렸다. 소녀의 기도 물안개가 '쌩' 사라지 더니 쓰레기통 아가리로 명태국물이 불끈불끈 쏟아지는 것이다. 머리 꼭대기의 하얀 감자꽃 무더기가 피시식 잦아들더니 도야지 감자님의 대머리 언덕이 우툴두툴 드러난다. 그리고 분명히 알았다. 아무래도 '천사의 눈빛'보다 예전의 '살코기 눈빛'이 더 편안하다는 것을.

피아노 앞에서는
예술가
고개 돌리면
돼지감자로 변신

어느덧 혼자만의 문장들로 일기장을 빼곡빼곡 채우기 시작한다. 그 비밀의 소통 시간이 장차 삶의 자양분이 될 수 있을까.

싸움의 법칙

종대의 횡포가 극에 달했다. 자습 시간마다 교탁 위에 몽둥이와 함께 군림하는 것이다. 수시로 '눈 감앗' 소리치고 몽둥이를 어른거리며 감았나 안 감았나를 확인하는 게 합죽님 스타일을 그대로 전수했다. 특히 조무래기들은 반장의 명령에 따라 오리가 되고 원산철교가 되고 오토바이가 되는 것도 합죽님 빵틀이다. 돈희나 창희도 당했지만 필구는 완전히 용달차에 샌드백이 되었다. 큰 아이 몇을 빼놓곤 모두 무차별로 시달릴 즈음 강철이는 마음을 다스리느라 고통스럽다.

이대로 지낼 수는 없다.

싸움을 작정한 날 저녁에는 강철이 혼자 자취방 책상에 엎드려 연신 자기 최면으로 전의를 다지곤 했다. '싸움은 덩치와 전혀 상관이 없다. 골리앗 쓰러뜨리는 다윗의 돌이 있다지만 나는 돌을 쓰지 않고 맨주먹으로 이기겠다.'라고 주문을 외우면 팔뚝에 시퍼런 동맥이 뻗치는 것 같았다.

어느 날 합죽님이,

"끝까지 붙으면 결국 이긴다는 싸움의 법칙을 터득했었다. 중학교 때 어떤 싸움은 3년까지 간 적이 있다. 덩치에 상관없이 일단 붙는다. 맞으면 이튿날 또 걔를 만나서 싸움을 신청하는 거야. 때리면 맞

아 주고 그 다음날 또 집으로 찾아가서 열두 시고 새벽 네 시고 '개똥
아, 한판 붙자.' 대문을 발로 쾅쾅 차는 거야. 결국은 항복하게 되어
있지만 그 자식이 잘못했다고 조아리더라도 마음이 약해지면 절대
로 안 된다. 무릎 꿇고 꺼이꺼이 두 손 두 발 다 들 때까지 진저리나게
찾아가다 보면 결국은 질긴 놈이 이기는 거야. 죽이지는 못하거든."

　아이들은 모처럼 합죽님의 연설에 자발적으로 집중하면서 초롱
초롱 고개를 끄떡인다. 하지만 하찮은 항복 문서 하나 받아 내기 위
해 3년이란 금쪽 같은 시간을 허비하는 게 얼마나 힘의 낭비인가. 시
간도 아깝고 가치도 없는 것 같다.

　'죽일 수는 없거든.'

　그 말도 믿을 수 없었다.

　맞는 게 무서운 게 아니라 죽는 게 무서운 것이다. 만약 사시미칼
로 푹 쑤신 다음 뒤도 안 돌아보는 막장 조폭들과 부딪치면 어쩌란
말인가. 그런 칼잡이들에게도 질기게 늘어지는 맞장 해결이 가당키
나 할까. 그래도 진짜 분한 상황에서는 끝장을 봐야 할지 모르지만.

　12번 필구159센티까지 컸음는 거무티티한 살결 때문에 얼핏 거칠어
보이지만 피부가 너무 보드랍고 종잇장처럼 찢어질 것 같다. 그래서
몸 장난에서 강철이의 손아귀에서 벗어나지 못한 채 낑낑 진땀을 흘
린다. 조무래기 두 놈이 그렇게 등짝을 두들기고 간지럽히면서 즐거
운 시간을 때우다가 포식자의 무료함에 걸린 것이다.

　"나와. 조지나 감빵들."

반장 종대의 손가락 낚시에 동급생 둘이 당연하다는 듯 불려 나갔다. 필구는 작대기처럼 바짝 굳었고 강철이는 '또 이런 식으로 끌려 나오는가' 하며 부글부글 끓는 중이다.

"반장을 뭘로 아는 거냐?"

종대 역시 아무 생각 없이 손바닥으로 머리통을 툭툭 칠 뿐이다. 필구가 순종하는 자세로 손바닥을 비비고 있었으므로 정강이를 두어 번 더 찼다. 아무 일 없을 줄 알았던 것이다. 기실 못 참을 만한 상황도 아니었는데,

"반장이 뭔데?"

강철이가 김밥 옆구리 터친 것이다. 종대가 뜨악한 표정으로 바라보다가 돌연 애매한 필구의 아랫배만 또 한 번 걷어찬다.

"아."

필구가 풀자루처럼 쓰러진 채 배를 감싼다. 하얗게 바래진 필구를 향해 다시 발길질 날리려는 종대를 이해할 수 없는 것이다. 강철이가 후닥닥 막아서자,

"니가 엉기겠다는 거야?"

"그래."

'어쩔래' 하려는 순간 앞차기가 튀어나온다. 이제 진짜 붙는구나. 종대의 가슴팍이 가로막지만 이런 싸움판 대면식은 기본이다.

종대가 발길질을 날리기 위해 몸을 뒤로 뺀다.

이번 한판 행사를 확실히 치러야겠다고 마음을 굳힌다. 키다리놈

들의 심심풀이 주먹질에서 해방되기 위한 푸닥거리 한판을 준비하는 것이다.

'시간이 지나면 어떤 식이든 결말이 난다.'

마음을 응집시키면 쇠망치처럼 단단한 주먹이 만들어질 것 같다. 주먹에 체중 전체를 실어 펀치를 날리는 게 중요하다. 49킬로는 49킬로의 체중을 주먹에 실을 수 있고, 80킬로는 80킬로의 체중을 실을 수 있는 것이다. 49킬로의 체중을 꼭 차게 실은 주먹이 제대로 먹히길 바라며 아직은 맨주먹을 고수하는 중이다.

한편 '아, 진짜 싸움없는 세상에서 살고 싶다.' 속으로 절규도 하는데,

"반장이랑 남신상이 붙었네."

"쥐방울만한 놈이."

그래도 순수 몸싸움으로 붙고 싶은 것이다.

빠바박.

선방 주먹이 거칠게 부딪쳤으므로 이제 더욱 강하게 붙어야 한다. 그런데 무르팍을 당기려는 순간 종대의 굽혀진 무르팍 관절이 정수리로 날아오는 것이다. 육체와 정신 중 어느 쪽이 더 아픈 것일까?

'절대로 무기를 쓰지 않는다.'

아직은 그런 마음으로 신음 소리를 삼키며 짧은 팔을 뻗는다.

'다리 당기기'가 성공하면 올라탈 수 있을 것 같은데 위에서 찍어 누르는 힘이 너무 버겁다. 구경꾼들이 빙 둘러선 채,

'강철이 뒈지게 맞는다. 푸헤헤헤.'

몸을 비튼다. 오히려 종대 편을 들어 슬쩍 강철이의 팔다리를 잡는 놈들까지 있는 것이다. 싸대기를 맞으며 주먹을 또 날린다.

갑자기 아이들이 모두 후닥닥 자리에 앉는다.

분하다. 수업 종이 울린 것이다. 몸을 돌리는 목덜미에 제대로 된 주먹 한 방을 내리찍고 싶었는데 오히려 종대는,

"점심 때 음악실로 내려왓!"

말하곤 태연하게 자리에 앉는다. 강철이 혼자 가슴을 와락 쥐어뜯는다.

구경꾼 없는 자리가 차라리 확실하게 끝장을 볼 수 있을지 모른다. 그렇게 굴욕 관계를 끝장내기 위해 지하 계단을 내려간 것이다.

어차피 거쳐야 할 관문이다. 붙자.

그러나 음악실 문을 여는 순간 커다란 교복 몇 개가 장승처럼 '쿵' 버티고 서 있는 것이다. 게다가 모두가 상급생 배지를 찬 선배들이다. 종대가 조무래기 강철이 하나를 손보기 위해 작년도 동급생 친구 셋을 더 부른 것이다. 강철이는 선배에게 반항하는 것을 상상해본 적이 없으므로 난감한 표정으로 현재의 동급생인 종대만 쳐다볼 뿐이다.

"선배에게 맞먹다니."

"얜 친구니까요."

한 발 물러서는 투로 대꾸하는데 종대가 기습 옆차기를 날린 것이다. 숨을 쉴 수 없다. 동시에,

"네가 아무리 한 살 많다고는 하지만 동급생은 동급생이야."

종대로선 그 외마디 소리가 가장 듣기 괴롭다.

'나는 원래는 선배다'라는 말을 제 입으로 내뱉어야 하는 상황이 괴로운 것이다. 지금도 이 조무래기 자식이 친구들에게는 존댓말을 깍듯하게 붙여 주지 않는가.

종대가 다시 '앞돌려차기'를 넣는다.

태권도에서 특히 돌려차기는 안정감이 떨어지지만 약자 앞에서 폼 잡기는 아주 적격이다. 강철이는 십자걸기로 막아 내면서 종대의 몸을 혼신으로 밀어붙인다. 교단 모서리에 발바닥을 의지하고 지렛대 원리로 빠드득 힘을 주니 커다란 덩치가 밀리면서 쓰러지려 한다. 이제 올라타서 주먹만 날릴 수 있다면.

으라차라.

순간 몸이 베개처럼 반짝 들려 버린다. 덩치 큰 선배들이 일제히 강철이를 들어 올리는 바람에 몸이 공중에서 묶여 버린 것이다. 강철이는 허공에 뜬 상태에서 연통을 부여잡고 그대로 잡아당겼다.

뿌지끈.

연통 허리가 끊어지면서 조개탄 연기가 시커멓게 쏟아져 나왔다. 갑자기 옆구리 박히는 느낌으로 숨이 콱 막혔다. 누군가의 니킥에 옆구리를 먹은 것이다. 이번에는 팔꿈치다. 숨이 막혀 죽을 것 같다.

"일대일로. 썅."

모르는 놈과 싸울 때는 힘이 최고지만 아는 사람과의 싸움은 근성이 더 중요하다는 걸 안다. 그런데 지금은 상황이 다르다. 싸우다가 죽는다는 게 이런 거구나.

튀자.

일단 숨을 돌려야 한다. 어깨를 당기는 손끝을 부리치고 문짝에 몸을 쑤셔 넣었다.

뿌자작.

패거리 하나가 다시 어깨를 낚아챘으나 순식간에 뿌리치고 본관 3층 훈육실로 달린다. 비겁해도 일단 종대를 벗어나야 한다.

빠각.

교무실 한복판에 저고리처럼 자그마한 교복 윗도리가 내팽개쳐진다. 늪 같은 고요, 고요함에 빠진다. 처음에는 선생님들의 눈빛이

일제히 도깨비 바늘처럼 따라다니는 줄 알았다.

"학교 진짜 못 다니겠어요."

짧은 정적이 날을 세우는가 싶더니 곧바로 찢어지는 절규가 터진다.

"개 같이 당하면서 다닐 수 없어욧. 날마다."

하지만 훈육실 참깨폭탄님이건 울쌍님이건 금세 저마다의 업무로 하나씩 몸을 돌리는 중이다. 합죽님 혼자 컴퍼스를 내려놓고 난감한 표정으로 바라보다가,

"남신상 왜 그래?"

남신상.

그런 한가한 호칭들이 '디요 디잉요.' 귓바퀴를 한가하게 울려 줄 뿐이다. 무섭지 않다. '공포의 정신봉'이 순식간에 무장 해제되었다.

"종대 새끼 때문에 학교 못 다닙니다. 보시오."

이상하다. '보세요.'가 아니라 '보시오.'라고 했는데 아무도 싸대기를 때리지 않는다. 강철이는 팽개쳤던 윗도리를 교무실 바닥에 패대기치듯 다시 펼쳐 놓는다. 운동화 자국이 모자이크처럼 덕지덕지한 교복 등짝을 드러내 보이며 이빨만 딱딱 부딪치는 중이다. 합죽님이 책을 덮으며,

"싸우면서 크는 거야."

"맞으면서 클 수는 없어요. 언제까지나."

합죽님이 뭔가를 발견한 듯 검지 손가락을 까딱까딱 흔들자 훈육실 문틈에 숨어 있던 필구가 쪼르르 끌려 나온다. 선생님이건 선배

건 심지어 왈짜 친구가 부를 때에도 손가락질 하나에 자석처럼 딸려 가는 필구가 벌써부터 사시나무처럼 떨고 있는 중이다. 합죽님이 냅다 소리 지른다.

"종대 불러왓. 뚜껑 열린다."

필구가 운동화 밑창에서 불이 나도록 치달리는 동안 강철이는 고개를 돌리지 않는다. 얼마나 지났을까, 얼굴이 벌겋게 달아오른 종대가 주춤주춤 문을 연다. 강철이가 스프링처럼 벌떡 튕겨 나온다.

"쟤예요. 날마다 괴롭히는, 스리랑카가 쬐끄만 애들만 골라 빵 심부름 시키고 기합 준다구요."

'기합'이란 단어 앞에서 설움이 북받친 것은 적나라한 폭로의 굴욕감이다.

"뭐 시랑카. 욕도 이상하게 하네."

"기합을 준다구요. 저 씨구리가."

그 와중에도 강철이는 종대가 음악실로 끌고 가 덩치 큰 선배들과 함께 돌림빵 놓으려 했다는 얘기만큼은 비밀로 부치고 싶어진다. 다구리 놓던 선배들은 어느새 감쪽같이 증발되고 일대일 훈육실 재판으로 바뀌는 순간이다.

"친구끼리 싸운 것 가지고 교무실까지 끌고 오다니. 목소리 죽여."

"그럼 어디로 끌고 가란 말이욧? 한두 번이 아니라 수십 번 수백 번씩 당하는 약자의 고통을! 앞으로 몇십 번을 더 깨져야 교복을 벗나요?"

종대를 쳐다보는 합죽님의 표정이 아직은 여유롭다.

"왜 때렸니?"

"쟤도 저를 때렸어요."

납작 변신하는 종대가 일순 딱하게 보이지만 여기서 밀리면 끝이다.

"어딜 맞았는데?"

합죽님은 흥미가 땡긴다는 표정이다. 회전의자 바퀴를 끌면서 몸을 이동시키는 자세가 서서히 예전의 정신봉 카리스마가 채워지는 것 같다. 종대가 얼떨결에,

"발요."

"발을 때려. 뭘로?"

"이마로요."

"이마로 발을 받았단 말이냐. 마빡으로 각목을 때리는 거보담 낫네. 배로 주먹 때리기나 싸대기로 손바닥 때리기."

합죽님이 기가 차다는 듯 정신봉을 흔들어 댄다. 일단 지금은 강철이 편이다.

"장난이었는데."

종대가 반 발자국 뒤로 물러서며 말꼬리를 흐린다.

"장난이라니?"

"애들끼리 싸우길래 훈계하는데 쟤가 먼저 욕을 했어요."

"…… 먼저 욕을 했니? 네가?"

강철이의 눈이 하얗게 뒤집혔다.

"조건 반사로 튀어나온 거라구요. 다섯 대씩이나 참았단 말예요.

아니, 여섯 대쯤 돼요. 발 주먹 무르팍…… 내가 붙으려 하면 큰애들이 모두 반장 새끼 편만 드는 거예요. 말리는 게 아니라 다구리로 달라붙어 팔다리를 꺾었어요. 선생님, 나에게 저 악마를 죽일 자유를 주세요."

강철이도 얼떨결에 내뱉은 '죽인다.'는 말에 깜짝 놀라긴 했다.

"…… 원래 삼 년 쯤 지나서 키가 어지간히 큰 다음 정식 맞장으로 해결하려 했는데."

합죽님은 여전히 여유 있는 표정으로 피시식 웃으며,

"몇 명이나 죽여 봤노?"

"쟤 죽이면 첫 번째요. 그 다음은 감옥에서 생각해 보겠습니다."

감옥.

강철이는 잠깐 수렁에 빠진다. 종대 따위 때문에 감옥을 생각한다는 건 너무 원통하지만 그렇다고 이대로 견딜 수는 없는 노릇이다.

"너는 욕한 게 잘못이고 너는 때린 게 잘못이니 서로 미안하다고 하면 되겠네."

"선생님도 한번 당해 보세요."

그제야 합죽님이 종대를 쳐다보며 '어쩔래, 또 때릴래.' 하는 표정을 짓는다. 차렷 자세로 '아니요.' 하며 부인하는 종대가 갑자기 허약한 포즈를 취하는 것이다. 어쨌든 이렇게 합죽님하고 속내를 터놓는 시간이 있을 줄은 꿈도 꾸지 못했었다. 이 순간만큼은 합죽님 말씀이 진정성 있게 느껴지기도 하지만 강철이는 기어이 한 마디 더 내지른다.

"결판 내 주세요."

"서로 한 발자국씩 양보해야 평화가 온다."

웃기는 소리다. 뱁새눈에게도 양보하려다가 벼랑에 떨어져 죽을 뻔하지 않았는가. 그러거나 말거나 강철이의 목소리도 조금씩 꺼져 가려는 중인데,

"필구는 안 맞잖아."

종대가 낮게 옆구리 찌르는 바람에 다시 울화통이 폭발한다. 참깨폭탄님과 울쌍님은 바둑판에서 여전히 눈을 떼지 않는 중이다.

"걔는 꼬붕이잖아. 네 수족 같은 심부름꾼."

강철이가 옆구리를 더 세게 '푹' 찌르는 소리가 터지는 바람에 교무실 선생님들의 고개가 일제히 돌려진다. 참깨폭탄이 엉거주춤 일어서려는 순간 강철이는 벌떡 일어서서 꿇어앉은 종대의 머리를 걸어찼다.

퍽.

다시 호박 깨지는 소리다. 종대가 얼굴만 벌겋게 부풀리는데 참깨폭탄님이 화들짝 놀라면서 박혀 있던 주근깨들이 후투투 튀어나온다.

"그만 해라. 종대도 이젠 언간히 먹었다."

참깨폭탄님의 입술이 한 일 자로 정돈되면서 주근깨들이 다시 일렬횡대로 쪼르르 늘어섰다. 아무튼 종대는 그렇게 맥없이 반장 자리를 내놓게 되었다.

얼마나 지났을까. 강철이는 그때까지 운동장 구석 철봉대를 붙잡고 흐느끼는 중이다. 썩은 새 같은 어둠이 깔리면서 바닥의 그림자도 시나브로 지워진다. 강철이는 닭똥 같은 눈물만 뚝뚝 떨어뜨릴 뿐인데 성렬이가 머리를 벅벅 긁어 주는 시늉을 한다. 친구가 남아 있긴 하구나. 손바닥에 퍼렇고 땡글땡글한 사과 한 알을 보여 주면서.

"사과가 웃으면? 이번에는 세 글자야."

묵묵부답이다. 성렬이가 팔을 잡아끈다.

"풋사과."

아닌 게 아니라 성렬이의 주먹 사이에서 단단한 풋사과 하나가 피식 웃는 것 같았다.

버스 차장
성순이 누나

두 여자 중 한쪽을 선택해야 한다.

앞의 여자에게로 갈까, 뒤의 여자에게로 갈까.

망설이다가 뒤의 여자 쪽으로 몸을 움직인다. 여자 앞에 서자 바깥 풍경이 정지된다.

'차장 내려 줘.'

시골 버스는 남자 조수와 여자 차장이 있었는데.

서울 버스는 앞문과 뒷문 모두 여자 차장만 두 명씩 배치시켰다. 여자 차장들도 시골 버스의 조수들과 마찬가지로 승객들 밀어 넣기를 아주 잘했다. 도저히 빈틈이 없는 것 같은데도 일단 안쪽으로 쑤셔 붙이면 밀려들어 가는 것이다. 때로는 커브 길에서 버스가 기우뚱 흔들리면서 승객들이 한쪽으로 쏠리면서 잠깐 숨통이 트이기도 했다. 그렇게 바둥바둥 매달려 혼신으로 출입문에 밀어 넣고 '오라잇' 탕탕 치면 버스는 시동 바퀴를 굴리는 것이다.

땡그란 얼굴판에 '착함'이라고 써 있는 그런 표정의 여자였다.

그 버스 차장이 자꾸 강철이의 교복과 모자를 두어 번 힐끗 쳐다보는 것이다. 까마중 눈동자가 강철이에게 꽂혀 뒷골이 당겨지는 게 심상찮다. 강철이가 이마를 '딱' 쳤다.

'사과를 준 그 누나구나.'

영락없다. 하지만 아직 눈길을 마주치지 못하고 손잡이에 매달린 채 바깥만 바라본다. 동자동 신호등 아래에 멈췄을 땐 버스 차장이 돌연 속삭이는 목소리로,

"백상중학교야."

슬그머니 묻는 말에도 가슴이 뜨거워지는 이유를 알 수가 없다. 머뭇거리는 듯하다가 조금 커진 목소리가 다시 팔목을 잡아끈다.

"백상이니?"

"…… 에."

서울역 시계탑에서 지하도 쪽으로 우회전 중이다.

"박성렬이 아니?"

"넷!…… 성렬이 누나잖아요."

자신도 모르게 대뜸 '누나잖아요'라는 반문이 튀어나왔다.

"아니야. 아니야."

손사래 치면서 '호호호' 웃을 때마다 검은 눈썹이 치켜 올라가는 게 영락없는 성렬이네 식구 빵틀 얼굴판이다. 명찰 이름도 박성순이니 틀림없다. 그래서 기세가 죽은 날 버스 안에서 혼자 흐느낄 때 동생을 떠올리며 사과를 쥐어 줬구나.

조무래기 그룹에서 강철이보다 힘이 센 아이는 성렬이가 유일하다. 강철이는 30번대 중반까지는 몸싸움 장난으로 부닥칠 만했지만 50번대 이후 키다리들은 도저히 힘이 부쳐 부글부글 분만 삭이는 것이다.

"닮으신 것 같아요. 눈썹도 짙고."

세련된 말이 튀어나온 게 신기했다. 버스 차장 박성순156센티, 55킬로이 몸을 바싹 붙이더니 비밀 이야기하듯 목소리를 낮춘다.

"……공분 잘 하니?"

"저요?"

"아니, 성렬이."

"20등 바깥으로 나가진 않아요. 잘 할 땐 7, 8등 정도까지 올라갈 때도 있었고."

"전체에서?"

"반 아이 69명 중에서…… 아니요, 기세가 죽었으니 68명 중에서요."

'전체에서 20등'이라고 말해 줄 걸 그랬나.' 후회하려는 순간 기세의 얼굴이 불쑥 튀어 오르기도 했다.

'또 공부 이야기군요.'

땅속 깊이 파묻고 몰래 열어 보던 응어리가 불끈거릴 뻔했다.

'사과는 고마웠어요.'

그 말도 되씹다가 끝내 삼키는 중이다. 목이 멘다. 수시로 눈앞을 가로막는 기세의 그림자 때문이기도 하다.

"대학은 어차피 못 가. 실업계 고등학교 갔다가 공장에 취직해야지. 걘 아침마다 신문을 돌려."

"…… 새벽에요?"

"등록금 벌어야 하니까."

버스는 서울역에서 시청 앞으로 꺾어진다.

남대문 옆 9층 빌딩 꼭대기에 '수출 목표 7억 불'이라는 네온사인의 화살표가 아래쪽에서 날마다 눈금 몇 개씩을 잡아먹으며 아등바등 올라가는 중이었다. 작년도 수출 목표인 3억 5천 불의 곱절로 정했던 목표가 달성되면 내년에는 다시 13억 불로 높인다고 한다. 1월에는 7천 불이었던 화살표가 다섯 달만에 3억 3천만 불까지 솟구쳤으니 나라의 미래가 뭔가 든든하다는 생각도 해 보았다.

'2000년대에는 국민소득 2만 불인 선진국 시대가 진짜로 올까?'

그런 거품 희망으로도 주먹이 쥐어지기도 한다.

일주일쯤 지났을까.

버스가 금세 출발할 듯 그르릉그르릉 시동을 높이자 출입구에 얽혔던 사람들이 자동으로 일렬종대로 나래비를 만든다. 꾸역꾸역 올라타면서 콩나물 시루처럼 꽉 채워지면서 버스가 터질 것 같다.

"들어갑시다."

남자 고등학생들이 문에 매달려 거칠게 엉덩이 밀어붙이면 안에서 여학생들의 자지러지는 비명이 터진다. 어쨌든 차장이 문 닫기를 몇 번째 시도하여 가까스로 성공하자 버스는 스르르 미끄러진다.

"안은 텅텅 비었어."

그러나 안창 깊숙이 들어갔다간 자칫 내려야 할 정거장에서도 빠져나오지 못하므로 함부로 이동할 수 없다. 승객들이 우르르 쏟아져 나올 때 안창에서 길이 막히면 '내려요.' '내려요.' 하며 발을 동동 구르는 사태가 터진다. 운동화만 버스 바닥에 닿아 있어도 어떻게든 균형을 잡겠는데, 어떤 때는 사방에서 찍어누르는 바람에 아예 몸이 붕 떠 있기도 했다. 그 와중에 또 성순이를 만난 것이다.

"백상학교 앞인데."

성순이는 지난번처럼 무교동 거리로 몰려든 중딩들의 교복 사이를 두리번거리는 것이다. 이번에는 강철이가 먼저 알아차렸다.

"성렬이 찾아요?"

대뜸 그런 말이 툭 튀어나왔다. 화들짝 고개를 돌리던 성순이의 얼굴이 금세 환하게 펴진다.

'너를 못 알아봤구나.'

미안해 하는 표정도 박꽃처럼 화사하다. 강철이는 이제부터라도 얼굴을 확실히 익혀 두겠다고 결심한다.

"발차."

다른 차장들은 대개 '오라이'나 '스톱' 하고 외쳤는데, 성순이는 '발차' '정차'라는 우리말을 쓰는 것부터 다른 차장과 수준 차이가 난다고 생각 중인데,

"공부 잘하니? 성렬이."

"잘하는 축요."

'지난번에도 물어본 소린데요.'라는 말은 하지 않았다. 물어본 말을 또 묻는 게 보호자들의 주특기다. 어쨌든 성렬이는 왠지 어른이 되면 야무지게 살 것 같다.

버스를 탈 때마다 '만날 수 있을까' 기대하는 사람이 생겨서 행복한 시간이 생기는 것이다. 앞문으로 탔다가 차내를 살핀 다음 성순이가 뒤쪽에 있으면 재빨리 몸을 옮기곤 했다. 버스표를 내려고 주머니를 맹기작거리다 보면 '아니야' 하는 성순이의 눈빛에서 이슬 자국이 잘름잘름 번지는 것이다.

"됐다니까."

표정이나 손사래치는 몸짓까지 모두 넉넉하다. 강철이가 '5원 벌었다.' 하는 불안한 기쁨을 질겅질겅 씹으면서 사양하는 몸짓을 하면,

"자꾸 싱갱이 하면 뒤에 있는 애가 이상하게 쳐다본다. 촌스럽게 하지 마."

그 소리에 재빨리 손바닥을 주머니에 쑤셔 넣기도 했다.

"느넨 둘 다 키 크기 운동 좀 해야겠구나."

가장 듣기 싫은 키 이야기도 지금만큼은 상큼하다.

"다른 애들하고 동갑나기이니?"

또 키 이야기지만 정성스럽게 대답하고 싶어서 자세하게 따져 준다.

"저는 음력으로 치면 동갑이고 양력으로 치면 한 살 적어요. 음력 12월생은 양력으론 1월이거든요."

"반쪽 동갑."

"친구들보다 평균 6개월 정도 늦거든요. 그래서 1년에 4센티 큰다고 계산하면 나중에 성렬이보다 2센티쯤 더 클 수 있어요. 많이 크는 아이들은 1년에 10센티도 크지만."

문득 성렬이는 어른이 되어서도 키가 클 것 같지 않다는 생각이 든다. 키는 쬐끄맣지만 이미 여드름과 콧수염이 붙어 있는 게 왠지 오래잖아 성장판이 닫힐 것 같다. 그런 생각에 빠졌다가 성순이의 가슴이 미세하게 움직일 때마다,

'안내양이라고 불러 주세요.'

흔들리는 리본에 눈길을 준다. 기실 '차장'이란 명칭보다 오히려 낮춘 느낌인데도 '안내양'으로 호칭을 바꾸려는 시도는 이름자의 오랜 고단함을 벗어나려는 몸짓인 것이다. 성순이는 구겨진 버스표를 간추리다가 조심스레 옆구리를 찌른다.

"버스표 좀 성렬이에게 갖다 줄 수 있겠니?"

일부러 고개를 빳빳하게 세운 채 슬그머니 팔만 옆구리로 뻗어 버스표 열 장을 손에 넘겨준다.

'아이고.'

민망한 행운이었다.

공짜 버스를 탔고 나중에 성렬이가 배달 수고비로 돌려준 한 장까
지 도합 두 장을 번 셈이다. 버스표를 전달받은 성렬이가 강철이에
게 수고비 한 장을 떼어 준 다음 나란히 함께 포장마차 속으로 들어
가는 여유도 가져 보았다. 공복의 뱃살을 문지르며 지나쳤던 포장마
차 천막을 유유히 걷어 올리며,

"여기요. 유가 증권."

버스표로 5원짜리 튀김과 맞바꾸어서 간장 종재기에 푹 찍는다.
번질번질 기름 범벅이 된 간장 그릇이 입을 따악 벌리며 오징어 튀
김을 받아 낸다. 오징어 튀김에 기름 간장 속의 고춧가루와 깨소금
을 흠뻑 배게 한 다음 와드득와드득 씹어 버린다. 돈을 얻은 짭짤한
재미와 함께.

또 만났다.

어린 왕자의 '벌레 먹은 장미'를 넘기면서 '관계의 의미'를 새롭게
정리할 즈음이다. 버스표를 '받네, 마네'의 실랑이도 느슨해지면서
분명히 특별한 관계로 바뀌는 중이다.

"바싹 와."

강철이 가슴이 화들짝 뛴다. 성순이의 눈망울에서 이슬이 폭포
처럼 쏟아지면서 여자의 몸 냄새가 물씬 스며들었기 때문이다. 그

러나 성순이는,

"앞의 애가 보면 뭐라고 하거든."

자꾸 버스표 건네줄 얘기만 꺼낸다. 이상하다. 선옥이 누나와 성순이 누나의 몸 내음이 분명히 구별되는 것이다. 사람마다 다른 몸 냄새의 차이를 처음으로 느끼는 중이다.

"…… 아저씨."

그때 올라타자마자 자꾸 안창으로 파고드는 웬 사내를 발견했다. 공짜 탑승객들이 대개 그렇듯 일단 올라탄 다음 무조건 안창 깊숙이 들어가는 것이다. 순간 강철이도,

'저 아저씨가?'

불길함이 스치기도 했다. 그러자 성순이도 사람 틈을 비집고 따라가더니 그예 사내의 옆구리를 찌른다.

"차비 주세요."

불안하다. 다시 출입문으로 끌려 나온 사내가 어이없다는 표정으로 버스 차장을 쏘아보기 때문이다. 매부리코에 독수리눈. 그랬다. 강철이는 인상착의로 '착한 사람'과 '나쁜 사람'을 구분하지 않으려고 노력하는 중이다. 그런데,

"아까 냈잖아. 500원."

"아닌데요."

"아, 스발."

버스는 수시로 이런 풍경들을 펼쳐 낸다. 좀팽이 양아치나 불량 고등학생 아니면 중년의 실업자들이 만만한 버스 차장을 골라 차비

시비를 걸곤 했다. 그런데 오늘은 차비 10원뿐만 아니라 거스름돈 490원까지 멀쩡하게 계워 내라는 상황이므로 완전 외나무다리다. 어느 쪽으로든 결판을 내야 한다.

"차비 내세요."

성순이의 눈동자에서 이슬 방울이 깡그리 사라지면서 서늘한 독기가 도진다. 매부리는 일단 반말과 욕설을 쏟아 내면서 기선을 제압하려 한다.

"올라타면서 냈잖아, 상년아."

"욕하지 마요. 아저씨보다 나이 많아요."

"이런 쌍발."

강철이가 앗, 소리를 내질렀다. 성순이의 소매가 매부리에게 투투툭 끌려가면서 브래지어 어깨끈이 맨살 위로 불쑥 드러났기 때문이다. 그러거나 말거나 매부리는 다짜고짜 파리채 휘두르듯 손바닥을 내리치는 것이다. 성순이가 고개를 숙여 피한 것 같은데 어느새 목 아래로 상채기 자국이 벌겋게 부풀어 오른다. 안창에서 여학생들의 비명이 터진다.

"하지 마요."

스프링처럼 툭 튀어 나가 매부리의 몸을 막는 강철이의 눈시울이 갑자기 시큰해진다. 적어도 대학생인 선옥이 누나는 이런 봉변을 당하지 않을 것 같아서이다.

차 안에서 터지는 '뭐야' '말려' 소리에 힘을 얻기도 했지만 막상 매부리의 가슴팍에 얼굴이 맞닿자 숨이 콱 막힌다.

"이건 뭐야."

"누난데요."

"누나?"

'친누나는 아니지만'이란 말은 일단 집어넣는다.

"…… 저도 아까 형이 차비를 내지 않는 걸 봤다구요. 윽."

아귀통이 날아온다. 힘 센 것들의 특징은 약자들만 골라 가혹한 선제 공격을 날린다는 점이다.

"왜 때려. 이 새끼야."

성순이가 달라붙지만 위치부터 너무 불리하다. 30센티 낮은 승강기 계단 아래이므로 성순이의 얼굴은 매부리 무르팍에 정면으로 맞닿아 있다. 허벅지만 슬쩍 뻗어도 콧등이 터질 판세다. 성순이는 부르르 치를 떨면서 계단에 오르려고 오르막 손잡이를 당겨 잡는다. 다행히 사방에서 구원의 소리가 연달아 터진다.

"뭐야."

"안 말려."

그때였다. 웬 정의의 사나이가, 그야말로 드라마처럼 '쿵' 나타난 것이다. 거구의 백상학교 교복이 성큼 가로막았다.

"그만 하시오."

"또 뭐냐?"

우선 크다. 몸의 크기만큼 위압감이 서린다. 표정 없이 바라보는 백상 교복에서 카리스마가 두두두 쏟아져 나온다. 버스 안은 일순 찬물 끼얹은 듯 고요해진다. 두 사람 모두 어깨가 딱 벌어진 체형이

었지만 백상 교복의 어깨가 더 높다. 잠깐 날카로운 눈빛 스파크를 터치는가 싶더니 순식간에 난타전이 벌어진다.

"맞아라."

매부리도 반사적으로 올려붙이려 했지만 당장 파워에서 밀리기 시작했다. 고함 소리, 여학생들의 비명 소리가 한바탕 쏟아진다.

싸움은 생각보다 쉽게 정리되었다. 힘에 부친 매부리가 소매로 코 피 자국을 문지르며 고개를 돌리자.

"멈추겠다. 원래 우리 편 교복이 많아서 싸우지 않으려 했으나 여 자를 때리기 때문에 어쩔 수 없이 개입한 거다."

"어디 학교냐?"

바드득바드득. 어금니 갈아 마시는 소리다.

"백상이다."

"알았다."

매부리는 반드시 복수하겠다는 표정으로 과장된 미소를 짓는다. 실제로 저런 사람들이 가끔 하굣길 교문 앞을 지켜 서기도 했는데,

"억울하면 교문 앞에서 기다려라. 한 번 정도는 상대해 주마. 네 친구들을 얼마든지 끌고 와도 상관없지만 그 대신 칼이나 흉기는 가져오지 마라. 복잡해지면 나도 더 이상 책임질 수 없다."

명찰 이름은 '성민우'였다.

성민우178센티, 70킬로가 더 이상 상대하지 않겠다는 듯 아예 외면하자 매부리 혼자 덕수궁 정류장에서 쫓기듯 뛰어내린다. 매부리는 두어 발자국 떨어진 채 몸을 휙 돌리며,

'이것 먹어라'

풋감자를 먹이는 것이다. 만원 버스에서 와르르 웃음보가 터졌다. 특히 숨죽이며 오돌오돌 지켜보던 선명학교 여학생의 웃음소리가 가장 컸다. 그러나 강철이 눈에는 인파 속으로 쓸쓸히 잦아지는 매부리의 뒷모습이 안쓰럽게 잡히는 것이다.

"코피 닦아."

소매로 훔쳐도 되는데 성순이가 손수건을 내민다. 그래서 여자들은, 특히 누나들은 그렇게 비슷하게 착하다.

보고 싶은
여자의 몸

삼각지 로타리 오르막 계단 앞에서.

경찰관 두 명이 구두 진열장 앞에 서있던 웬 아가씨를 가로막더니 경찰봉으로 치마 밑동을 가리키고 있다. 미니스커트 단속에 걸린 것이다. 오동통한 알타리무 허벅지를 드러낸 치마 끝동으로 경찰관의 줄자가 구렁이처럼 꿈틀거린다. 여자는 그렇게 홍당무처럼 달아오른 채 뻣뻣하게 치마 길이를 침탈당하는 중이다. 강철이는,

'저러다가 손이 혹시.'

치마 속으로 손이 불쑥 들어가는 상상으로 숨이 터질 것만 같았다.

"13센티야."

순간 여자와 눈빛이 마주치는 바람에 재빨리 고개를 숙였다. 그런데 이상하다. 치마 검사를 당하는 와중에도 그 여자가 눈을 동그랗게 뜨며 강철이를 뚫어지게 쳐다보는 것이다.

"아가씨, 다음부턴 긴 치마 입으셔. 이번엔 특별 서비스."

안경잡이 경찰이 치마를 재던 들창코 경찰의 손을 잡아끌었다. 그제야 안도하는 여자의 두 뺨으로 봄 햇살이 우수수 쏟아졌다.

"시시하게 처녀하고 장난 쳐."

"처녀니까 장난치지. 작대기하고 치나?"

"아가씻. 미풍양속 알간?"

다시 30센티 대자가 내려오려 하자 여자가 아랫도리를 가리며 화

들짝 물러선다. 그런 식이다. 경찰들은 치마 입은 여자만 만나면 호루라기를 호르륵 획획 불어 제꼈고 그래서일까, 그때마다 짧은 치마를 입은 아가씨들이 종아리 비늘을 털어 내며 도망쳤다. 경찰들은 호루라기도 불고 발 구르기도 하면서 '거리의 무법자' 위상을 만끽하는 중이다. 그런데 여자의 눈빛이 환하게 펴지더니,

"강철이 아니냐?"

뜬금없이 이름을 부르는 것이다. 동시에 강철이도 '엇' 하며 입을 쫘악 벌렸다.

석자 누나다.

석자는 친누나인 선옥이의 친구이기도 하다. 그리고 보니 언젠가 고향을 떠나 삼각지 어디쯤에서 식모살이로 올라간다는 소문을 들었던 것 같다. 얼굴도 뽀얘지고 뺨도 갯마을에서보다 훨씬 환하게 펴져 있었다. 그리고 보면 서울도 좁다.

"어디서 자취하니?

기실 미니스커트가 아니라 집안에서 입는 폭넓은 반바지형 옷인데 경찰이 부른 것이다. 시장 보러 나오는 김에 삼각지 진열장의 구두를 구경하다가 망신살 뻗칠 뻔했다고 킬킬킬 웃는다. 웃을 때마다 열아홉 처녀의 볼에서 갯마을 염전에서 긁어모으던 꽃소금이 부스스 떨어지는 것 같다.

배고픔을 이기자 밥 짓자
불 타는 연탄 뜨거운 냄비

식순아 밥 탄다

밥 타, 밥 타, 밥 탄다

석자는 일곱 자매 딸부잣집 셋째로 배추 속처럼 꽉 찬 시골 처녀
였다. 구제역 돌림병으로 돼지가 죽는 바람에 중학교를 포기했던
그 누나다. 웅변과 무용을 잘했고 달리기는 꼴찌였다. 학교에서 무
용복은 사 주었으나 크레파스는 개별 부담이었기 때문에 그리기 대
회는 나가지 못했던 것 같다. 가장 돈이 들지 않는 것은 백일장과 웅
변대회였다. 반공 웅변대회에서 울멍울멍 열변을 토할 때의 모습이
겹치기도 했다.

함경북도 온성군 가난한 북한 여자가 있었습니다. 어느 날, 아무리
빨아도 영양실조로 나오지 않는 엄마 젖을 빨아 대며 엉엉 우는 아
이에게 아낙네는,
'굶어 죽으나 목 졸려 죽으나 마찬가지구나. 너도 죽고 나도 죽자.'
아이의 목을 조이자 아이가 눈을 똑바로 뜨더니,
"엄마, 엄마, 나 배가 고파서 배창자가 끊어지는 한이 있어도 엄마
에게 밥 달란 말 안 할 테야. 아무 걱정 마."
그렇게 말하는 아이의 목을 조르고 엄마도 죽었다는 이 이야기는
학우 동지 여러분, 엄연한 실화입니다.

석자네 담임님이 써 준 그 원고로 교내 웅변대회에서 일등을 했었

던가. 대밭집 동호의 '무장간첩 자수하라.'나 점방집 길묵이의 '삼팔선의 눈물 젖은 클로버'를 물리치고 최우수상을 탄 것이다. 발갛게 상기된 볼로 시상대 맨 앞에 서 있던 석자의 모습이 지금도 삼삼하다. 그렇게 웅변대회에서 실제 눈물을 쏟아 내던 석자가 끝내 중학교를 포기하고 지금은 부부 교사네 식모살이가 되어 등장한 것이다.

그러거나 말거나 석자는 방금 전의 곤욕을 까맣게 잊은 채 생글생글 웃으며 언덕 위를 가리킨다.

"저 파란 대문."

아카시아 너머 파란 대문을 마치 자기 집인 양 자연스럽게 가리킨다. 아닌 게 아니라 돌아서면서 한 마디 덧붙인다.

"거진 내 집 같아. 낮에만."

서울 사투리인 '거진'이란 말을 쓰는 것이다. '거의'란 뜻은 갯마을에서는 '얼추'라고 했다. 돌계단을 오르는 짧은 반바지 속으로 종아리가 박속처럼 새하얗게 드러난다. 종아리가 저리도 싱싱해 보이니까 감추고 다니라고 단속하는 것일까?

"느이는 공부하는 집이니까 책도 많겠구나야. 가끔 빌려 봐야 하겠다."

뜬금없이 책 이야기를 꺼냈다.

'그렇지. 석자 누나도 웅변대회 선수였지.'

갑자기 강철이의 가슴이 짠하게 저려 온다.

그 후.

파란 대문 집 출입이 잦아졌다. 수학 선생 부부인 주인집은 삼 남 매를 두었지만 토,일요일에도 대부분 집이 비어 있었기 때문이다. 주인집 부부는 새벽 전쟁 치르듯 뚝딱뚝딱 둥지를 나선 다음 밤 열 시는 지나야 돌아온다고 했다. 다다미방 세 개가 ㄷ자형으로 만들어 진 일본식 집이었다.

"들어와도 괜찮아."

주인집 부부는 교감 선생님으로 승진하기 위해서 거의 날마다 학 교나 교육청에서 늦게까지 일하다가 온다고 했다. 나머지는 석자 몫 인데 보기보다는 힘들지 않다고 했다. 오전 설거지 후 잠깐 한가한 시간을 갖다가 점심 때쯤 주인집 아이들이 오면 '아이들 돌봐 주기' 가 주요 임무란다. 두 살짜리 아기는 복덕방집 할머니가 아침에 데 려갔다가 저녁 여섯 시에 받는다고 했고, 아홉 살 앞짱구 동호는 학 교 수업이 끝나면 곧바로 연결된 웅변학원과 태권도 도장까지 한 바 퀴 빙 돌아서 집에 온다고 했다. 오후 여섯 시쯤 학원에서 돌아온 동 호는 밥을 챙겨 주면 곧바로 만화 영화에 빠진다. 낮에 주로 함께 생 활하는 여섯 살 계집애 설이는 인형처럼 땡그란 눈과 하얀 피부를 가지고 있었다.

〈호피와 차돌바위〉가 마감되었고 지금은 주로 〈황금박쥐〉와 〈황 금철인〉 프로가 최고 인기다. 황금철인은 꽃미남이고 황금박쥐는 해 골 모양이지만 둘 다 황금빛 정의의 사도라는 공통점이 있다. 날아 다니는 황금 물체들은 주로 우주 침입자나 파충류 괴물들 그리고 덩치 큰 외계인 로봇들을 닥치는 대로 때려 부수곤 했다. 주로 황금 로봇들의 팔뚝이 뚝 떨어져 나와 외계인의 머리통을 박살 낸 다음 투명 스프링을 잡아당겨 다시 몸으로 원위치시키는 전투 방식이다.

지금 석자는 호떡 반죽도 주무르고 미숫가루도 타느라 분주한 중이다. 텔레비전을 보면서 먹을 간식거리다. 밀가루 반죽을 떼어 속에 설탕을 넣고 주걱으로 납작하게 누르면 김이 잘잘 흐르는 호떡이 만들어졌는데 주인집 아이들은 입에 살살 녹는 호떡도 몇 번 베어 물다가 접시에 그대로 남기곤 했다. 강철이는 아이들이 남긴 호떡을 집어 먹기도 했는데.

여섯 살 소녀 설이가 강철이의 무르팍에 철퍽 앉아 호떡을 먹는 중이다. 눈동자가 맑고 짧은 치마 사이로 드러난 허벅지가 삶은 달걀처럼 새하얗다. 호수처럼 맑은 천사표 눈동자가 강철이의 가슴팍에 머리를 기댄다.

"누가 제일 미워?"

"'빠오' 심술쟁이니까."

예쁜 아이들은 대답도 예쁘다.

"제일 이쁜 건?"

"귀여운 '생동'"

황홀하다. 거꾸로 발음되는 단어가 유리알 깨지듯 쨍그랑쨍그랑 명랑하다. 강철이는 설이가 남긴 반쪽 호떡을 먹으며 생각에 잠긴다. 이 천사표 요정도 지금은 강철이를 잘 따르지만 나중에 멋쟁이 아가씨가 되면 키 작은 남자는 쳐다보지 않을 것 같다. 강철이는 설이에게 가끔 생뚱맞게 물어보기도 했다.

"누나한테 뭐 심부름 시키는 것 있니?"

"'물 떠 와.' 이런 것."

물 심부름 장면을 떠올리면 가슴이 설레는 이유를 설명할 방법이 없다. 그저 석자가 여자로 보일 때마다 목살 아래로 봉곳이 솟은 가슴 선이 조마조마하게 떠오르는 것이다. 기실 석자는 갯마을에서부터 이미 방댕이 커다란 처녀였었다. 박꽃 웃음 푸짐한 동네 누나가 되기도 했고 때로는 풍만한 몸집의 망아지 처녀가 되어 꼬맹이 강철이 머리를 쓰다듬기도 했다.

석자네 주인집은 일본식인데 변소가 두 개다.

하나는 다다미집 마루를 ㄷ자로 돌아 구석 끝에 있는 실내용 화장실이고 또 하나는 마당 맞은편 언덕바지에 있는 바깥 뒷간이다. 바깥 변소에 앉으면 삼각지에서 용산역 철길까지 그물처럼 훤히 드러났다. 지금도 삼각지 고가도로 로타리로 자동차 불빛들이 꼬리에 꼬리를 물고 끝도 없이 둥그런 원을 그리며 따라붙는 중이다. 그랬다. 낮에는 달동네 판잣집들이 게딱지처럼 덕지덕지 드러났지만 밤은 물상들의 누추함을 깨끗이 감춘 채 화사한 불빛만 드러내기도 했다. 그나마 언덕 아래 오층 공사판이 끝나면 건물에 가려져 서울 시내 전망이 보이지 않을 거라고 했지만.

대문 앞 공터에는 쑥부쟁이가 피어 있었고 더러는 송장 메뚜기도 몇 마리 폴짝폴짝 뛰고 있어서 그 풍경만 쌍둥 잘라서 떼어 놓고 보면 얼핏 고향 언덕이 겹쳐 보이곤 했다. 강철이가 언덕바지 변소에서 나오면서 곧바로 석자가 들어갔다. 바깥 변소는 전구가 나가 버려서 문을 닫으면 칠흑처럼 캄캄했다.

"강철이는 문 닫고 똥 누네. 무섭지도 않은가. 전구 다마도 나갔는데."

땅거미가 호박덩굴까지 싸그리 덮어씌우자 계단 끝 구멍가게부터 스멀스멀 수은등이 켜지기 시작한다. 주인집 부부가 오기 전에 자취방으로 돌아가야 한다고 마음먹는다. 삼각지에서 원효로까지는 빠른 걸음으로 이십 분 정도 걸린다.

'원래 닫는 거야.'

그 말은 속으로 삼킨다.

기실 갯마을 동네에는 문짝 없는 변소 투성이었다. 가마니때기로 대충 걸쳐 놓거나 아니면 잿간을 반으로 갈라 장독을 파묻어 놓기도 했다. 그 잿간 변소에 들어가기 직전 '으음' 하는 밭은 기침으로 인기척을 확인시키는 것이다. 배설물은 바깥 구멍에서 오줌 바가지로 퍼서 똥장군 바지개로 옮긴 다음 구덩이에 삭혀 거름을 만들었다.

"강철아. 잠깐."

석자에게 빌려 줄 〈갈매기의 꿈〉을 가지러 가다가 무심히 몸을 돌렸을 뿐이다. 가을 호박꽃이 희끄무리 어둠에 묻힌 그 옆으로 화장실 문이 절반쯤 열려 있었다. 순간 강철이의 몸이 얼어붙었다.

석자의 아랫도리와 정면으로 마주친 것이다.

쪼그려 앉은 허벅지 속살이 뿌옇게 각도를 좁히는 바람에 재빨리 고개를 돌렸어야 하는데 목이 굳은 채 움직여지지 않는다.

"몇 시에 나갔다 온다고. 너?"

"……여덟 시. 아줌마가 오기 전에 갈 거야."

다리가 흔들려서 모과나무 가장이를 바싹 움켜잡았다. 모과나무 진초록 가장이로 잿빛 색깔들이 덕지덕지 달라붙는 중이었다. 석자는 태연하게,

"잠깐 아직 가지 말라고 …… 올 때 비누 좀 사와. 돈 주께."

"갈매기의 꿈도 가져올게."

아무 일도 없었다. 석자는 그렇게 심부름을 시켰을 뿐이고 강철이는 그냥 물건을 가져오면 되는 것이다. 어쨌든 석자의 태연한 목소리가 가슴을 안정시켜 줄 줄 알았다. 그런데 화장실 문이 느릿느릿 닫히는 순간 왜 강철이의 눈앞에 여자의 허벅지 맨살이 반짝반짝 떠올랐을까.

'나는 나쁜 놈이다.'

비누를 건네 줄 때에도 일부러 눈을 마주치지 않았다. 석자 누나는 내가 훔쳐본 허벅지 속살에 대하여 관심이 없는 것일까. 비누 얘기만 이어 간다.

"어디까지 갔었니?"

"저 아래 육교 옆 점방."

"거기까지 뛰어갔다 왔단 말이야. 전봇대 옆에 하꼬방 구멍가게 있는데…… 임마, 가격 차이도 얼마 안 나."

"육교 옆 점방이 쬐끔 싸거든."

"오늘은 아줌마 아저씨 모두 늦게 오는 날이야. 소풍 갔거든. 그
게 아니래도 토,일요일도 거의 여덟 시 이전엔 들어오지 않아. 토요
일 저녁에는 배드민턴을 치거든. 어떤 때는 새벽에도 운동을 나가.
더 있어도 된다고."

'삼십 분만 더 있자.'

커피 맛을 모르므로 설탕이 많이 섞일수록 좋다.

마루 모퉁이에 펼쳐진 일간지를 보며 강철이는 아주 잠깐 휴학생
출신 학준이를 떠올렸다. 반장이 바뀌면서 교실 분위기가 아주 편안
해졌는데 학준이는 가끔 교실에서 신문을 펼쳐 보곤 했다. 그 자세

에서부터 다른 아이들과 달라 보였었다.

강철이는 지금 학준이와 똑같은 자세로 신문 하단의 커피 광고를 보는 중이다. 먹물 냄새 풍기는 백발의 할아버지 할머니들이 브라질산 커피를 마시며 히죽이죽 웃고 있었다.

"이 노인네들은 누구지? 얼굴은 별로인데 신문 광고에 나오네."

석자는 신문지 하단의 노인네들을 가리켰다. 아닌 게 아니라 매끈한 탤런트 모델이 아니라 모두 이마에 지렁이가 꿈틀거리는 쭈그렁 바가지들이다. 강철이 역시 처음 보는 얼굴들이지만 사진 아래에 펜글씨체로 흘려 쓴 이름을 보고는 곧바로 누구인지 알 수 있었다. 도서실에서 낯익었던 이름들이다.

"우리나라에서 가장 유명한 시인들이야. 양주동, 모윤숙 …… 국어책에 나오고."

"배운 애라 똑똑하구나. 너는 공부해서 뭐로 출세할 거니?"

기다리던 질문을 해 줘서 너무 고맙다는 생각이 든다. 강철이는 석자의 눈동자에서 천수만 밤바다로 소금 긁으러 가던 모습을 겹치며 지그시 눈을 감다가.

"시인이 될 거야. 밤새 글을 써서 땅속에 파묻을 거야."

왜 그렇게 뻘쭘하게 대답했는지 모른다.

"파묻을 거면 왜 쓰니?"

"가슴에 파묻는다는 걸 그렇게 말한 거야."

"배운 애들은 말도 멋지게 하는구나."

강철이는 자꾸 '배운 애들'이란 말 때문에 얼굴이 화끈화끈 달아

오른다. 그런 생각이 들기도 한다. 식모살이 틈틈이 책에 눈을 맞추는 석자의 꿈은 과연 무엇일까. 그런데,

"넌 왜 커피를 숟가락으로 떠먹니?"

찻숟가락은 설탕을 풀 때 사용하는 것이고 그 다음엔 그냥 저어서 마시는 거라고 가르쳐 주었다.

뽑아만 주신다면
몸을 바쳐

'중고 병설 백상재단'은 모든 행사가 고등학교 중심으로 이루어졌는데 학생회장 선거 역시 고등학생들에게만 출마 기회를 주었다. 고등학교 학생회장은 중고생 전체가 참여하는 직접 선거를 했고 중학교 학생회장은 학교에서 낙점하는 임명제 형식인 것이다. 고등학교 학생회장이 총대표이고 중학교는 그냥 들러리인 그 학생회장 선거에 즈음하여 학교의 분위기가 삽시간에 바뀌기 시작했다.

초겨울 동짓달 언제쯤일까. 고등학교 2학년 중에서 학생회장 출마를 준비하는 팀들이 군데군데 나타나기 시작했다. '선거 출사표'를 던진 열혈 청년들과 행동 대원들이 사랑과 자비의 표정을 적극적으로 선사하는 것이다. 일단 군웅할거의 판이 정리되면서 기호 1, 2, 3번의 세 팀이 부회장 동반 출마로 판이 꾸려졌다. 바야흐로 선

거판이다.

당선 공고가 나오기 직전까지는 그야말로 후배들의 천국이었다. 고등학교 선배들은 쉬는 시간마다 교실을 몰려다니며 후배들 앞에서 몸을 바싹 낮췄다. 악수를 내밀고 손을 꼬옥 쥐어 주는 선배들의 손길들이 진짜로 따뜻하다고 착각하기도 했었다. 돌변한 태도에 잠깐 혼란스러웠지만 악동들은 금세 겁 없이 적응하기 시작했다.

중학생 중에서도 선거판 꼬붕 부류가 등장했다.

교실에서 힘 깨나 쓰는 건달 아류들이 일부러 조무래기들 곁에 다가와 악수를 신청하는 것이다. 인태는 1번 후보를 따라다녔고 찬홍이와 동훈이는 2번 후보에 붙어 '완장의 맛'을 만끽하는 중이다. 놈들이 운동원의 바람을 풍기며 교실마다 악수 퍼레이드를 벌이면 조무래기들도 내미는 손을 얼떨결에 마주 잡았다.

수업 중 노크 소리는.

쬐끔이라도 기지개를 펼 수 있으므로 무조건 이익이다. 특히 지겨운 시간일수록 끊어지는 만큼 탄력을 맛본다. 종식이류의 범생이는 빼놓고.

똑똑똑.

노크 소리가 세 번쯤에서 무게 있게 멈췄다. 여섯 명의 학생회장 선거 운동원들이 그야말로 '쿵' 하고 나타났고 합죽님은 틈입자들을 향해 턱짓으로 교탁을 가리켰을 뿐이다. 빵빵한 체격의 선배들이 일렬로 발을 맞춰 계단에 올라서더니 '일렬횡대' 자세에서 '우로 삼보 갓' 동작을 구령 없이 이동한다. 양팔을 허리에 찰싹 붙이고 눈은 정면을 응시한 채 몸체만 착착착 움직이는 것이다.

"충성."

겨드랑이 사이로 찬바람이 '찻찻' 몰아친다. 그러더니 가운데에서 눈빛이 반짝반짝 빛나는 로마 병정 타입167센티, 59킬로 하나가 교탁 앞에 나와서 미동도 없이 우뚝 섰다.

"여러분."

아이들은 안경 속의 카리스마에 흡수된 채 마른 침만 삼킨다. 학생회장 후보들의 공통점은 생김새가 짱짱하다는 점이다.

"여러분들은 야간에서 올라오셨지요."

부드럽다. 쇳날 쟁쟁한 규율부 목소리가 아니라 웬 조각 미남의 스폰지 목소리가 부드럽게 볼을 쓰다듬는다. 특히 '야간'이라는 첫 단어가 가슴을 철렁하게 만든다. 그땐 서러운 단어인 줄도 모른 채 세월을 보냈지만 모처럼 다시 들으니 감회가 새롭다.

"저도 야간에서 배우다가 주간으로 올라온 천출 족보 출신입니다. 그래서 우리 후배님들이 일방적으로 몰아붙이는 주간 시스템의 캠퍼스에서 얼마나 외로워하는지를 절절하게 실감하고 있습니다."

천출이란 단어가 얼마나 절묘한가. 응어리졌던 열등감이 그런 식으로 뻥 뚫리는 중이었다. 게다가 '시스템'이나 '캠퍼스' 같은 지적인 단어를 아주 자연스럽게 사용하다니.

"저는 백상의 머슴입니다. 후배님들을 위해 장작을 패고 우물을 긷는 바보 온달, 우직한 머슴, 기호 1번 차용길 후보를 기억해 주십시오. 저를 백상학교의 머슴으로 채용해 주신다면 우리 올빼미 족보들이 겪은 모든 설움을 확실하게 카타르시스시켜 드리겠습니다."

'아, 이번에는 카타르시스와 바보 온달이란 양극화된 단어를 멋지게 사용하셨다. 우리를 확실히 이해해 주시는 차용길 선배님이 출사표를 던졌구나.'

큰 놈이건 작은 놈이건 그렇게 황홀한 일체감에 젖는 중이다. 정말 우리들의 설움을 알아주는 사람을 위해서 소중한 한 표를 반드시 행사해야겠다고 생각한다.

두 번째 후보팀은 울쌍님 시간에 들어왔다.

이미 맛뵈기를 겪은 터라 신선도는 느슨해졌지만 그래도 행복한 기대감으로 주시하는 중이다. 이번 팀들은 몸들이 작은 편이다. 맨 늦게 입장한 선배 한 사람만 저팔계처럼 덩치가 컸고 나머지는 모두 오밀조밀했다. 가운데 깡마른 선배가 선거 운동원 앞으로 툭 튀어나오더니 책상 위에 비커와 주전자 그리고 깔때기를 꺼내 놓았다. 눈길이 일제히 깔때기 쪽으로 쏠렸다.

"여기 주전자가 있습니다. 이 주전자는 '백상'이라는 배움터의 상징입니다."

빼빼 후보162센티, 49킬로도 마찬가지였다. 마른 얼굴의 독기를 가라앉히자 금세 부드럽고 다정한 두 얼굴의 사내로 탈바꿈하는 것이다.

"이 양동이의 물을 주전자에 넣어 보겠습니다."

일부러 거칠게 쏟아붓는다. 비커로 옮겨진 양동이 물이 주전자 주둥이를 뚫지 못하고 바깥으로 흘러나오게 만드는 것이다. 그러자 저 팔계 선배가 후다닥 달려와 미리 준비해 온 손걸레로 순식간에 한 방울도 흔적없이 닦아 내었다.

"여기를 보십시오. 이렇게 물이 바깥으로 질질 흐르고 있습니다. 너무 빨리 넣어도 물이 아가리로 넘치고 천천히 부어도 구멍이 차면 결국 바깥으로 물이 새고 맙니다. 이게 오늘날 학교 현장의 의사소통 실태입니다. 이번에는 여기 깔때기를 사용해 보겠습니다."

종이 박스에서 깔때기를 꺼냈다. 흰 페인트로 '학생회장 2번 후보'라고 써 있는 파란색 플라스틱 용기를 세운다. 이번에는 주전자 주둥이에 깔대기를 꽂아 놓고 그 위에서 아예 양동이 물을 통째로 따르기 시작했다. 아닌 게 아니라 비커 물은 한 방울도 새지 않고 주전자 속으로 쏙쏙 빨려 들어갔다.

"여러분!"

뜸을 들이는 잠깐 동안에도 다음 말이 기다려진다.

"저는 학교라는 주전자와 학생이라는 비커를 연결시키는 아가리, 커다란 깔때기 학생회장이 될 것입니다."

그렇구나.

첫 후보 때보다 더 크게 박수를 쳐 댄 이유는 짧은 순간 호흡을 끊고 창밖을 바라보는 카리스마 표정 때문이다. 때마침 찬바람이 몰아쳐 창문을 덜커덩 흔들자 마른 잎새들이 우수수 창살을 때려서 더욱 센티멘탈한 분위기를 자아낸다.

"여러분, 저는 학연을 연결시키고 싶진 않지만……."

숨을 끊어야 했다. 그랬다. 다시 그가 '우리'의 '우' 발음을 내려하자 아이들도 똑같이 입술을 동그랗게 내밀면서 '우'자를 만들려는 중이었다.

"저 역시 후배님들과 같이 야간부에서 내려온 동포임을 밝혀드립니다. 동병상련으로 사랑을 나누려는 2번 후보 이병철입니다."

비커 후보 팀은 '야간에서 올라왔다'고 하지 않고 '야간에서 내려왔다.'는 표현을 썼다. '야간'이란 높은 곳에서 '주간'이란 낮은 곳으로 내려왔다는 반어적 표현이 1번 후보와 차별시켜 주었다. 아이들은 '야간부 출신이 두 명인데 누구를 찍지' 하며 잠깐 행복한 고민도 했지만 대체로 두 번째 후보에게 기우는 분위기였다. 돈희가 귀엣말로,

"웅변부 선배들이야. 쬐끄맣지만 이빨심이 끝내주잖아."

강철이가 고개를 끄떡였다.

세 번째 후보는.

5교시 자습 시간에 불쑥 들어오면서 난장판 교실을 순식간에 장악했다. 선거 운동원들이 절반 넘게 역도부 출신인지라 여섯 개의 몸집이 교실 앞면을 콱 막아서 초장부터 숨이 막혔다. 솥뚜껑 머리의 사내177센티, 85킬로가 직설적으로 출신 성분을 꺼내었다.

"3번 후보 조성일입니다. 저는 올빼미의 길을 가게 된 열악한 출신 성분에 대하여 함께 공유하는 시간을 갖고 싶습니다. 단지 올빼미라는 이유로 삼류 불량 학생 취급받는 이 사회의 왜곡된 인식에 대

하여 분노하면서 우리가 삼킨 울분의 비용을 송두리째 돌려받아야
한다고 강력히 촉구합니다."

잠깐 말이 끊어진 사이에 덩치 큰 선배들이 교실 곳곳을 돌아다니
며 악수를 신청했다. 솥뚜껑 손바닥이 조막손들을 덮으며 확실한 바
람막이를 맹세했지만 아까보다 반응은 분명히 시들해졌다.

"저는 우리 올빼미 출신들이 갈증에 시달릴 때 목을 적셔 주는 빗
방울이 될 것입니다. 그리고 그 빗방울이 거센 풍파를 일으키면 온
몸을 펼쳐 젖은 몸을 막아 주는 방파제가 되겠습니다."

그나마 막판에 눈시울 붉히는 열변을 토하는 바람에 시들해진 분
위기를 조금은 극복하고 박수도 받을 수 있었다. 강철이 혼자 아슴
아슴 찜찜한 손바닥만 비볐을 뿐이다. 진짜 궁금하다.

'세 후보 모두 야간에서 올라왔다는 얘기인가?'

'우리야 학교 행정이 바뀌는 바람에 학년 전체가 솥단지 들어 올리
듯 송두리째 올빼미 신세를 면했지만 고등학교 형들은 애초 입학 때
부터 주간, 야간을 따로 뽑았는데 어떻게 우르르 올라왔단 말인가.'

아무도 질문을 던지지는 않았다. 오로지 학생회장 후보 세 명의
뿌리가 올빼미였다는 자부심으로 헛배를 부풀리는 중이다.

토요일 한 시, 운동장 총 유세.

중고생 전체가 밀집된 인파였다.

고등학생 60명씩 10학급 곱하기 세 개 학년이 1800명이었고 게다
가 중학생 세 개 학년 1800명을 합쳐 3600명, 야간부 출신 네 학급

300명이 보태어져 총 3900명이 그야말로 볼펜심 하나 들어갈 틈도 없이 고물고물 모여들었다. 선거가 처음인 중학생들이 특히 상기된 표정이었는데 종식이는 그 와중에도 영어 단어장을 외우고 있었다. 자, 바야흐로 찬조 연설자들의 말 펀치와 후보들의 송곳날 결의가 짬뽕된 '선거판 휘날레'가 시작되려는 순간이다.

먼저 1번 찬조 연설자가 단상에 올라서더니 엄지손가락을 불쑥 추켜세웠다.

"학우 동지 여러분. 여기 엄지손가락이 보이십니까? 세상의 모든 출발점은 퍼스트(First)에서 시작됩니다. 스타트 없는 후발자는 사우디 사막 모래 벌판이요 망망 눈보라만 몰아치는 시베리아 맨땅입니다. 그래서 월급도 첫 월급이요, 사랑도 첫사랑이고, 키스도 첫 키스요, 후보도 첫 후보입니다."

"저기 보라."

백상 학우들이 우르르 고개를 돌리면서 오늘 따라 유독 목덜미가 따가웠던 이유를 확인할 수 있었다. 토요일 대청소 중이던 선명학교 단발머리 여학생들이 유리창에 대그르르 매달려 구경하는 중이었다. 행복했다.

까르르르르르.

낭자들의 자지러지는 웃음소리가 담벼락을 넘어오자 사춘기 머스마들은 천당과 지옥을 오가듯 황홀한 지경이었다. 여학생들도 웃음을 터뜨리는 걸 보면 '첫 키스'에 관심이 많은 게 틀림없다. 앙큼

한 것들.

백상학교는 두 학교 사이에 끼어 있었다.

왼쪽에는 북도공고 운동장이 있었고, 운동장 오른쪽에는 선명여고 담벼락과 붙어 있었다. 두 학교 머스마들은 등하굣길 골목에서 부딪치는 선명여고를 숙명적으로 짝사랑했고 또 사내 학교끼리는 어깨를 툭툭 부딪치며 쬐끔씩 미워했다. 선명여고 역시 해마다 서울대학교에 다섯 명 이상씩 합격시키는 명문 여고에 속했던 터라 북도공고보다는 아무래도 같은 인문계인 백상을 더 선호했다.

분위기에 고무된 1번 후보는 한 술 더 떴다.

"학우 동지 여러분. 우리 백상을 한반도 최고의 베스트 명품으로 만들 1번 후보 차용길은 아랫도리 불끈 솟는 자존심으로 백상 신화

를 창조해 내려 합니다. 장차 아름다운 첫사랑과 아름다운 첫 키스를 떠올리면서, 기호 1번 차용길과 함께 고래도 춤을 추는 신화를 만들어 보자고 강력히, 강력히 메시지를 보내는 바입니다."

그는 첫 번째 '강력히'에서 왼손을 꺾어 올렸고, 두 번째 '강력히'에서 오른손을 꺾어 올려 대칭을 만들더니 '메시지를'에서 양팔을 쫘악 뻗었고 마지막으로 '보내는 바입니다.'에서 시뻘건 가마솥 쏟아내듯 가슴을 확 열어 제꼈다.

와—아.

유리창에 매달린 선명학교 여학생들이 다시 커다란 함성을 보내주어서 백상 건아 사춘기들의 입술이 단체로 쫘악 찢어졌다. 강철이 혼자만 얼굴이 확 달아오른 것 같다. 그런데 여학생들이 '아랫도리 자존심'이 뭔지 알기나 하고 소리를 지른 걸까. 망칙해라.

2번 후보는 찬조 연설자 대신 후보자가 먼저 단상에 올랐다. 그는 지난번 교실에서처럼 먼저 양볼을 시뻘겋게 달아 올리면서 마른 명태 퉁방울 눈에서 매서운 카리스마를 뽑아 내기 시작했다.

"덩치 큰 형들을 믿지 마세요."

강철이는 가슴을 쓸어내렸다. 세 명 모두 야간 출신이므로 출신 성분은 차이가 없지만 키가 작은 2번 후보에 대한 동질감이 느껴지는 것이다. 그렇다. 덩치 큰 놈들은 몸뚱이만 가지고도 먹고살 수 있겠지만 작은 놈들은 작은 놈끼리 똘똘 뭉쳐야 살아남는다. 키가 작으니까 웅변 실력으로 군중들을 제압해야 한다. 2번 후보가 손가락

두 개로 승리의 V자를 만든다.

"'V-I-C-T-O-R-Y' 빅토리 2번 승리의 2번, 이병철 후보를 믿어 주십시오오-."

어쨌든 과장된 표정이 그대로 먹혀 특히 중딩 청중들의 입술이 바싹바싹 달아오르는 중이었다. 강철이도 낙점할 후보가 정해지면서 마음이 편안해졌다.

"겨울이 되면 운동장에 스케이트장을 만들어 드립니다. 이 복잡한 도시의 한 복판 종로 바닥에서 백상 학도들이 빙상 축제를 만끽할 수 있는 아이스 파라다이스를 구축할 것입니다. 그러나 학우 동지 여러분. 우리 거시기 냄새만 풀풀 풍기는 머스마끼리만 스케이트를 탈 수 있습니까. '사랑을 하며는 예뻐져요.' 스피커 밴드와 함께 우윳빛 단발머리들을 초청합니다. 저기를 보세요."

청중들은 다시 2번 후보의 손가락이 가리키는 쪽으로 일제히 고개를 돌렸다. 창틀에 매달려 제비 새끼처럼 재잘대던 선명학교 여학생들이 사내들의 수천 개 눈동자 표창을 피해 슬쩍 고개 숙이는 시늉을 한다.

"저 아름다운 천사표, 담요 바지 선명 처자들을 반드시 스케이트장으로 초대하겠습니다. 쌍쌍 파티도 벌어집니다."

"옵바. 옵바아아."

창문 쪽에서 아까보다 더 난리가 터졌다. 어느새 고개를 등장시킨 단발머리 황새 모가지들이 이번에는 노골적으로 만세 삼창이라도 불러 제낄 판이다. 그때까지 이병철 후보는 아까 손가락 찌르던 자세 그대로 몸을 석고처럼 고정시키는데 단발머리들의 종이비행기까지 담벼락을 날아오면서 장관이 연출되었다. 단상에 서면 키 작은 사람도 거인처럼 커 보인다는 것을 처음 알았다.

이번에는 교복 윗도리를 벗어 느린 동작으로 뒤집는다. 그러자 교복 안창 어깨선에 붙인 손수건 한 장이 드러난다. 빳빳하게 다리미질된 하얀 손수건이다.

뭐야.

청중들이 어리둥절 눈알을 굴리는 순간 그가 손가락을 깨무는 것이다. 아, 아까부터 눈빛에서 이글대던 광채가 무엇을 준비하는지를 금세 알아차렸다.

'혈서다.'

숨이 막혔다.

과연 저 손가락에서 '정의의 핏줄기'가 분수처럼 솟구칠 것인가. 그가 손가락을 깨물고 고통의 표정이 만들어지는 순간 강철이까지 똑같이 어금니 깨물며 생살 찢어지는 고통을 나누고 싶은 것이다. 잠시 무거운 침묵이 흐르는가 싶더니 마침내 피가 터졌다. 피다. 진짜 피가 흐른다.

명태 후보가 단상에 펼쳐진 윗도리 위에 검지 손가락을 찔러 넣었다. 처음에는 분명히 그냥 새하얀 손수건이었다. 그러다가 펼쳐든 교복 속 광목 위로 새빨간 핏자국이 번지기 시작했다. 마침내 핏방울이 쑥쑥 커지면서 '맹세'라는 두 글자를 만들어 낸다. 우리들은 독립투사의 비장함을 리얼 상황으로 체험 중이다.

우아아아.

뒤쪽에서 누군가가.

"혈서가 아냐. 미리 면도날로 그어 놓고 관중들 앞에서 깨무는 척하는 거야. 우리가 쪼다냐?"

그런 소리가 튀어나왔다가 금세 돌팔매 욕설에 묻혀 버렸다. 이미 피를 만난 홍분의 도가니 팀들이 일제히 운동장 모퉁이에서 '초치는 훼방꾼'을 질타하기 시작했다.

"면도날로 그었더라도 혈서는 혈서야. 삐빠 자식."

"니가 해봐. 새봉아."

"일어납시다. 빅토리 2번."

군중석 뒤쪽에서 그런 소리가 펑펑 튀더니 우르르 박수를 유도했다. 강철이도 얼떨결에 2번 지지자들 틈에 섞여 박수를 쳐 대었다.

"빅토리 2번. 승리의 2번. 'V-I-C-T-O-R-Y' 2번. 2번. 이병철."

"자유와 정의를 실천하는 학우 동지 여러분."

3번 후보 찬조 연설자가 올라서더니 낮은 음성으로 말문을 열었다.

"삼천만도 3자요, 삼천리도 3자입니다. 아인슈타인 주름살도 송충이가 세 마리요, 월드컵 축구도 삼각 패스가 기본이요, 닝기미 가위 바위 보도 삼세 판입니다. 백상의 버팀목 기호 3번, 조성일 후보가 왜 하필 3번인가를 상기하십시오. 1과 2를 아무리 지지고 튀겨도 조지나 뱅뱅 '따로 국밥'처럼 따로따로 놀면 절대로 트로트 삼박자를 만들어 내지 못합니다."

와하하하.

웃음보를 터뜨리려던 남정네들의 목소리가 갑자기 뜨악하게 잦아들었다.

아무도 뒤를 돌아보지 않았다. 언제부터였나. 선명학교 단발머리들의 '옵바아 옵바' 소리가 쏙 자취를 감췄기 때문이다. 고요, 고요했다. 덩치 큰 3번 후보가 단상 앞에 버티고 서서 두 주먹을 불끈 쥐는데도 여학생들의 자지러지는 메아리가 더 이상 들리지 않아서 왠지 마음이 불길한 것이다. 그래도 3번 후보 찬조 연설자는 전혀 기가 죽지 않는다.

"여러분 자석도 N극과 S이 만나면 찰떡궁합으로 붙지만 N극끼리나 S극끼리는 서로 '팽' 치면서 돌아섭니다. 북도공고와는 예전처럼 긴장 관계를 유지하더라도 이제 선명여고와는 '견우와 직녀'의 관계를 청산하는 사랑의 케이블카를 설치하겠습니다. 케이블카가 좌절되면 콘크리트 육교나 지하 터널을 건설하여 그 위에서 선명여고 천사의 창문을 향해 종이비행기를 날리는 열정적인 사나이 순정을 보여 주겠습니다. 그렇습니다. 사나이 세계에는 긴장의 전선을 세우고 아녀자들과의 관계에는 질펀질펀한 사랑의 터널을 뚫어 놓겠습니다. 우리 모두 선녀의 날개옷을 훔쳐 가는 실용적인 나무꾼이 됩시다."

우히히히히.

유리알 깨지는 소녀들 목소리가 들리지 않고 대신 남정네들 탁배기 깨지는 소리만 우툴두툴 채워지는 중이다.

그리고 또 한 가지.

운동장 유세에서는 아무도 야간부 출신 타령을 일체 언급하지 않았지만 우리 올빼미 출신들 역시 아무도 의문을 제기하지 않았다. 그렇게 넘어가는 것이다.

이 세상에 북도 없으면 무슨 재미로
해가 떠도 북도, 달이 떠도 북도, 북도가 최고야
요리 봐도 북도, 조리 봐도 북도, 북도가 최고야

"왜 쟤네 학교가 최고라는 거야? 라이벌 북도공고를. 골 벴냐?"
"장사 한두 번 하냐. 짜샤. 들어 봐."

성렬이가 덕규의 옆구리를 찌르며 기다리라는 시늉이다. 덕규도 그제야 답을 알겠다는 듯 손을 채뜨리며 트위스트 자세를 취한다. 앉은뱅이 싯다운 트위스트다.

아냐 아냐 백상이 최고야
맞아 맞아 백상이 최고야
아냐 아냐 선명이 최고야
맞아 맞아 담요 바지 마누라

"속보. 속보."
"단축 수업이라도 하냐?"

덕규가 교실 문을 박차고 들어오며 벌겋게 달아오른 얼굴로 엉덩이 트위스트를 춘다. 손에 아이스케키 막대기가 들려 있는 걸로 보아 무단 담치기를 다녀온 것이다.

"선명 기집애들 기합 받는다. 아싸로비아."

"진짜?"

덕규가 아이스케키를 사 먹기 위해 점방 철망으로 담치기 하는데 선명 학교 여학생들이 벌을 받고 있더란다. 선명 교실의 고슴도치 남선생이 댕기머리 낭자들 전체를 책상 위에 무릎 꿇려 놓고 손들게 하는 장면을 분명히 보았더란다.

'아무데나 매달려 웁바아, 웁바야. 지지배들이 자존심도 웁냐?'

무릎 꿇은 낭자들 앞에서 쩌렁쩌렁 소리 지르는 폭군의 목소리가 담벼락을 뚫는 것 같았다. 이상하다. 깨소금 속보 소식에 아이들 모두 입이 귀에 걸리게 찢어지는데 강철이 혼자 싸— 하니 떨리는 아랫도리를 감추는 것이다. 단체 기합 받는 천사들의 스크린이 앞을 가로막는 순간 등두렷한 복숭아 가슴들이 일제히 껍데기를 벗었기 때문이다. 아무 일도 없었다.

강철이가 2번 후보를 찍은 이유는, 세 후보 중 키가 가장 작아서 동지 의식이 생겼고 둘째, '비커'와 '깔때기'의 등장이 참신했으며 셋째, 이름 끝자가 '강철' '병철' 모두 '철'자가 들어 있었기 때문이다. 선거판 감동에 젖은 행복한 백상 건아 스토리에 그렇게 종지부를 찍는 순간이다.

토메이토와
포테이토

1번 후보 1008표

2번 후보 1188표

3번 후보 1004표

무효표 10표

그리고
통과 의례

11월 하순.

비가 내린 다음 날은 해마다 영락없이 초겨울 추위가 몰아쳐 왔다. 그리고 당선만 되면 그동안 감춰 두었던 늑대 발톱을 불쑥 내밀 거라는 막연한 기우가 현실로 나타난 것이다. 딱 한 번, 당선사례 인사로 교실마다 돌아다니며,

"일단 고맙다."

그 '일단'이란 단어에서 불길함이 엄습했던 것이다. '고마움'이란 말 앞에 '일단'이란 부사가 왜 필요한가?

"다음 주는 백상 학도의 질서 주간이다. 알아서 기엇."

우리들은 이미 바싹 엎드릴 준비가 되어 있었다. 그리고 소문대로 '선배와 하느님이 왜 동격인가'를 체득할 수 있었다.

선거 이주일 후.

새로운 학생회 집행부의 '통과 의례'가 실시되었다.

고등학교는 중간고사 자습 중이라며 전원 열외시켰고 중학교만 전교생 모두를 운동장에 집합시켰다. 먼저 스피커 집합 명령과 동시에 호루라기 소리가 사방에서 벽을 맞고 튕겨 나왔다. 선착순 집합이므로 하급반 학동들 모두 사타구니에 방울소리 나게 뛰었고 계단에 걸려 넘어지고 깨어지면서도 '전우의 송장을 넘고 넘어' 오로지 전진, 전진하는 '도스께끼 돌격대'가 되었다. 운동화 끈 졸라맬 여유도 없었다. 이제 나목처럼 뻣뻣하게 서 있다가 처분을 기다려야 한다. 빼빼 회장이 장부를 펼쳐들자 먼지털이식 죄목들이 미주알고주알 쏟아져 나와 기합받을 자세를 취한다.

먼저 선배들에게 경례하는 걸 자주 까먹었으며 경례를 붙이더라도 손바닥 안창이 '미친년 빤쓰'처럼 보인다는 얘기다. 다음으로 운동화 바람으로 복도를 뛰어다녀서 실내를 진흙 천지로 만들었고 그 진흙 바닥이 면학 분위기를 흩트리면서 결국 학교와 나라를 혼란의 도가니로 만들면서 적을 이롭게 만드는 이적 행위자가 된다는 것이다. 수업 종이 울린 지 삼 분이 지나도록 운동장에서 깨작깨작 공놀이하다가 선명학교 단발머리에게 학교를 욕되게 보였다는 '학교 명예 실추죄'도 추가되었다.

"까라면 까는 거다. 밤송이도."

"……."

"알겠나?"

그 수문장 스타일의 저팔계 선배가 양팔을 낀 채 사천왕상처럼 노려보는 중이다. 우리들은 '깨갱' 꼬리를 내린 채 기차 화통 소리로 화답했다.

"알겠습니다."

삐삐 회장도 합죽님처럼 작은 목소리다. 아예 들릴락말락한 소리로 바싹바싹 귀를 기울이게 만드는 작은 목소리의 카리스마를 만드는 것이다. 하지만 저팔계는 삼류 깡패 특유의 판자때기 뽀개는 소리로 제압하려 한다. 그런데도 귀가 얼얼하다.

"명찰, 뺏찌, 단추 하나까지 닦고 조이고 기름치면서 백상의 명예를 살려라. 알겠나?"

"알겠습니다."

".......목소리 보소."

당연히 마음에 찰 때까지 반복해야 한다. 우리들은 더욱 크게 대답하기 위해 오로지 행동 대장 저팔계의 입술에 몰입한다.

"그러면 되겠나? 안 되겠나?"

콧소리로 물어도 기차 화통 깨지는 소리를 내야 한다.

"완─ 됩니다."

그리고 리얼하게 실감하는 중이다. 선배들은 발자국 소리만으로도 심장을 쩡쩡 얼어붙게 만들 수 있다는 것을.

"내 몸무게가 85킬로그램이다. 여러분들의 대답 소리에 솜털처럼 가벼운 내 몸이 담벼락까지 날아간 다음 야구공처럼 '팡' 튕겨서 이 자리에 있어야 한다. 튕겨 나오면 내가 오징어포가 되어 저승에

있을 것이고 그게 안 되면 기백이 허약한 너희들이 오늘 날짜로 염라대왕 명부에 신고식이다. 잉. 학실히 되겠나?"

"학실히 됩니다."

그렇게 악을 쓰면 어쩌면 저팔계의 비곗덩이가 잠깐이라도 담벼락에서 퉁겨 나와 '아작'날지도 모른다고 생각했다. 하지만 멀쩡했다. 아무리 악을 써도 저팔계의 몸이 기둥처럼 *뻣뻣하게* 버티고 있는 게 아닌가. 강하다. 선배는 우리들 모두의 장풍을 먹고도 *뻣뻣하게* 버티는 철옹성 장벽이다. 그러니까 까라면 까야 한다. 고추로 밤송이도.

"…… 마. *끄떡없잖아.* 습탱구리."

죽었구나. 우리들의 목숨은 군기 반장 저팔계의 넓은 가슴 여부에 달려 있었다. 그렇다면 이젠 몸으로 때우는 수밖에 없다.

"손을 오그려 입술에 대라."

우리들은 똑같은 동작으로 손바닥을 오그려 입술에 대었다. 저팔계가 마지막 기회를 주는 것이다.

"목청이 터져서 손바닥에 피가 한 움큼씩 쏟아지도록 크게 대답해라. 알겠나?"

"이헤헤엣."

"그러면 되겠나, 완 되겠나?"

"완 됩니다아."

귀엣말로 슬쩍 던져도 우리들은 피가 터지도록 대답해야 한다.

"손바닥 펴 봐앗! 피가 쏟아졌나? 확인 사살."

피는 한 방울도 터지지 않았지만 서서히 배짱이 생기기 시작했다. '설마 죽이기야 하겠나' 하는 독기가 생기는데.

아닌 게 아니라 선배들이 삐식삐식 웃는 모습을 보며 그제야 우리들도 덩달아 고개 숙인 채 클클클 웃기 시작했다. 모두들 그렇게 어른이 되어 가는데 강철이 혼자 동떨어진 채 힘들어했고.

무교동 밤 10시 40분.

강철이와 성렬이 그리고 '주번'이란 별명을 하사받은 9번 돈희까지 23번 막차를 기다리는 중이다. 강철이가 코밑이 거뭇거뭇한 돈희를 올려다본다. 아스팔트 차량들이 인도 쪽을 향하여 일제히 불빛을 내뿜었다.

"폭력의 정글이 언제까지 이어질 건가."

"열아홉."

그럴까? 스무 살이 되면 선배나 키다리 친구들의 주먹 공포에서 하마 벗어날 수 있을까. 강철이는 열아홉이란 나이를 곱씹으며 성렬이를 바라본다. 성렬이는 목덜미까지 검은 털이 보송보송하다.

"나는 선배가 되더라도 후배들을 괴롭히지 않겠어."

그러나 돈희는 가방을 달그락달그락 흔들며,

"나는 후배들을 아작나게 뺑뺑이 돌릴 거야. 지구여, 오줌이 마려워도 멈추지 마라. 기다려라. 감빵들이여. 주먹이 운다. 앗싸."

그렇게 주먹에 침을 묻히며 킬킬댄다. 승용차의 라이트를 따라 휘청휘청 흔들리던 성렬이의 그림자가 고개를 반짝 든다.

"'나는 신사입니다.'를 네 글자로 뭐라고 하지?"

"……."

"신사임당."

곧바로 23번 버스가 멈췄으므로 강철이는 승강기 손잡이에 매달린 채 무교동 거리를 바라본다. 잠깐 갸우뚱대다가 그제야 '신사임당'의 뜻을 떠올리며 '펫펫펫' 웃었다. 웃을 때마다 콧방울이 대롱대롱 매달리는데도 웃음이 멈추지 않는다. 승객들이,

'쟤가 맛이 갔나?'

어리둥절 눈길을 모으는 이 순간에도 세월은 수은등 사이로 빠져나가는 중이다.

여름바지는 솜바지 겨울바지는 홑바지

이거다 저거다 말씀 마시고 두 개 중의 하나를 골라보세요

인천 앞바다에 사이다가 떠도 곱부 없이는 못마십니다

피가 되고 살이 되는 찌개백반 지그지그장장 찌개백반

인과응보,
다리에서 떨어지기

오월 초에는 멋모르고.

담임님이 추천하는 종로 쪽 과외에 참석했으나 곧바로 포기했다.
우선 과외 팀 아이들이 대부분 부잣집 족보에다가 키다리 팀이라서
거리감이 있었고 또 무엇보다 과외비가 비쌌다. 하루에 쌀 반 말씩
푹푹 들어가는 과외비를 낸다는 게 갯마을 기둥뿌리를 뽑아 먹는 것
처럼 고통스러워서 딱 이틀만에 그만두었다.

그리고 홍제동 패거리 과외 팀에 끼어들었다. 훈성이와 창희 그리
고 돈희가 과외하는 그 자리에 끼어들어 우주대학교 3학년 과외선
생178센티, 78킬로한테 〈정통 고입영어〉와 〈수학 완전정복〉을 배우는
것이다. 종로에서 홍제동까지만 40분 이상을 포함하여, 자취방인 원
효로까지 돌아가려면 다시 버스를 갈아타고 두 시간을 감수해야 했
다. 그래도 홍제동 팀이 더 편한 이유는 우선 값이 싸고 과외 팀 아이
들이 앞자리 멤버이기 때문이다.

길이 52미터, 높이 18미터.

과외님네 시장통은 홍제동 다리를 통과해야 했다. 교각 양쪽으로 철근 난간이 엉성하게 받쳐져 있었는데 문제는 인도 가장자리 난간 옆으로 사람 하나가 발 디딜 만한 시멘트 공간이 보였다는 점이다. 한 손으로 난간을 잡고 거기에서 하천 아래로 몸을 기울이며 겁 없이 걸어 보기도 하는 것이다. 하천의 구정물은 얼핏 맑은 물처럼 착시 현상을 일으키기도 했는데 난간에 매달려 바라보면 거대한 구렁이처럼 꾸불텅거렸다.

그러다가 창희가 기막힌 사실을 발견한 것이다.

다리 바깥쪽 세 번째 난간에서 허리를 제끼면 방앗간 골목 첫 건물의 여자 목욕탕 창문을 훔쳐볼 수 있는 자리를 찾아내었다. 아닌 게 아니라 창희는 가끔 난간 바깥으로 매달려 움직이다가 마지막 공간에서 한쪽 팔만 걸친 채 자꾸 어딘가를 곁눈질하는 것이다. 그러다가 얼굴이 새빨개진 채 자지러진다.

"봤니?"

분명히 봤다고 했다. 탈의실에는 여자 세 사람이 의자에 앉아 있었는데 한 사람은 옷을 입은 채였고 나머지 두 사람은 속곳만 걸친 반벌거숭이였다고 했다.

"특종이닷."

창희가 손바닥으로 양 볼을 싹싹 비벼 댄다. 그러다가,

"앗, 지금 막 창문이 잠겼어. 캄캄해. 암흑이당."

여자의 맨몸이 사라진 것이다.

그 후로 홍제동 과외 팀들은 틈만 나면 교각 난간에 매달려 나무늘보로 변신하곤 했다. 창희와 훈성이는 비밀 아지트처럼 침 발라 놓고 호시탐탐 기회를 노리는데 강철이 혼자 주춤주춤 멈칫대는 중이다. 그러거나 말거나 훈성이는 다리 난간에서 허리를 뒤로 제끼면서 헛둘헛둘 헛구호까지 외치며 훔쳐본 상황을 수시로 중계방송했다. 돈희는 아예 아령까지 들고 가서 난간에 매달려 운동하는 척 팔을 꺾기도 해서 더욱 위태로웠다.

기실 강철이도 훔쳐본 경험이 있었다.

원효로 자취방 담벼락 사이로 병 뚜껑 공장 여공들의 기숙사가 붙어 있었던 게 문제다. 이슥한 방, 강철이 방은 불이 꺼져 있었고 'ㄱ자'로 꺾어진 담벼락 틈새로 그녀들의 부엌이 가끔 환하게 밝혀져 있었다. 그날도 숙제를 마치고 무심히 창문을 바라보았을 뿐인데 웬 여자가 불쑥 나타난 것이다.

부엌 수채구멍에 쪼그려 앉아 오줌을 누는 것이다.

허연 허벅지도 얼핏 스쳤던 것 같다. 아주 어린 시절 요강 위에 걸터앉은 폭 퍼진 아줌마들을 제외하고는 실제로 여자가 오줌 누는 모습을 보는 것은 처음이다. 그 후 밤이 되면 수시로 여공들의 기숙사 쪽으로 신경이 쏠리는 바람에 성적이 11등까지 내려갔다. 이듬해 다음 골목 이층집으로 이사를 가면서 깡그리 잊었던 관음증의 기억들이 홍제동 다리에서 되살아나는 것이다.

딱 한 번만.

앞지르던 돈희의 모습이 채소 가게 옆으로 꺾이면서 몸을 감춘 순간이다. 강철이는 난간을 훌쩍 뛰어넘어 모서리 공간으로 몸을 옮겼다. 처음에는 아무 것도 보이지 않았다. 허리를 젖히자 하천 바닥의 검은 물과 자갈들 그리고 언저리로 쌓인 쓰레기 더미가 무더기무더기 드러났을 뿐 강물은 여전히 거품을 밀어내며 흘러가는 중이다. 그런데 바람이 속살을 파고드는 순간.

허방을 만난 듯한 느낌이 들더니 몸이 그대로 아래로 폭싹 꺼진 것이다.

아차.

다리에서 떨어진다.

철제 난간이 팔뚝 너비만큼 잘려 나간 것을 보지 못한 채 왼손을 옮기다가 허방을 만난 것이다. 아주 짧은 찰나 목욕탕 여자의 맨살이 뽀얀 붙박이로 나타났다. 그리고 보았다. 분명히 여자의 알몸을 훔쳐보며 순식간에 추락하는 중이다.

'죽는구나.'

허공에서 떨어지는 그 와중에도 몸을 바로 세우기 위해 허리를 비튼다.

'손바닥으로 파닥파닥 날갯짓하면 공기의 압력을 받아 천천히 떨어질 거야.'

강철이는 새처럼 날기 위해 손바닥을 쫙 펴고 양팔을 바람개비처럼 허우적거렸다. 실제로 팔놀림으로 공기의 부력을 받고 몸이 느리게 떨어지는 느낌이었다.

그 짧은 찰나.

지난 세월이 스크
린처럼 쭈르르 펼쳐
지는 것이다.

　마지막으로 갯마을
학교 앞을 지나칠 때 완
행버스 차창 너머 전나무
울타리 속에서 철봉에 매달
리던 6학년 친구들의 풍경이
다. 바다가 보이는 운동장에서
갯마을 아이들은 짱뚱이처럼 잘
도 뛰고 뒹굴었다. 이번에는 동사
무소 앞길에서 흰 봉투를 꺼내는 공
주댁의 절망적 표정이다. 잠시 후 그
난감함을 뒤집고 '우리 애 세상과 잘 싸
우라고 이러는 거요.' 하며 서릿발 세우
는 표정으로 뒤집기도 했다. 곧바로 중학
교 시절로 스크린이 바뀐다. 출석 번호를
정하기 위해 키 순서로 늘어선 아이들이다.
키 작은 강철이가 어떻게 하든 번호 한 칸을
늘이기 위해 운동화 속에 양말 뭉치를 구겨
넣는다. 그 와중에 짝꿍으로 맞추고 싶었
던 기세의 얼굴이 가장 또렷하다. 강철이

가 느슨하게 기술을 거는데 기세가 먼저 '쿵' 뒤로 쓰러지며 해맑은 웃음을 짓는 것이다. 그러더니,

'칭구. 천천히 와. 때가 아니야.'

친숙한 환청과 함께 '아직 때가 아니니까 죽지 않을 거야.' 하며 안심시키는 것이다.

쿵.

천우신조로 모래밭이다. 게다가 거꾸로 쳐박히지 않고 비행사들이 낙하산 착지하듯 발바닥부터 닿은 것이다. 그래서였을까. 순간 '다리가 부러졌다.'와 '살았다.'는 생각이 동시에 겹친다.

'사람이 떨어졌다.'

어디선가 다급하게 소리치는 듯했지만 너무 먼 거리 탓인지 아무도 다가오지 않는다. 그 자리까지 오려면 다리 끝부터 제방 둑까지 한 바퀴를 돌아와야 했던 터라 그냥 지나칠 것 같다. 강철이는,

'혼자서 일어나야 한다.'

개구리처럼 바둥대다가 몸을 세우는 중이다. 손바닥으로 버드나무 가지를 휘어잡는다. 무르팍을 펴고 몸을 틀자 관절마다 바각바각 소리가 나는 것이다. 짐승처럼 네 발로 어기적어기작 움직이다 보니 흩어졌던 관절들이 저마다 짝을 맞추기 위해 가죽 속에서 움직이는 것 같다.

"돈희야, 돈희야."

당연히 아무도 없다. 이제 강철이 혼자 관절을 맞춰 가며 걸어가야 한다. 그 와중에도 과외 시간에 지각하지 않기 위해 빨리 움직여

야 한다는 생각뿐이다. 빨리 가야 한다. 빨리 과외방에 도착하여 '훔쳐보기'를 들키지 말아야 한다.

'나는 벌을 받아야 한다.'

그 와중에도 강철이는 과외방 입구 거울 앞에서 미소 짓는 표정을 연습한다. 그래야 들키지 않을 것 같아서이다.

죽으면 죽었지 추락 사고 얘기는 꺼낼 수 없었다.

아무도 쳐다보지 않았으므로 그냥 조금 늦은 척 과외 팀 친구들 틈에 섞여 앉은뱅이 책상에 다리를 집어넣었다. 〈정통 고입영어〉의 물질명사와 추상명사를 배우는 중이었다.

"The pen is mighter than the sword. 자, 봐라. 'The + 물질명사'는 추상명사다. 여기서 pen과 sword는 문(文)과 무(武)를 가리키거덩."

과외님의 말에 집중하려 더욱 눈을 부릅떴으므로 그때까지 아무도 눈채채지 못했다. 오줌이 마려워도 꾹꾹 눌러 참았지만 만약 누군가가,

'어디 아퍼?'

슬쩍 건드리기만 해도 막혔던 숨이 와르르 터질 것 같은 살얼음판 시간이 간신히 흘러갔다. 그러나 막상 과외가 끝난 다음에는 아예 일어설 수가 없었다. 훈성이가 알아차렸을 땐 젖은 교복 윗도리가 뻣뻣하게 굳어져 버렸을 즈음이었다. 강철이는 차마,

'목욕탕 훔쳐보려다가 다리에서 떨어졌다.'

그 말만큼은 죽어도 꺼낼 수 없었으므로 입술을 테이프로 칭칭 동 여매는 중이었다.

"아니, 그럼 아까."

돈희가 납덩이처럼 굳어 버렸다. 사고 정황을 까맣게 모른 채 혼 자만 앞장서서 과외방으로 직행했다는 것에 대한 자책이다.

"택시 불러."

"버스로 갈 거야…… 돈을 아껴."

그러나 강철이는 굳은 다리를 펴다가 '악' 비명을 질렀다.

"정신 나갔나? 빨리 업고 와."

돈희가 택시 잡으러 치달렸고 과외님은 등판을 구부리며 업히라 고 한다. 넓다. 어깨가 넓으면 확실히 안도감을 주는 것이다. 긴장 이 풀리면서 통증이 쏟아지면서 강철이는 비로소 눈을 감았다. 망가 진 관절로 제방 둑과 시장 골목을 무리하게 걸었고 과외가 끝날 때 까지 두 시간 동안 참았던 고통이 쓰나미처럼 밀려온다. 자고 싶다.

수술

명동성당 뒤편 성모병원은 서울에서 가장 큰 병원 중 하나였다. 강철이로선 국민학교 3학년 때 갯마을 소도시 치과 경험을 제외하면 처음 들어서는 병원이다. 정형수술과 성형수술의 차이를 처음 알았다. 그러니까 정형외과는 척추를 고치는 병원이고 성형외과는 안면 장애를 고치기 위해 메스를 대는 곳이란다. 그건 그렇고.

"바지 벗어."

그게 첫 마디였다.

허벅지 고관절 진찰을 위해 여러 사람이 뻔히 쳐다보는 앞에서 아랫도리를 보여 줘야 한다. 게다가 강철이는 그때까지 친구들이 모두 생기기 시작한 거웃 하나 없는 맨살 사타구니여서 더욱 부끄러웠다. 언제부터였나. 방바닥에 거울을 깔고 사타구니를 살펴보기도 했지만 보송보송한 솜털조차 돋아날 기미가 없었다. 게다가 지금은 백의의 천사까지 지켜보는 자리가 아닌가.

통방맞은 명령만 달랑 던져 놓은 의사님은 여전히 태연한 자태다. 그 태연함의 중압감 탓일까. 의사의 지시를 머뭇거릴 엄두가 나질 않는다. 아무튼 정형외과 의사는 사춘기 입문 직전의 사타구니 사이를 빨래더미 휘젓듯 이리저리 주물럭거린다. 서울까지 비상 호출당한 성 선생이 갈망하는 표정으로 의사 선생님을 바라보자,

"수술을 해야 합니다."

순간 기세의,

'칭구 걱정 마. 아직 때가 아니야.'

포근하게 감싸 주는 소리가 다시 쟁쟁하게 떠올라 얼마나 다행이었는지 모른다. 괜찮다는 신호를 받으며 도살장 같던 수술실이 조금은 편안해진다.

또 기세다. 이번에는 티벳고원 절벽 꼭대기 바위 위에서 책더미를 쌓아 놓고 앉아 있었다. 또 어두워질 때까지 수학 공부에 파묻히는 줄 알았다. 그런데 가까이 다가섰을 때 모든 책들이 사람의 해부된 시체로 바뀌는 것이다. 그 갈라진 몸 위로 빙빙 날갯짓 하는 독수리 떼가 오히려 평화로웠는데,

'아직 때가 아니야. 칭구.'

또 나타났구나. 기세야. 그렇다면 꿈이 분명하므로 빨리 깨어나야 한다. 벌떡 몸을 일으켰는데.

"안 돼요."

간호사가 소리 지르며 다시 몸을 눕히는 것 같았다.

전신 마취 세 시간 후.

중환자 회복실이었다.

간혹 잿빛 어둠 속으로 하얀 간호사복들의 어릿대는 그림자뿐 아직은 모든 게 흐릿하다

솔직히 그 순간 병원인 줄은 직감적으로 알아차렸지만 왠지 '이 자리가 어딘지 모르겠다'는 표정을 짓고 싶어졌다.

"여기가 어디예요?"

"병원이야. 왜, 모르겠어?"

'제가 어떻게 여기에 오게 되었죠?' 라고 말하고 싶은데 차마 입술이 떨어지지 않는 것이다.

6인용 병실.

강철이의 왼쪽 침대에는 밤새도록 가래침 캑캑대는 할아버지가 있었다. 가래침 할아버지네 두 아들 중 큰아들은 스포츠 머리에 체격이 건장했고 작은아들은 작은 키에 머리를 귀밑까지 늘어뜨린 장발족 사내였다. 두 아들은 교대로 즈이 아버지를 지성으로 보살폈다. 큰아들은 진득하니 지켜 주었고 작은아들은 가끔 가래 끓는 소리에 짜증을 내기도 했지만 다른 침대 보호자들 역시 아무도 작은아들을 미워하지 않았다. 그는 서울대학생이었던 것이다.

창문 쪽으로 마주보는 두 아저씨는 모두 손가락 부상자였다. 백 씨 아저씨는 손가락 세 개가 닭발처럼 잘려져 나갔고 유부남 송 씨 아저씨는 손등이 주먹만큼 부풀어 있었다. 방앗간 종업원이었던 송 씨는 피댓줄에 벨트가 빨려 들어가는 바람에 손목이 선풍기만큼 부풀어 올랐다가 시간이 지나면서 서서히 부기가 가라앉는 중이었다.

맞은편에 손가락 세 개가 한꺼번에 잘려져 나간 선반공 출신 백 씨 아저씨는 애인이 있었다. 단발머리 애인이 저녁마다 면회를 와서 창밖 쌍용시멘트 광고판 네온사인을 보며 이마를 맞대곤 했다. 단발머리 애인은 백 씨의 잘라진 손가락을 매만지면서도 항상 생글생글 웃는 표정이었다. 그러다가 애인이 빠이빠이 손 흔들며 완전히 몸을 감추면 그제야 백 씨는 송 씨에게,

"송 형, 그 손 내 거랑 바꿉시다."

부은 손은 치료가 끝나면 결국 형태라도 남아 있지만 잘라진 손가락은 결국 생선 도막 마디 흔적만 쌍둥 남을 것이다. 성 선생은 백 씨를 안 됐다는 표정으로 쳐다보다가 연인이 없을 때 귀엣말로 강

철이에게,

"저 여자가 남자를 버리면 살인을 당할 것이다. 평소라면 몰라도
손가락 잘라졌다고 도망치면 칼부림 나지."

설레설레 혀를 내두르다가 영감님의 둘째 장발족 아들을 가리키며.

"쟤는 장발족이지만 서울대학생이다. 뭔가 머리 기르는 이유가
있을 거야."

부러운 눈으로 쳐다보곤 했다.

대각선 자리에는 아홉 살 철민이가 2년째 누워 있었다.

큰길로 튀어 나간 축구공을 쫓아가다가 덤프 트럭과 부딪쳤다고
한다. 달리던 트럭 바퀴가 하반신을 갈아서 뼈만 남았었는데 엉덩이
살을 사과껍질처럼 벗겨서 조금씩 종아리에 채우는 중이라고 했다.
남의 살은 안 되고 꼭 자기 살만 이식이 가능하다고 했는데 새로 붙
인 꼬맹이의 살 껍질에도 어른들 종아리처럼 새까만 털이 솟아 있
었다. 얼굴은 브이 라인 인형처럼 귀엽지만 허벅지 아래가 누더기누
더기 바느질 자국처럼 기워진 탓인지 틈만 나면 인상을 찌푸렸다.

철민이의 누나인 여중생 순자가 수업만 끝나면 책가방 멘 채 달
려와서 즈이 동생을 살펴 주었다. 철민이는 내내 명랑하다가도 특히
누나만 보면 욕설을 터뜨리며 짜증을 부리곤 했는데 순자는 동생이
아무리 화를 내도 내색 없이 말갛게 웃기만 했다. 웃을 때마다 금복
주 상표처럼 둥그런 턱선이 넉넉하게 흔들리곤 했다.

강철이는 순자가 쳐다볼 때마다 마땅히 눈을 붙일 데가 없어서 아

예 책 속에 얼굴을 파묻어 버렸다. 그래도 순자의 보리 이삭 눈빛이 머리를 쪼아 대는 것 같아 제대로 집중되지 않았다. 강철이가 침대에서 절대 일어설 수 없는 상태인지라 순자가 강철이의 작은 키를 눈치채지 못해서 다행이기도 했다.

퇴원하는 날 순자가 강철이에게 그림 엽서 한 장을 선물했다. 엽서를 주는 순자나 받는 강철이나 모두 딱 한 번 뻘쭘하게 쳐다보았을 뿐이다. 갓난아기 주위에 언니뻘 어린이들이 빙 둘러선 채 행복하게 바라보는 그림이다. 백인 아이들 틈에 끼어 갓난아기를 바라보는 곱슬머리 흑인 소년의 표정이 가장 화사했다.

'이런 그림 예쁘죠? 친구들에게 보이세요. 어서 나아가지고요.'

그 촛불 냄새를 일기장 갈피에 끼운 채 아주 오래도록 보관했을 뿐 그렇게 헤어졌다.

3주 후.

딱딱한 석고상으로 둔갑된 채 나와야 했다.

강철이를 눕혀 놓은 채 네 명의 의사 가운이 빙 둘러쌌다. 먼저 알몸에 붕대를 둘러매더니 그 위에 따뜻한 물에 반죽한 횟가루를 바르기 시작했다. 처음에는 회반죽의 따뜻한 촉감 때문에 아주 잠깐 아늑한 분위기를 가져보기도 했다. 하지만 그 부드러운 감촉이 시간이 흐르면서 딱딱한 석고덩이로 절망시킬 줄은 까맣게 예상하지 못했다. 고개와 팔만 겨우 움직일 수 있었을 뿐 몸 전체가 콘크리트로 덮여 버린 것이다. 그렇게 꽉 묶어 놔야 부러진 관절이 아문다고 했다.

전기 톱날로 사타구니를 갈라 겨우 배설 통로를 만들었으며 아랫배 부분도 숨을 쉴 수 있게 동그랗게 잘라 내었다. 다리 사이에는 이동하기 쉽게 막대기를 붙여 연결시켜서 짐짝처럼 이리저리 들고 다닐 수 있게 했다. 누워서 고개만 내민 채 밥 먹고 똥 누는 석고상 생활이 지속되면서 이제 진짜로 '혼자의 시간'을 보낼 수밖에 없었다. 할 일이 없을수록 더욱 열심히 일기장에 매달렸던 것 같다. 기세가 가장 많이 등장했고 순자의 엽서도 딱 한 번 기록되었다.

장기 결석 기간은 총 70일이었다.

담임님은 1년 휴학을 권했지만 강철이는 무리하게 동급 학년에 복학했다. 1년을 꿇는 건 죽기보다 싫었다. 1년 후배들에게 대우를

받기는커녕 오히려 당할 것 같았다. 유급생 종대는 싸움으로 버티고 휴학생 학준이는 덕망으로 살아가지만 만약 강철이가 휴학을 할 경우 내세울 수 있는 아무런 무기가 없는 것이다. 쬐끄만 복학생 강철이를 덩치 큰 후배들이 오히려 제압하려 덤빈다면 아무 방법이 없다. 키 큰 하급생과 성적 경쟁을 하고 새롭게 몸싸움 서열에 들어서는 게 죽기보다 두려운 것이다. 장기 결석으로 성적이 딸리더라도 동급생과 함께 있는 게 낫다는 생각이다.

IV

상상하고
씨우라

형아 같은 친구

평화주의자 학준이 165센티, 55킬로는.

휴학생 출신이다. 8반 68명 중 나이를 한두 살씩 더 먹은 아이들 열네 명이 있었는데 그 중 한 명에 해당한다. 결핵으로 1년 요양을 했다고 하지만 몸이 회복되어서인지 오히려 남들보다 튼튼해 보이는 편이었다. 아무튼 반장 선거에서 휴학생 출신 학준이가 압도적 표 차이로 당선되면서 교실 분위기는 완전히 달라졌다.

'반장 하나가 바뀌었는데 이렇게 분위기가 달라지는구나.'

그러나 강철이 혼자만의 생각일 뿐 다른 아이들은 이미 종대한테 당한 폭력적 체벌을 까맣게 잊어버린 채 도깨비시장을 만들곤 했다.

어느 날 학준이가,

"친구 두 명의 성금을 마련하자고 이 자리에 섰습니다. 불행의 마가 끼어 상처를 남긴 채 세상을 떠난 수학 천재 기세네 집을 방문해 보고 또 돈이 없어 학교를 쫓겨난 천배의 위로금도 마련하고 싶습니다."

교실은 잠깐 늪 같은 고요에 빠졌다. 강철이는 불쑥 튀어나온 '수학 천재'라는 단어에 깜짝 놀란다.

"며칠 동안 신문을 팔아 위로금과 등록금을 만들 만한 기금을 모읍시다."

공부보다 더 중요한 게 있을 수 있다는 파격적 제안을 처음으로 만난 것이다. 그러나 과연,

'우리가 착한 일을 할 수 있는 존재일까?'

그런 의구심을 단칼에 지워 버렸다. 어쨌든 성렬이의 보급소에서 신문을 떼어 오면서 2학년 8반 악동들은 구체적인 방법 논의에 돌입했다.

"다방 같은 데 들어가서 마흔 살 넘은 점잖게 생긴 아저씨들한테 가서 사정을 얘기해 봐. 자식 같은 느낌이 풍기도록…… 히히힛."

"몰려다니면 양아치 같으니까 혼자씩 다녀. 그래야 성실해 보이잖아."

"뭉치면 죽고 흩어지면 산다. 크크크."

진지한 단어들이 차마 껄끄러워 연신 '힛힛힛' '크크크' 같은 괴성으로 마무리해야 마음이 편해진다. 그런데 학준이가 종식이를 겨냥해서 한 마디 덧붙인 건 아무래도 잘한 것 같지가 않다.

"종식아, 생각이 다르면 함께하지 않아도 괜찮아."

종식이는 책에서 잠깐 눈을 떼고 아주 짧게 한숨을 쉬었을 뿐 여전

히 묵묵부답으로 고개를 숙였다.

"의견을 말하긴 싫어. 지금은."

"공부를 소중히 생각하는 마음을 이해할 수 있어."

"나는 너희들과도 다르고 기세와도 달라."

비난하는 아이들은 없었지만 학준이는 그런 식으로 종식이에게 면죄부를 던져 주었다. 기세가 죽은 후 종식이는 더욱 지독한 공부쟁이가 되면서 운동장 조회 중에 여러 차례 쓰러지기도 했다. 강철이 혼자 교실에 자꾸 등장하는 '기세'라는 이름 때문에 혼란스러워하는 중이다. 도대체 죽은 기세가 언제까지 존재하는 걸까.

첫 신문팔이는 신호등 아래 대성약국에서 개봉되었다. 뚱뚱보 아줌마가 약국을 나갔고 약사님은 또 다른 대머리 손님과 상담 중인데.

"……저."

강철이가 주저주저할 때까지 먹테 안경의 약사는 대머리 손님과의 상담에만 몰두하고 있었다. 용기를 내어 입술을 떼기 직전,

'아자자자자.'

하마터면 기합 소리가 터져 나올 것 같아 손바닥으로 화들짝 가슴을 눌러 앉힌다.

"저희 반 친구 두 명이 돈이 없어서 학교를 못 다닐 것 같아서 신문을 팔아 납부금을 대 주려고 하는데요."

설명하기가 껄끄러워 일단 학교를 못 다닌 아이로 뭉뚱그려 말했다. 첫 성과는 좋았다. 먹테 약사님은 신문 한 부를 받더니,

"거스름 돈을 그냥 주는 거야. 좋은 일 하는 거니까."

한 마디 툭 던진다. 생전 처음 몸으로 때워 번 돈이 새로운 감동을 생산해 내는 것이다. 그 후 오래도록 무교동 대성약국을 잊지 못했다.

이번에는 다방이다. 어항 속에 금붕어 수십 마리가 산소 호스 물방울 옆으로 형형색색 헤엄치고 있는 장면이 '아득한 세상 풍경'처럼 고즈넉하다. 담배 연기조차 활주로처럼 평화롭다. 어른이 되면 이렇게 다방 소파에 기대어 한가롭게 담배 연기를 날릴 수도 있겠구나.

손님들은 나훈아의 뽕짝에 취한 채 신문을 뒤적거리거나 다방 아가씨 손목을 잡고 히히덕거리기도 했지만 신문 한 부 팔아 주는 데는 그리 인색하지 않았다. 거스름돈을 그냥 가지라고 하는 사람은 더 이상 없었지만 그래도 목표 부수를 그럭저럭 채워 가는 중이었다. 특히 짧은 치마 입은 누나들에게 말을 붙일 수 있는 분명한 명분이 생겨서 행복했다. 장발족 성님들은 생김새와는 달리 주머니를 낭만적으로 털어 내지는 않았지만 그런대로 좋은 표정을 보여 주어서 부담은 없었다.

경복궁 신호등 앞에서 학생 하나가 신문을 낀 채 안경을 닦고 있다. 학준이었다. 반갑다. 이제 신문 다발을 낀 교복만 보면 무조건 동지가 될 판인데 착한 반장 학준이가 먼저 손을 흔드는 것이다. 조금은 피곤해 보였지만 코끝에 걸친 안경과 단정한 옷차림새가 영락없는 범생이과(科)다.

둘이는 약국과 다방, 제과점, 식당과 술집까지 짐벙짐벙 더듬어 간다. 처음 길트기가 힘들었을 뿐, 옆구리에 신문지를 끼고 있으므로 아무 데나 박차고 들어갈 수 있는 재미도 있었다. 주로 점잖은 차림새를 찍어 자초지종 설명할 때마다 옆구리에 낀 신문더미가 듬성듬성 빠져나가는 중이었다.

"여기도."

지하로 내려가는 계단에서 휘황찬란한 조명과 시끄러운 음악이 유리 파편처럼 쏟아진다. 카바레다.

"이런 데를 언제 경험해 보겠냐?"

계단을 내려갈수록 불빛과 음악이 더 시끄러워졌고 특히 출입구 앞에서는 귀가 너무 쟁쟁하여 목소리조차 들리지 않는다. 왠지 신문 팔기에는 어울리지 않아서 멈칫대는데,

"오디 늠이냐."

열일곱쯤 되었을까. 얼굴에 반질반질하게 넘긴 가르마 탄 머릿기름 냄새가 코를 확 찌른다. 나비 넥타이는 조금 만만해 보이는 강철이에게 심심풀이 꿀밤 먹이는 시늉을 한다. 비록 넥타이를 매었지만 눈높이가 학준이보다 아래였으므로 어줍잖은 어른 흉내처럼 보이는데,

"저희 반 학생들을 돕기 위해 신문을 파는 중입니다."

학준이는 생글생글 대꾸한다.

"얼라들 오는 데가 아니거든. 얼씬대지 말구 '요이 땅' 하구 꺼져라."

또 다른 나비 넥타이들이 하나 둘씩 '뭐야.' 하는 표정으로 몰려나

온다. 진한 화장발들이 사이키 조명이 터질 때마다 반질반질한 튀어
나온다. 학준이가 강철이의 팔뚝을 잡아끈다. 낯선 세계의 경계 서
린 눈빛들이 생각보다 두렵다.

"자리를 옮기자."

이 순간만큼은 학준이가 종로 골목으로 몸을 감추는 '대등한 도망
자'이기 때문에 행복한 것이다.

삼 일째 마무리 날 저녁 아홉 시.

2학년 8반 교실에서는 신문팔이를 마친 빡빡머리들이 부나비처
럼 모여들어 돈 결산을 하는 중이었다. 혼자 교실 상황을 정리하던
돈희 곁으로 아이들이 쏙쏙 몰려든다. 종로 광화문 을지로 일대를
싸돌아다닌 파김치 몰골들이 저마다 신문팔이 무용담으로 웃음꽃
을 피우는 중이다.

특히 선생님들의 집단 찬조 출연으로 막바지 신명을 돋궈 주었다.
합죽님, 공공칠님, 감자님 그리고 체육부 참깨폭탄님과 부끄님까지
다섯 분의 선생님이 차례로 문을 열었다.

먼저 참깨폭탄임이 이천 원을 내었다. 라면 두 박스 값이 통째로
들어온 것이다. 후줄근히 젖어 있던 빡빡머리들이 일제히 '와아' 하
는 탄성을 지르자 여기저기 퍼져 있던 주근깨 위로 땀방울이 겸연
쩍게 덮어씌운다.

언제였던가. 분필을 가지러 교무실에 갔을 때는 마침 직원회의
중이었다.

'우히히, 풍기문란 죄래.'

덕규가 시뻘개진 채 확성기 터뜨리던 그 '여학생 희롱죄'와 '풍기
문란' 죄목으로 두 명의 학생을 무기정학 때린 끝물 시간이었던 것
같다. 강철이는 맞은편에서 합죽님이 나가라고 연신 눈짓하는 걸 보
지 못한 채 출석부꽂이 아래에서 분필을 꺼내는 중이었다. 참깨폭탄
님 발언 순서였다.

"아이들 때릴 일이 있을 때 저에게 맡기시되 선생님들은 가급적
아이들을 때리지 마십시오. 이미 저한테 만신창이 되도록 맞았는데
다른 선생님한테 또 혼나면 아이가 갈 곳이 없습니다."

'어른끼린 저런 말도 하는구나'

까맣게 잊고 살았던 그 착한 영상이 다시 '신문 보급 교실'에서 새
롭게 재생된 것이다.

이번에는 합죽님이다. 합죽님은 천 원 짜리를 넉 장이나 꺼내는
바람에 모두 벌린 입을 다물 수 없었다. 우리들의 '삼류 변태'가 무장
해제된 채 '통 큰 사내'로 둔갑한 것이다.

다음에는 공공칠님 차례. 이제 '꽁지 빠진 털'도 제법 길어서 예
전의 그 장발장 헤어스타일로 접근하는 중이다. 삼천 원을 꺼내면
서 멋쩍게 손가락 V자를 만든다. 슬픔이 풀리자 또 썰렁 유머 몸짓
을 보이더니.

"여러분들의 아들딸 시대에는 중등학교 의무 교육의 시대가 옵
니다. 등록금은 물론이고 교과서도 그냥 주고 점심도 무상으로 제
공되지요."

"다 공짜면 애들이 게을러져요. 거지 근성이 생겨."

부끄님이 슬그머니 끼어들어 먼저 이천 원을 내더니 오백 원 짜리 종이돈을 보탠다.

"부끄. 홧팅."

또 돈희다. 까르르 웃음이 터져서 마음이 불안해졌다. 부끄님 미간이 잠깐 찌그러졌으나 꿀밤 한 대로 간단히 정리해 줘서 모두들 기분 좋게 가슴을 쓸어내렸다.

여봐라 이방
왜 불러 사또
왜 반말이냐
하면 어때
어제 먹던 풍선껌 어디다가 놓았니
소똥 말똥 묻혀서 찬장에다 놓았지
가져오라고 씹고 싶다고 아흐아흐 드러드러

"마음을 소통시킬 수 있는 친구가 되고 싶다."

학준이의 팔을 붙잡고 첫사랑 고백하듯 온기를 확인하는 중이다. 그러나 학준이가 바싹 당기며 끌어안는 시늉을 하자 오히려 강철이가 깜짝 물러선다. '벌레 먹은 장미'의 사랑을 오래 간직하기 위해선 천천히 길들여야 할 것 같다. 어린 왕자처럼.

"키가 큰 너에게 친구 하자고 해서 미안해."

"키가 무슨 상관이냐?"

"나이도 한 살 많잖아."

"아냐, 사실은 동갑이야. 아버지가 군대에서 의가사 제대를 하기 위해 임신 중인 생명을 미리 호적에 올린 거야. 그땐 쫄병으로 군복무할 때 자식이 세 명 이상 있으면 제대 날짜를 단축시켜 주는 제도가 있었는데 그때 일부러 어머니 뱃속에 있는 나를 그냥 호적에 올린 거야. 그래서 남들보다 일 년 빨리 입학했다가 결국은 똑같아진 거지."

"허리를 낮춰 봐."

학준이가 어리둥절하며 허리를 낮추는 시늉을 한다.

"조금만 더…… 내 키와 똑같이."

어깨를 아래로 잡아당기자 학준이가 순순히 몸을 낮춰 준다. 강철이 키와 맞추기 위해 엉거주춤 오리 궁둥이가 되었는데,

"이제 다른 사람들 얼굴을 쳐다봐. 보는 눈의 각도가 달라져. 올려보게 되면 누구 하나 만만한 사람이 없어. …… 그보다 더 심한 것은 남들이 보는 내 몸의 무게야. 사람들은 꽉 찬 속보다는 겉으로 드러난 신체를 먼저 보거든. 신언서판(身言書判)이란 순서도 그렇잖아. 특히 여자들은."

강철이는 동갑나기 여자들이 자기의 머리를 쓰다듬는 장면을 떠올리며 잠깐 우울해진다. 어쩌면 영원히 벗어나지 못할지도 모른다. 당연히 여자 친구도 키를 따질 것이다. 지금은 중학생이니까 누나들이 쬐끄만 키를 귀엽게 봐주지만 나중에 쪼글쪼글 키 작은 어른이

되면 그땐 성순이 누나나 석자 누나도 귀엽게 봐주지 않을 것이다.

"키가 큰 게 미안한 일이구나."

여드름 중딩들은 선데이 서울이나 주간 조선의 펜팔 코너 주소를 적으며 침을 흘리곤 했다. 돈희도 펜팔 여자의 편지를 열심히 보여 주긴 했지만 강철이로선 마땅한 대답을 하지 못했다. 편지야 실체를 모르니까 미주알고주알 속내를 토로할 수 있지만 정작 만나게 되면 키 문제가 생기는 것이다. 얼굴이야 잘생겼다고 우기면 넘어가지만 키는 보이는 그대로이므로 속일 수도 없다. 편지를 너무 잘 쓰는 것도 나중에 그만큼 실망을 주는 행위가 된다. 왕자님 상상에 빠졌던 여자도 실제로 만나게 되면,

'엣, 속았잖아.'

실망을 받기 전에 편지로 끝장내야 한다. 펜팔을 하더라도 적당한 시점에서.

'백지로 만났다가 백지로 헤어지는 낭만을 간직하고 싶습니다.'

그런 식으로 마무리해야 한다.

강철이가 묻는다.

"어떻게 사는 게 바른 삶이라고 생각하니? 너는?"

승용차가 커브 길 라이트를 쏘아 대자 동시에 학준이의 안경알에서도 하얗게 빛을 쏟아 낸다. 얼굴의 진한 굴곡으로 얼핏 페스탈로치가 겹치기도 한다.

"…… 날마다 반성하는 삶…… 지금처럼."

승용차 라이트를 받은 청진동 골목 수은등이 갑자기 빛을 환하게 쏟아 붓는 것이다.

'날마다 반성하는 삶'이 있었구나. 강철이가 가슴에 손을 여미며 망설이던 말을 기어이 꺼낸다.

"언제 한번 느이 집에서 하룻밤 자고 싶다."

사랑하는 벗과 밤을 새우고 싶은 것이다.

천사표
성순이 누나

그런 만화방 풍경이 있었다.

웬 외톨이 학생이 창백한 표정으로 책장을 넘기기도 하고 한쪽 구석에선 불량 고등학생이 담배 냄새를 풍기면 그 옆에서 떡볶이나 오뎅으로 배를 채운 여고생들이 옆구리 찌르며 키득대기도 했던가. 서로 곁눈질 보내면서도 그런대로 경계선을 침범하지 않고 만화책에 집중했던 것 같다.

강철이는 글씨보다 그림을 꼼꼼하게 살피는 버릇이 있었다. 임창은 눈을 땡그랗게 그렸고 권웅은 주먹코 총잡이를 자주 등장시켰다. 그중에서 김종래의 〈출세 장군〉이 가장 신선했다. 부랑배에 걸린 주인공이 패악질을 당하면서도 맞대응하지 않고 가랑이 사이로

기어들어 가는 수모까지 감수하는 것이다. 다른 책 같으면 독자들에
게 정의의 주먹으로 떡실신시키는 통쾌함을 제공했겠지만 그 책은
달랐다. 소소한 굴욕을 흘려 버리면서 목표를 향해 매진한다는 그런
줄거리가 지금까지 익혀 왔던 '정의로운 승리'와는 다른 철학을 보
여 주기도 했다. 그때마다 죽은 기세가 떠올라 설레설레 고개를 흔
들기도 했지만.

오줌이 마려웠다.

만화방 계단을 내려오다 마주친 학준이는 쓰레기통을 비우는 중
이었다. 교복 바지와 체육복 윗도리가 여전히 모범생의 자태였다.
그 착한 친구와 함께 행복한 마음으로 판자촌을 벗어나는 중이었다.
한 달에 오십 원씩 지불해야 골목 끝 전봇대 옆에 수북하게 쌓아 둔
쓰레기통을 청소부 아저씨들이 치워 줬었다. 그게 아까우면 쓰레기
차 소리가 '땡땡땡땡' 들릴 때 재빨리 큰길까지 튀어나와 시동 중인
트럭 위에 버려야 했다.

정확히 말하면 모래내 판자촌이 아니라 판자촌 골목 입구에 있는
그나마 괜찮아 보이는 다락방 이층집이었다. 학준이도 판자촌을 끼
고 산다는 사실이 조금은 마음을 편안하게 했다. 그랬다. 강철이네
고향 천수만 군데군데 박혀 있던 옴팡집처럼 서울 시내 후미진 구
석마다 펼쳐 있는 판자촌이 마음 편하게 정겨운 것이다. 언제부터인
가. 판자촌에만 들어서면 마음이 포근해진다.

누군가 목덜미를 잡아끄는 것 같아 고개를 돌렸을 뿐이다. 두 명

의 여자 중 노란 티셔츠를 입은 앞의 여자가 깜짝 놀라 멈춰 선다. 앗, 성순이 누나다. 거의 동시에 서로의 얼굴을 알아보았는데,

"누나, 성순이 누나."

강철이가 먼저 '누나' '누나' 소리를 두 번이나 되풀이한다. 노란 티셔츠에 빨간 치마의 상큼한 숙녀로 변신한 성순이의 모습이 그동 안의 회색빛 차장 복장이 얼마나 우중충 했을까를 새삼스레 느끼게 한다. 착한 친구와 착한 누나를 동시에 함께 자리한 행복감을 놓치 지 않기 위해 무슨 말이든 서둘러 내뱉아야 할 것 같다.

"내 친구 학준인데."

"안녕하세요."

성순이는 키가 큰 학준이를 올려 보더니 갸우뚱하며 존댓말을 붙 인다.

"저게 얘네 방이래요."

왜 그 말이 갑자기 튀어나왔을까.

뻘쭘했던 네 사람이 일제히 아카시아 나무 아래 파란 양철 대문의 푸른 커튼 창문으로 눈길을 모은다. 다락방 창문까지 얹혀진 이층집 이므로 판자촌 골목에서는 눈에 띄게 좋은 집이다. 그래봤자 반지하 에서 올린 건물이라서 까치발 서면 2층 창문까지 손이 닿을 듯하다. 자꾸 무슨 말인가 풀어 놔야 할 것 같아 아직 방문조차 못한 학준이 네 집의 구조까지 설명해 준 다음,

"공부도 잘해요. 때리지 않는 반장이구요."

무심히 튀어나온 말을 후회하는 중인데,

"때리지 않으면 착한 거니?"

대뜸 되물어서 난감해졌다. 동급생끼리의 비열한 주먹 서열과 '정글의 법칙'을 성순이 누나에게까지 미주알고주알 설명할 수 없기 때문이다. 가난하고 공부와 싸움에서까지 밀리는 찌질이들은 '맞으랴 빵 심부름하랴, 돈 뺏기랴' 정신없다는 얘기를 도저히 꺼낼 수가 없다. 그나마 '친구 돕기 신문팔이'에 나서면서 큰 아이들과 작은 아이들이 처음으로 이마를 맞대고 소통했던 것 같다.

"나중에 동창회라도 하면 어떻게 얼굴을 볼 거야?"

'동창회라는 게 있을 수 있구나.' 하는 생각을 처음으로 해 봤다. 이 비열한 수컷 근성들이 장차 어른이 되고 늙은이가 되면 어떤 모습으로 회상하게 될까. 어쩌면 아무 것도 기억하지 못할지도 모른다.

'누나도 승객들에게 가끔 당하잖아요.'

그 사이에 불쑥 튀어나올 뻔한 매부리의 잔상을 재빨리 지운다. 매부리가 어깨를 낚아채자 '천사의 브래지어'가 하얀 끄나풀로 튀어나왔던 지옥의 스크린은 박박 지워 버려야 한다. 성순이 누나와는 그렇게 짧게 헤어졌을 뿐이다.

학준이의 방은 목조 건물 바깥 계단을 통하는 2층 다락방이었다. 말이 계단이지 사람 하나가 겨우 빠져 나갈 만큼 비좁아서 동굴 탐험하듯 엉금엉금 기어 올라가야 한다. 편안하다. 삐끄덕거리는 비좁은 계단 그리고 알전구 하나로 침침한 방을 간신히 밝혀 주는 단칸방에서 영원히 살고 싶은 것이다.

"사업이 부도나면서 여기까지 밀려왔어. 고무 공 만드는 공장인데 동업자였던 군대 동기 한 사람이 돈을 가지고 사라진 거야. 지금은 조금씩 일어서는 중이야."

학준이 어머니는 체격이 작고 쪼글쪼글 늙었지만 눈빛이 빛나는 얼굴이었다. 친구의 어머니 중 안경 쓴 사람도 처음이었다.

"아들, 친구는 밥 잡쉈나요?"

"네, 어머니."

이상하다. 학준이의 '어머니'라는 호칭이나 아들에게 붙여 주는 존댓말도 그 집안에선 전혀 어색하지 않았다. 강철이 혼자 '밥 잡쉈나요'를 갸우뚱 되씹어 보기도 했다.

학준이네 이층 다락방에서 〈학원〉이란 청소년 잡지를 처음 만났다.

전국에서 모여든 문학 소년의 글들을 처음으로 만나면서 강철이의 몸 세포가 불끈불끈 일어서는 것 같았다. 사람이 살고 있었구나. 글 쓰는 교복들이 이렇게 한꺼번에 모여 있구나. 강철이가 책 냄새를 맡기 위해 코를 바짝 붙인다. 주로 '어둠 속의 희망'을 주제로 한 이야기들이었다.

먼저 '병든 어머니 앞에 내미는 신문팔이 중학생 아들의 6등 짜리 성적표 이야기다. 수건을 동여맨 채 병석에 누운 어머니가 모처럼 오른 아들의 성적표를 보면서 '우리 아들 공부도 잘하니 정말 장하구나.' 하며 파안대소하는 줄거리다. 강철이를 고통스럽게 짓누르던 '똑같은 성적 6등'이란 석차가 어떤 인물에게는 병석의 어머니를 벌떡 일어서게 할 만큼 행복감을 주는 것이다.

또 있다. '실업자 가장이 공사판 인부로 취업하는' 줄거리의 산문이다. 실업자 아저씨가 동사무소 소사로 힘들게 취업을 했고 마침내 첫 월급을 가불하여 밀가루 한 푸대 메고 루핑 지붕 아래로 들어서자 온 식구들의 입이 귀밑까지 찢어지는 것이다. 곧바로 빗물이 내리는 추녀 옆에서 주물럭주물럭 반죽한 수제비를 냄비에 뚝뚝 떼어넣는 판자촌 식구들의 풍경으로 바뀐다. 흐뭇하다. 그런데 하느님이 과연 그렇게 견딜 만한 시련만 주시는 것일까.

툭툭툭.

분명히 들렸다. 빗소리인 줄 알고 무심히 흘렸는데 다시 툭툭 창틀 치는 소리가 들리는 것이다. 10시 45분이다.

"잠깐만요."

단어장을 넘기던 학준이가 눈을 동그랗게 뜨면서 앉은뱅이 책상에서 무르팍을 편다.

창문을 열자 아, 성순이 누나다.

그 옆으로 함께 있는 아까 본 까만 티셔츠 생머리 여자가 우산을 받쳐 주는 중이었다. 비를 맞은 탓일까. 달라붙은 몸의 곡선이 오돌오돌 떨고 있다.

"RH 음성 혈액 수혈이 당장 필요하다고 해서…… 아까 라디오에서 들었어. 보성병원까지 함께 가 줬으면 좋겠는데."

라디오 방송 〈밤을 잊은 그대에게〉를 듣다가 '헌혈할 사람 급히

구함'이란 광고를 듣고 차장 숙소를 뛰쳐나온 것이다. 함께 따라나온 수회 누나까지 학준이에게만 존댓말을 붙였다. 학준이는 송구스럽다는 표정이었지만 '존댓말 붙이지 마세요'라는 말은 꺼내지 않는다.

"여자끼리 밤길은 무서워요."

우리가 남자로구나.

140센티가 안 되는 키로도 저렇게 예쁜 누나들을 보호할 수가 있구나. 설령 학준이를 염두에 두었더라도 강철이를 통해 찾아온 것이므로 '우리는 함께'인 것이다. 문득 온몸이 바스러지더라도 누나들의 몸을 보호해야 한다는 결의가 솟구친다. 버스 안 매부리 불한당을 만나면 이번에는 가차 없이 응징할 것이다.

누나들은 서슴없이 택시를 잡았다. 택시를 타지 않으면 곧바로 통행금지에 걸릴 판이니 돈이 문제가 아니다. 그 와중에도 강철이는 네 사람 정원이 꽉 찬 공짜 택시의 미터기가 툭툭 올라갈 때마다 가슴이 벌렁벌렁 뛰긴 했지만.

"요새로선 보기 드문 착한 학생들이다."

의사님은 성순이와 수회가 당연히 여대생인 줄 아는 것 같았다. 야무지게 생긴 간호사가 파란 표찰을 꺼내 주며,

"이게 있으면 통행금지에 걸리지 않으니 걱정 마세요. 그리고 병원 승합차로 학생들 집에까지 모셔다 드립니다. 아, 대학생 자취방인가."

목소리까지 딱부러진다. 아싸, 또 공짜 탑승이다. 그런데 잠시 멈 칫대던 학준이가,

"저도 헌혈을 하겠습니다."

먼저 소매를 걷는 것이다.

'역시 훌륭하구나.'

그러면서 병원 사람들이 일제히 학준이를 경이롭게 쳐다보는 게 불안했다. 순간 강철이도,

"저도 헌혈하겠습니다."

대등해지고 싶으므로 똑같은 문장을 털어 낸 것이다. 간호사는 '키 가 너무 작은데.' 하는 표정을 지었지만 강철이는 태생적으로 굵은 뼈 대가 몸무게를 채워 주는 편이라서 혹시 하는 기대를 해본다.

체중계 바늘은 잠깐 흔들렸지만 500그램이 모자란 49.5킬로에서 멈췄다. 헌혈 한계 체중 50킬로에서 500그램이 모자란 것이다. 간 호사는 보기보다는 많이 나간다는 표정을 지으면서도 난색을 표시 했다.

"모자란데요. 나이도 15세이고."

"아니예요. 내 키에 49.5킬로면 진짜 건강체예요. 반올림하면 오 십이잖아요. 사사오입. 나이는 열다섯이 맞구요.

헌혈에 동참하기 위해 하마터면 학준이의 호적에 얽힌 얘기까지 꺼낼 뻔했다.

'학준이도 엄마 뱃속에 있을 때 호적을 올리지 않았더라면 저랑 동갑이거든요.'

강철이 혼자만 헌혈을 못할 경우 물귀신 작전으로 학준이까지 잡아당겨 늘어질 뻔했는데,

"제 피로 위태로운 생명을 구하고 싶습니다."

과장되게 소리친 것이다.

어쨌든 헌혈 동참에 나서긴 했지만 누가 봐도 강철이를 건강체라고 얘기하기엔 무리였다. 살은 희뿌옇게 오동통하지만 일단 피부가 거칠었고 축구를 하다가도 운동장 한복판에서 빈혈에 시달리는 전형적인 자취생 체질이다. 간호사는 안 된다고 하면서도 몸의 여기저기를 측정하는 중이다. 그러거나 말거나 구강 체온은 37.5도, 맥박도 1분에 70이므로 정상이고 수축기 혈압까지 110mg으로 정상이었다. 문제는 몸무게이다.

"저체중이 문젠데…… 다른 건 정상인데."

"동참하고 싶습니다."

용감해지고 싶었을 것이다. 불쑥 팔뚝 알통을 보여 주고 싶었으나 말랑말랑한 젖살뿐이다. 형광등 불빛 아래 성순이와 수간호사의 입술이 나란히 한일자로 굳게 다물어졌다.

"훌륭한 학생들이니까 좋은 피일 거야."

마침내 수간호사가 결심을 굳히며 야무진 입술을 지그시 다무는 중이다. 그렇구나. 나는 좋은 피를 가진 소년이다. 게다가 천사 옆에 누워 헌혈하는 나무꾼의 피는 분명히 착한 사람의 생명을 구해 줄 것 같다. 문득 일기장에 '누나들 중에는 천사가 많다.'라는 주제로 글을 쓰고 싶어진다. 그런데 왜 자꾸 '천사의 브레지어끈'이 떠올라 고개를 설레설레 흔들어야 할까.

아싸.

백상학교 건물에서 함성이 터졌다. 맨 처음 한두 명의 목소리가 점차 커지더니 마침내 유리창 깨지는 야단법석으로 퍼졌다. 앰블런스 하나가 들어왔을 뿐인데 중학생 고등학생 가릴 것 없이 일제히 유리창에 매달린 채 타잔처럼 '와우와우' 소리 지르는 것이다.

'여러분의 피 한 방울이 이웃의 귀중한 생명을 구합니다.'

플래카드와 적십자 마크가 그려진 구급차 문이 열렸다. 곧바로 간호사들의 하얀 가운이 등장하자마자 우중충하던 학교 건물이 갑자기 반짝반짝 광채를 쏟아 낸다. 그래서일까. 강당 앞으로 집합하는

속도가 예전보다 갑절은 빠르고 가볍다.

엇.

낯익은 얼굴을 발견하고 재빨리 고개를 숙였다. 우연도 너무 잦다. 백의의 천사 중 작은 키에 다부져 보이는 얼굴은 분명히 어젯밤 수간호사인 것이다. 당황한 강철이가 멈칫 얼굴을 돌리며 두근두근 가슴을 감싸는데,

"누나, 얘 알죠?"

아침에 잠깐 만난 돈희에게 어제의 헌혈 상황을 얘기한 게 실수다.

강철이가 돈희의 입을 재빨리 틀어막았지만 이미 엎질러진 물이다. 전교생 모두의 눈빛이 쬐끄만 중학생인 강철이 한 사람한테로 집중된다. 어리둥절하던 간호사가 어젯밤의 강철이를 알아보고 금세 얼굴이 환하게 펴졌다.

"저 학생이."

일제히 쏠린 눈길을 감당하느라 강철이의 목덜미까지 벌겋게 달아오른다. 떨린다. 수간호사가 참깨폭탄님께 뭐라고 조근조근 전달하는 내용이 귓전에 생생하게 들리는 것 같기 때문이다.

'통금 직전 병원까지 택시를 타고 와서 헌혈을 해 줘서 의료 사고로 죽기 직전의 생명을 구했어요. 훌륭한 학생이죠. 체격이 작다고 만류해도 자신의 피로 위태로운 생명을 구하고 싶다며.'

그런 민망 사태의 문장들이 영화 대사처럼 쟁쟁하게 들리는 것이다. 그랬다. 수간호사의 순수한 눈빛이 흐느적흐느적 날아가서 고스란히 참깨폭탄님의 가슴으로 파고드는데,

'이놈은 그렇게 착한 혈통이 아닌데.'

애매한 표정으로 주근깨 무더기를 꼼지락거리는 중이다. 하지만 정작 먼저 헌혈을 자청했던 학준이에 대해서는 끝까지 얘기가 나오지 않았는데.

덕 의 상

2학년 성강철

상기 학생은

평소 이웃과 나라를 사랑하는 마음이 투철하고

국민교육헌장 강령에 충실하므로

표창을 통하여 타의 모범으로 삼고자 합니다.

1970년 12월 16일

백상중학교장 박운상

보름 뒤 월요일 조회.

덕의상(德義賞) 표창이다. '지의상' '덕의상' '체의상' 중 강철이에게는 '덕의상'이 가장 합당하다는 것이다. 박박머리 위로 겨울 햇살들이 수직으로 쏟아졌다. 교장님 하사품인 영어사전을 부상으로 받으면서도 전혀 기쁘지 않았다. '살다 보니 황당한 사건도 다 있네.' 하며 연신 얼굴에 붙은 거미줄을 떼어 냈을 뿐이다.

천배네
비탈길

서울특별시 화려한 빌딩 숲 뒤편.

어디서건 판잣집들이 게딱지처럼 덕지덕지 붙어 있었다. 청계천
이건 천호동이건 대방동, 노량진, 영등포건 휘황찬란한 도심지 뒤편
으로 몇 발자국만 들어가면 덕지덕지 늘어선 판자촌들이 톱밥처럼
쏟아지는 햇살을 받고 있었다. 전깃줄과 판자때기 담 따라 널린 빨
래더미, 연탄재와 악다구니 소리, 아침마다 공중변소에 줄지어 늘어
선 채 엉덩이를 틀어막는 군상들의 우울한 그림자들, 시궁창 비누 거
품으로 피어나는 노랗고 빨간 꽃들의 혼재였다.

툭 하면 싸움이 일어났다.

늙은이들이 낮술 뒤끝 장기판을 엎고 멱살잡이로 늘어지면 아들,
손자, 며느리가 한꺼번에 달려들어 바락바락 뜯어말리기도 했다. 그
렇다고 무조건 우울하기만 한 것은 아니다. 가끔씩 둥근 밥상에 둘
러앉아 흩어졌던 욕설들을 재빨리 덮고 오순도순 수제비를 나눠 먹
기도 했다. 젊은이들의 기타 소리와 레코드의 경쾌한 음악이 판자때
기 틈새로 흘러나왔고 깔깔대는 웃음소리가 골목골목 틈새를 채워
주기도 했다. 아이들이 날린 비눗방울이 오색 빛깔을 터치면 쭈그렁
노파들이 흐뭇하게 바라보기도 했다.

중학생이 되면서 국민학교 때의 사열종대 집합 대열이 사열횡대

로 바뀌었다. 동시에 '앞으로 나란히'가 중학교에 입문하면서 '우로 나란히'로 바뀐 것이다. 하지만 참깨폭탄님은 가끔 생뚱맞게 '앞으로 나란히'를 시켜서 사춘기 중학생들의 실소를 자아내곤 했다.

천배는 한쪽 팔이 반 뼘쯤 짧았다. 어렸을 때 팔뚝이 소아마비에 걸렸는데 커 가면서 두 팔의 간격이 조금씩 벌어진다고 했다. 그래서 '앞으로 나란히' 할 때마다 왼팔을 재빨리 구부려 두 팔의 길이를 맞추곤 했다.

지난 봄 체육 시간.

천배가 소매 끝을 잡아당겼다.

"시계 하루만 빌려 줘."

태엽 장치가 빠져나간 고물이라서 현재의 시간만 맞을 뿐 한 번만 고장이 나면 시계포에 정식으로 맡기지 않는 한 쓸모없는 시계였다.

"아버지 돌아오는 시간에 물건을 받아야 해."

문제는 천배가 시계를 빌려 간 다음날부터 당장 학교에 나오지 않았다는 점이다. 그래서 출석부에 기세에 이어 천배의 이름자에까지 빨간 줄이 그어진 것이다. 출석부 맨 앞줄부터 두 개씩이나 이빨 빠진 틈새처럼 비어 있는 중이다.

'얘가 학교에 나오지 않으면.'

천배에 대한 걱정보다는 먼저 시계를 찾아야 한다는 생각이 앞섰다. 그때까지는.

보름 후.

천배를 찾아가기로 마음먹었다. 버스를 갈아타야 하므로 왕복 곱하기 두 번이면 차비만 해도 이십 원이 들지만 그렇다고 무작정 기다릴 수도 없는 것이다. 시계포에 팔게 되면 기껏 백 원짜리 중고품이지만 막상 새로 사려고 하면 오백 원 이상의 돈이 든다.

순전히 주소만으로 찾긴 찾았다. 천배네 산꼭대기 달동네는 문패와 번지수가 빠진 판잣집 투성이라서 더 애를 먹었지만 천배네 집은 다행히 문패가 있었다. 판잣집 사이 시궁창 맨땅으로 망초꽃과 사루비아가 새빨간 꽃망울을 터뜨리는 그 자리다. 거의 포기한 채 돌아서려는 순간 꺾어지는 골목 첫 번째 집에서 천배네 주소가 눈에 들어온 것이다.

"……천배야."

판자때기 문짝 사이로 보이는 건 소꿉장난처럼 초라한 세간살이다. 공동 수도에서 길어 온 물을 보관하는 드럼통 두 개가 세워져 있었고 그 옆으로 철근더미와 나무상자 쌓아 놓은 묶음 몇 개 보인다.

컹커컹.

판자때기 틈새를 훔쳐보는 까치발 사이로 갑자기 개 짖는 소리가 들렸다. 무섭지는 않았다. 누렁이 한 마리가 앞발을 번쩍 든 채 짖어대는데 사슬에 걸린 목 부위의 흰털이 듬성듬성 빠진 게 왠지 안쓰러운 느낌을 준다. 아닌 게 아니라 개 짖는 소리도 가래가 그렁그렁 끓는 것 같다. 그때 새까만 얼굴 하나가 문을 빠끔 열었다.

'월남 삼촌이구나.'

　천배가 틈만 나면 자랑하던 파월 장병의 실체가 눈앞에 나타난 것이다. 기실 툇마루 못에 걸린 헐렁한 군복 바지를 보는 순간부터 환상이 흔들리기 시작했었다.

　'삼촌만 돌아오면 애들이 바나나 얻어먹으려고 각다귀 떼처럼 덤벼들 걸.'

　하도 자랑하는 바람에 강철이까지 '한번 얻어먹어 볼까.' 하며 바나나 상상에 빠지기도 했다. 수풀이나 밀림뿐만 아니라 도심지 가

로수까지 바나나가 주렁주렁 매달렸다는 베트남 풍경을 상상하면
서 가슴이 설레기도 했다. 마침내 그 실체를 직접 대하게 되었는데,

"니는 천배랑 키가 고부고부구나."

까무잡잡한 피부는 열대 지방 땡볕 탓이라 치더라도 기미 투성이
의 깡마른 얼굴이 도저히 용맹스런 태극전사의 이미지와 연결되지
않는 것이다.

자유의 십자군 깃발을 높이 들고
백마가 가는 길엔 승리가 있다
달려간다 백마는 월남 땅으로
이기고 돌아오라 대한의 용사들

문득 오일장 서던 날 갯마을 면사무소 천막극장에서 본 〈월남 전
선〉이란 홍보 영화가 떠올랐다. 면사무소 공터에 가설 극장이 설
치되면서 며칠 전부터 아이들 가슴을 두근거리게 만들던 총천연색
시네마스코프다. 특히 '월남 전선'은 홍보용 무료 영화였으므로 어른
들까지 갯마을 오솔길에서부터 밤이슬 헤치고 푸석푸석 몰려들었다.

'바바방바바방'

밀림 속의 전쟁 풍경도 실망스러웠다.

주로 백마부대 용사들이 일방적으로 정글을 향해 화염 방사기를
발사하는 장면만 나왔다. 게다가 베트콩 몰골도 '지옥의 사자'가 아
니라 '정글의 지친 전사'의 표정일 뿐이었다. 매서운 눈초리가 보이

긴 했으나 대부분 왜소하고 깡말라서 오히려 완전 무장한 '자유의 십자군'들의 마구잡이식 정글 소탕 발사 장면이 가슴을 아프게 했다. 그런데 가난한 나라 베트콩들의 심장이 얼마나 모질기에 세계 최강의 미국과 싸울 수 있을까?

"만홧가게에 있을 걸."

월남 삼촌은 몇 마디 말을 붙이더니 진흙 바닥에 신발을 질질 끌며 사라졌다.

상가 건널목 동서극장 앞에서 천배를 만났다.

또 '만화방에서 시간을 때워야 하나.' 하며 기웃기웃 계단을 내려오는데 낯익은 고슴도치 머리 하나가 포장마차 앞에서 서성이는 것이다. 웃자란 머리카락 탓일까. 반바지 차림의 천배는 꺼벙해 보이긴 했지만 왠지 학생 태를 벗어나는 느낌이었다. 일단 반가웠다. 마주치는 순간 윗주머니 만년필이 반짝반짝 빛나서 얼핏 웃음이 푸짐하다는 생각을 하는데,

"오늘 처음 휴가를 나온 거야. 평화 시장 미싱밥 먹는 시다 생활이 하나도 부끄럽지 않다."

포장집에는 기름에 살짝 데친 알감자나 꽈배기, 도나스 같은 먹거리 몇 가지가 무더기무더기 정돈되어 있다. 분화구처럼 텅 빈 포장집 아저씨 속알머리가 전구다마 흔들릴 때마다 반질반질 번진다.

감자튀김은 오 원에 세 개다.

버스표 한 장을 주면 맨질맨질한 튀김감자 세 알을 준다. 갯마을

에서는 감자를 그냥 쪄 먹거나 사카린 탄 물에 섞어서 단맛을 내기도 했는데, 서울 좌판에서는 기름에 살짝 튀긴 감자를 소금에 찍어 먹는다. 사카린 맛보다는 소금 찍어 먹는 감자가 조금은 세련되게 보인다. 천배가 감자튀김을 젓가락으로 자꾸만 짐벙거려서 속알머리님이 짜증내기 일보 직전이었다.

"우리 집은 언덕 너머 저쪽이야."

태양이 농구공처럼 불쑥 솟아나왔다.

언덕배기 판잣집 사이로 아카시아 파릇한 녹음을 쏟아 내는 중인데 마침내 속알머리님이 참다 참다가 냅다 소리를 질렀다. 팔을 뻗친 천배의 겨드랑이 윗주머니로 만년필 덮개가 반짝반짝 빛을 토하다가 멈칫 멈춘다.

"살 거야. 말 거야?"

아카시아 씨앗들이 산비탈 좁은 공간마다 바리케이드 치듯 닥치는 대로 뿌리를 내리는 중이었다. 그랬다. 해방 직후인가, 6.25 때쯤 들어왔다는 아카시아가 여기저기 바리케이드 치듯 가시나무 무더기를 이루는 것이다.

"살아야지요. 열심히 미싱 돌리며."

문득 천배에게서 예전과 다른 위압감을 느낀다. 학교를 그만둔 지 두 달 남짓, 그 사이에 어깨도 조금 더 벌어진 것 같았다. 그렇구나. 강철이와 다른 밑바닥 세계에 몸을 던지면서 성장하는 것이다. 판자촌 골목길을 ㄹ자로 한참 꼬불꼬불 돌아가는 꼭대기집을 가리킨다.

"우리 집 가는 길인데 공사판 주인한테 다 빼앗겼다. 저쪽으로 돌아가야 돼."

원래는 오솔길을 가로지르는 지름길이 있었지만 공사판 때문에 막혀서 골목골목 돌아가야 한다는 얘기다. 그 오솔길은 꼬불꼬불 굽었는데 밤에는 아카시아 잔가지에 얼굴을 긁히기도 했다. 정확히 말하면 절반은 공사판이고 나머지 절반은 여전히 오솔길인데 그쪽으로 가로지르면 7분가량 단축된다고 했다.

달동네 통행로였던 그 길이 막힌 것은 화장품 공장이 들어서면서부터다.

먼저 불도저가 등장하면서 언덕이 시뻘겋게 파헤쳐졌다. 소나무, 미루나무, 아카시아 나무가 포크레인 굉음을 일으키며 쓰러졌다. 처음에는 뻣뻣하게 버티려던 덩치 큰 나무들도 포크레인의 쇳덩어리 손바닥에 싸대기 맞으며 결국 뿌리째 뽑혀 나갔다. 언덕길이 파죽지세로 파헤쳐지고 아사리 공사판이 된 것이다. 어느 날, 예전의 지름길인 오솔길 진입을 위해 공사판 진흙탕 길을 살금살금 걷는데 인부들이 소리를 질렀단다.

"왜 남의 땅으로 가나?"

날아온 돌이 박힌 돌을 빼낸 것이다. 원주민들이 조마조마 도둑 통행을 하다가 거꾸로 봉변을 당하기도 했다.

"이리 다니지 말라구. 조또야."

토박이들이 즈이 동네 지름길에서 팔매질로 쫓겨날 때면 동네 개들도 안쓰러워 짖지 못했다. 천배가 아카시아 이파리를 하나씩 떼어 내며,

"…… 학교는 이제 내 팔자가 아닌가 보다."

담임님은 등록금 못 낸 아이들을 교탁으로 불러 내어 출석부 모서리로 머리를 콕콕 찍은 다음 당장 가져오라며 집으로 돌려보냈다. 버스에서 내려 걷는 시간까지 합치면 80분 이상 걸리니 왕복 세 시간 남짓한 거리를 돌려보낸 것이다.

"패고 싶으면 아버지를 패야지. 왜 나를."

그냥 종로 바닥 뒷골목을 배회하다가 학교를 빠지기 시작했단다. 일단 무단결석의 물꼬가 터지면서 불량과자처럼 여기저기 기웃대다가 나중에 동대문 시장까지 진출했다는 얘기를 하다가,

"가자. 개 잡는 날이야."

무심결에 끌려갔을 뿐이다.

메리,
이리 온

진돗개와 토종개의 잡종이라지만 기실 족보 없는 똥개류에 속한다.

천배네 판잣집에서 구 년째 살아온 메리는 식구처럼 지내면서 달동네 쓰레기통도 뒤적거리며 먹을거리도 스스로 잘 해결했었다. 골목길 흘린 음식으로 배를 채웠고 밤이면 마루 아래 가마니때기 위에서 고즈넉이 눈을 붙였다가 인기척이 스치면 그릉그릉 문지기 직분

을 다하며 거딜 난 살림도 지켜 줬는데.

그즈음 가분수님이 '메리를 잡아먹어야겠다.'를 입에 달고 다니기 시작했단다. 몸놀림도 급격히 둔해졌지만 새끼 생산이 끊어진게 결정적 이유다.

"괴기가 더 질겨지기 전에."

저절로 늙어 죽기 전에 잡아먹어야 한다는 판단을 내린 것이다. 그러거나 말거나 툇마루에 엎드려 있던 메리가 어기적어기적 들어오더니 천배의 허벅지를 다정스럽게 핥아 주었는데.

포장마차를 청산한 난쟁이 가분수님119센티, 35킬로은 재개발 지구 복덕방 노름판에 본격적으로 끼어들기 시작했다. 막걸리 심부름 값과 고리 뜯은 동전이 모아질 때마다 엉거주춤 화투판에 끼어들더니 점차 노름 횟수가 늘어난 것이다. 그리고 돈을 날리는 액수가 불어나기 시작했다. 홀라당 깝데기 벗겨도 나올 게 없자 노름 선수들은 마침내 메리를 들먹였다.

처음에는 망상 대던 가분수님이 마침내 노름 빚 이만 원 대신 구년째 살붙이로 지켜 온 메리를 잡아 '개괴기 잔치'를 하기로 했단다. 노름빚 이만 원을 까부수고 웃돈도 오천 원 더 얹어 준다고 꼬득인건 시장통 대머리님이다. 천배는 즈이 집 식구처럼 살아온 정붙이의 최후 장면을 구경하자고 냉랭하게 말하는 것이다. 강철이는,

'식구처럼 살아온 개를 어떻게?'

입술 안에서 헛바닥만 뱅뱅 돌리며 엉거주춤 뒤를 따른다. 오히

려 천배가 먼저,

"불상(佛相)은 절에 있어."

쌍둥 자른 것이다.

뒤통수 땡기는 느낌으로 몸을 돌렸을 때 가분수님이 다가오는 중
이다. 특히 아랫도리가 짧아서 그림자까지 오종종하다. 푸줏간 눈빛
으로 벌겋게 쳐다보는 게 '폭풍 전야의 고요'를 예고하는데.

"아버지다."

강철이가 허리를 90도로 굽히며 인사했지만 가분수님은 눈길조
차 주지 않고 늙은 개의 목줄만 바싹 당길 뿐이다. 치렁치렁 늘어졌
던 줄이 팽팽하게 당겨지면서 강철이의 얼굴이 굳어지기 시작했다.

언덕배기 꼭대기에 분화구처럼 패인 쓰레기장은 운동장 반 개쯤
넓이다. 그 속으로 날마다 열 대 이상의 트럭들이 쓰레기를 쏟아 놓
고 간다고 했다. 바리게이트 아래는 지옥이다. 사람 키 다섯 길 정도
의 구덩이로 온갖 잡동사니 쓰레기와 똥 무더기 사이로 쇠파리가 윙
윙 날개를 치고 있었다. 바로 그 바리게이트 옆길로 메리가 강중강
중 따라오는데,

따딱.

가분수님이 짧은 뒷발로 메리의 몸통을 그대로 걷어찬 것이다.

딱 한 방이었다. 바리게이트 사이로 뚝 떨어진 짐승의 몸뚱이가
목줄에 대롱대롱 매달린 채 캑캑거린다. 가분수님은 잠깐 아래를 내
려 보다가 줄을 팽팽히 당겨 조이면서,

"쪼깨 미안허구먼."

그뿐이었다.

순간 메리의 눈빛이 강철이와 마주치면서 간담이 서늘해진다.

짐승은 손가락이 없다.

메리는 앞다리 관절만 바리게이트에 절반쯤 걸쳐진 채 올라오려
고 발버둥친다. 가분수님이 몽둥이로 앞발을 찍어 대자 다시 메리의
몸뚱이가 쓰레기장 난간에 철푸덩 걸쳐진다. 가분수님 팔뚝에 시퍼
런 힘줄이 뻗치면서 개줄이 아까보다 더 팽팽해졌다. 목줄이 죄어지
는 만큼 메리의 비명소리가 잦아지는 중이다. 그러거나 말거나 가
분수님은 도르레 돌리듯 밧줄만 줄였다 줄였다를 반복하면서 메리
의 몸이 풀자루처럼 완전히 늘어질 때까지 숨통을 조이는 중이다.

"깨애ー."

신음 소리가 잦아지자 가분수님은 그제야 두레박 걷어 올리듯 목
줄을 잡아당긴다. 강철이의 바로 코앞에서 멀쩡했던 메리의 뱃가죽
이 깔딱깔딱 숨을 들먹이는 것이다. 다시 몽둥이가 쏟아지면서 망초
꽃 하얀 꽃망울 더미로 핏자국이 번진다.

"이래야 괴기가 연해지는 뱁."

퍼버럭 뽀가각.

갈빗대 부러지는 소리로 소설의 한 장면이 홀러덩 겹쳐진다.

연산군의 어전 앞이었던가.

대리석 꼭대기에 검은 수염의 젊은 폭군이 버티고 있고 그 아래

로 흰 수염의 좌우 대신들과 궁중의 여인들이 사시나무처럼 떨면서 쪼르르 나래비 선 풍경이다. 폭군이 용상 아래로 푸르락푸르락 걸음을 옮길 때마다 칼바람이 쌩쌩 몰아친다. 왕이 파뿌리 상투를 추켜올리며 경멸 어린 눈빛을 던지면 늙은 대신들은 묵묵부답으로 운명을 받아들이는 중이다.

"집어 처넣어라."

어명은 거침이 없다. 늙은 몸으로 순식간에 자루가 뒤집어 씌워진다. 꿈틀거리는 푸대자루 상투 위로 오뉴월 땡볕이 쩡쩡 쏟아진다. 잠시 후 대신의 열다섯 살 아들이 끌려와 와들와들 떠는 장면으로 바뀐다. 왕이 푸대자루를 가리킨다.

'쳐라.'

거역하면 죽는다. 아들은 푸대자루 속의 장본인이 즈이 아버지임은 아직은 모른 채 다만 살생 행위 자체만으로도 두려움에 떨면서 몽둥이를 휘두를 뿐이다.

빠바팍.

푸대자루가 움직일 때마다 '끄으끅' 신음 소리가 터진다. 그러나 자루 속의 장본인이 아버지인 줄 알았더라도 역적 아들의 몽둥이질은 멈추지 못했을 것이다.

매달린 짐승의 몸이 서서히 쇠어 가는 중이다.

밧줄이 쌍둥 끊어지게 되면 큰일이다.

자칫 바리게이트를 넘어 저 부글부글 끓는 똥무더기 아랫녘까지 내려가서 고깃덩이를 건져야 할 판이므로 그 와중에도 짐승을 다루는 손길이 아주 지극 정성이다. 아카시아 공터에선 벌써 구경꾼 몇몇이 달라붙어 반드럼통 아래에 장작개비를 쑤셔넣고 불을 지피는 중이다. 먼저 온몸의 터래기를 싸그리 태운 다음 부엌칼로 배를 갈라 내장을 바른다고 했다. 불길이 반드럼통을 집어삼킬 듯 타오르자 화투판을 멈춘 노름꾼까지 기름기 냄새 맡으러 우르르 몰려든다. 송홧가루 알갱이들이 연기 사이로 노랗고 파란 빛을 토해 내는데.

가마솥에 넣기 직전 멍석 위에 눕히는 순간이다.

죽은 듯 늘어졌던 짐승의 몸이 뿌지직 장작 뽀개지는 소리와 함께 몸을 일으킨다. 그러더니 비틀비틀 가마니때기를 넘어 도망치는 것이다.

"에렙쇼, 괴깃덩어리가 살아 있다. 이."

메리는 불에 그슬린 배를 바닥에 붙인 채 죽을 힘을 다해 무르팍에 힘을 주며 노름꾼들 가랑이 사이로 머리를 빼고 나간다. 사람들이 당황하는데 가분수님 혼자 저만치서 바닥을 뭉개는 메리를 냉정하게 지켜보더니,

"메리."

다정하게 부르는 것이다. 아카시아 수풀로 몸을 감추던 메리가 주인의 목소리를 듣고 반사적으로 우뚝 서서 몸을 돌린다. 매캐한 연기 사이로 짐승의 눈시울이 축축하게 드러났다. 그늘 탓일까. 눈망울이 식물성 빛깔로 바뀐다. 가분수님은 얼굴 표정을 애써 바꾸며,

"메리, 이리 온."

　살살 녹는 눈빛으로
손바닥을 내밀자 쭈뼛
대던 메리의 눈동자도
체념하기 시작한다. 그
렇게 반달형 입술을 따라
주춤주춤 자갈 바닥을 긁
는데 노름꾼들은 웃음을 참
아 내느라 볼따구부터 실룩실
룩 달아오른다. 그러거나 말거
나 메리는 주인의 마지막 명령을
받들기 위해 바기작바기작 다가오는
것이다.

　'안 돼.'

　그 소리가 목구멍에 탁 걸려 터지지
못했다.

　가분수님은 팔뚝의 핏줄도 숨긴 채 침착
하게 바라보는 중이다. 그리고 먹잇감이
사정거리에 다가오자 몽둥이로 정수리
를 겨누어 그대로 내리친다.

　딱.

　몽둥이를 맞은 햇볕이 도막도막
끊겨 버렸다.

"90년대 같으면 전기톱 한 방으로 드르르륵 모가지를 잘랐을 텐데."

"그런 까마득한 시절이 오긴 하겠나. 히히힛."

노름꾼들이 가분수님의 머리를 함부로 쓰다듬다가 키득키득 숫돌에 칼을 간다. 이상하다. 웃음 짓는 가분수님의 눈가에서 물기가 말갛게 번진다.

"괴기다."

솥단지를 걸친 벽돌 사이로 송판때기 불길을 토할 때마다 고깃덩이도 시뻘겋게 소용돌이친다. 이상하다. 솥단지 옆으로 아들을 잡아당기는 가분수님의 눈빛에서 문득 아버지의 진한 부성애가 쏟아지는 것이다. 가슴이 싸—하다.

늦봄.

먹구름이 하늘을 막는가 싶더니 금세 우중충해진다. 폭염 속에서도 비가 쏟아지면 갑자기 기온이 뚝 떨어지기도 한다. 강철이는 학준이에게 했던 문장을 똑같이 토해 낸다.

"느이 집에서 자자."

그래서 강철이네 자취방보다 더 버석거리는 천배의 판잣집에서 하룻밤을 붙이게 된 것이다. 칼잠으로 누워도 빠듯한 공간이라 두 놈의 맨살이 찰싹 붙을 수밖에 없다.

후엉후엉.

산꼭대기 어디쯤에서 부엉이 소리가 바닥에 깔린다. 월남 전사인 천배네 삼촌은 고주망태가 되어 돌아오지 않는다고 했다.

천배는 콩쥐

모두들 성한 사람 저이끼리만
쌀을 달라 자유를 달라는
아우성 소리 바다 소리
아 바다 소리와 함께 부서지고 싶어라
죽고 싶어라 죽고 싶어라
문둥이는 서서 울고 데모는 가고
　– 한하운 '데모' 에서 –

"불을 켜지 마. 이대로."

어두울수록 목소리가 또렷해진다. 천배가 몸을 붙이려 다가올 때 순간적으로 몸을 사려서 미안하다는 생각이 얼핏 들었다. 학준이 때도 그렇듯 친구끼리도 껴안지 못하는 강철이의 특이 체질이 바뀌지 않는다.

'느이 엄마는?'

'집 나간 엄마'에 대한 궁금증을 꺼내지 않기를 잘했다고 생각했다.

새엄마149센티, 49킬로에 대한 고백이다. 여덟 살 때부터 딱 삼 년 간 살았다는 성깔 사나운 여자의 사연이 음습하게 실타래 풀리는 중이다. 밤이 깊을수록 조팝꽃 노란 꽃망울 냄새가 진하게 스며든다.

"'콩쥐 팥쥐'의 고추 달린 콩쥐였어."

새엄마는 바깥에서 돌아오자마자 청소 상태를 확인했다.

옷을 홀라당 벗고 다시 하나씩 걸치면서도 손바닥으로 장판이나 창틀을 싸악싹 문질렀다. 이번에는 그 손바닥을 행주에 슥슥 닦아 본 다음 고개를 바싹 붙인 채 냄새를 맡기도 한다. 그러다가 갈아입던 메리야스로 머리를 후려치기도 했다. 걸레질하던 천배의 허리가 움찔하면서 주전자가 대그르르 엎어진다. 눈이 아프다. 옷소매에 각막을 찔려 아리고 시리다. 참아야 한다. 그러면서 얼핏 여자의 맨살 냄새에 고개를 돌리면 새엄마는 달랑 아랫도리 속옷 하나만 걸친 채 식식대고 있는 것이다.

목이 조이는 느낌으로 다시 몸을 돌린다.

이번에는 석화다.

문지방이 환하게 밝아진 것은 분명히 눈빛 때문이다. 새엄마가 데려온 생일 늦은 동갑내기 석화의 아가위빛 눈동자에 물기가 번지는 중이다. 천배의 키가 석화의 귀밑에 닿을 정도로 작았지만 이복누이는 한 번도 말을 내리지 않았다. 천배 역시 석화와 마주칠 때마다 '숲 속의 요정'을 겹쳐서 떠올렸을 뿐 제대로 말을 나눠 본 적은 없었다. 떨리는 가슴을 울멍울멍 감싼다.

4학년 때.

새엄마가 즈이 딸을 데리고 다시 집을 나갔다.

가분수 아버지와 단둘이 사는 판자촌 생활이 시작되면서 가장 시급한 건 여전히 돈 문제였다. 아무리 리어카를 열심히 끌어도 돈은 자꾸만 겨드랑이 사이로 새어 나갔고 빚은 부황처럼 불어났다. 새엄마가 집을 나간 뒤 가분수님은 아들내미를 국민학교마저 중단시키려 했었다. 평화시장의 미싱 시다로 발을 붙여 일찌감치 밥 먹을 발판을 마련하겠다는 것이다. 천배가 매달렸다.

"국민학교까지만요. 예. 아부지."

중학교는 꿈도 꿀 수 없었고 그저 국민학교 졸업장이라도 있으면 장차 검정고시라도 볼 수 있을 것 같았다. 대신 가분수님은 조건을 빡빡하게 걸었다.

'딱 두 번 갈아타는 왕복 버스 차비만 준다.'

'옷은 얻어 온 것만 입는다.'

무조건 받아들일 수밖에 없었다고 했다.

전농동에 있는 국민학교까지 가려면 서대문에서 버스를 갈아타야 했다. 학생 버스표 오원짜리 넉 장을 사면 두 시간 거리 왕복 차비에서 단 한 푼도 남지 않았다. 어느 날은 버스표 한 장을 잃어버리는 바람에 다섯 시간 반을 걸어오기도 했다. 쌀을 안쳐야 하는데 발바닥 물집 때문에 일어설 수가 없다. 툇마루에 웅크린 채 발바닥을 주무르는데 가분수님은 설거지 안 한 것만 가지고,

'먹을 쌀도 없는데 무슨 공부얏!'

벼락을 터뜨리는 바람에 집을 뛰쳐나오기도 했단다.

광화문 사거리 동아일보사 맞은편 국제극장의 영화 간판에는 문희, 허장강, 이대엽, 하명중이 주연이었다. 가슴에 기댄 이대엽의 젊

은 머리를 쓰다듬는 착한 여자 문희의 가느다란 손길은 필시 천사의 몸일 것이다. 악역 배우 허장강이 가죽 벨트로 얼굴 예쁜 애첩 문희를 짝짝 때려 백옥 같은 속살에 구렁이 자국이 생기더라는 얘기를 들으면서 천배는 온몸을 부르르 떨었었다. 역시 이미자의 주제가였다.

울지도 못합니다 할 말도 못합니다
눈물이 맺힐 때는 당신을 그리면서
덧없는 세월은 한숨 속에 흘러가네

그 새엄마를 중학생이 되어 딱 한 번 만났다.

자투리 계산이 남았는지 어느 날 붕어빵 한 봉지 사들고 판자문을 들어온 것이다. 아, 천배는 실망과 동시에 안타까웠다. 불과 몇 년 사이에 잔주름 골이 깊어지면서 예전보다 신경질 자국이 더욱 덕지덕지 붙은 것이다. 이제 중학생인지라 매 맞을 나이는 지났지만 그보다는 기가 꺾인 새엄마의 행색이 안쓰러웠다.

"근데 어렸을 때 왜 그렇게 절 때리셨나요?"

붕어빵 팥소를 깨물다가 울툭배기 질문이 튀어나왔다.

"화풀이 한 거지."

새엄마의 솔직한 대답이 차라리 마음을 편안하게 했다. '내가 언제 때렸니'가 아니라 솔직하게 훌훌 털어 내는 것이다. 붕어빵을 한 입 물컹 베물다가 전구다마가 어릿어릿 흔들리면서 우울히 잦아지는 새엄마의 그늘을 보았다. 모든 물체가 빛과 어둠으로 구분된다는 사실을 처음 알았다.

　석화는 연장 가방 심부름 도중에 딱 한 번 만났다. 처음에는 몰랐
다. 맞은편, 안경잡이 여학생 네 명이 보폭을 맞추듯 또각또각 거리
를 좁혀 오기에 짐짓 고개를 숙였을 뿐이다.
　'공부 잘하는 애들은 대개 안경을 써.'
　무심히 스쳐가다가 우뚝 걸음을 멈춘 것이다.
　석화다. 세 해 동안 한집에 살면서 말 한마디 제대로 붙여 보지 못
했지만 석화의 얼굴은 여전히 착한 소녀라는 보증 상표를 쏟아 내
고 있었다.
　'바라보지 말아야 한다.'
　어깨에 멘 가방이 싫었고 땡볕에 그을린 시커먼 얼굴이 싫었다.
설레설레 흔드는 순간 연장 가방에서 쇳덩어리 부딪치는 소리가 땡
그랑땡그랑 울린다. 그대로 멍하니 멈춰 서 있는 중에도 차츰 석화
와의 거리가 멀어져 가는 상황을 저울질하는 중이다. 그때 석화가
갸우뚱 고개를 돌리다가 눈을 마주친 것이다.
　아.
　헤어지면 영원히 만나지 못할 것이다.
　'소용돌이 속으로 빨려간다.'는 의미를 처음으로 실감했다. 두 개
의 몸뚱이가 자석처럼 자르르 딸려 간다. 무화과 제과점 문을 여는
순간 화려한 실내 장식이 소년과 소녀의 몸을 푹신 덮어 준다.
　잠들고 싶다.

이대로 꿈결에 취해 영원히 잠들고 싶다는 생각뿐이다. 도너스에 젖은 설탕가루가 아주 천천히 스며든다. 소보르 빵 접시로 손이 움직이지 않는 것은 '이별'이라는 스크린 탓이다. 둘만 남고 이 세상 모든 물상이 사라져 버렸다.

울지 말아야 한다. 열네 살 이복 남매는 삼십 분이 지나도록 아무 말도 꺼내지 못했다. 제과점 손님들이 다음 장면을 기다리다가 석고처럼 굳으려는 것 같아 오싹하기도 했다.

'사랑해서 미안해.'

그렇게 가슴을 열면 석화가 눈물을 펑펑 터뜨릴지도 모른다. 그런데 왜 황홀한 상상을 깨고 자리를 정리하고 싶었을까. 입술도 떼지 못한 채 천배가 먼저 어깨를 늘어뜨리고 신발끈을 매는데 작업 공구 소리가 쟁쟁 울린다.

천사는 좀 더 멀리 떨어져 있어야 하므로 석화만큼은 그대로 움직이지 말아야 한다고 생각했다. 골목길 삼거리에서 쭈뼛거리는데 쿵쿵 발자국 소리가 가까워진다. 뜨거운 손바닥 감촉과 함께 쇠붙이 하나가 쥐어지는 듯 싶더니 후다닥 치마꼬리를 감춘다. 석화다. 그리고 만년필이다.

지금 그 파이로트 만년필 노란 빛이 어두운 방 안에서 반짝거리는 중이다.

"글씨는 술술 써지네…… 학골 짤렸는데. 후히힛."

"……!"

"가방 속에 김치 국물 흘리며 학교에 나가고 싶지만."

"아이 새끼. 걱정 마. 내년에 복학해도 되고 나중에 검정고시도 있고."

거친 소리가 얼떨결에 튀어나왔는데,

"그래, 난 아이 새끼야. 우리 삼촌과 내가 여덟 살 차이거든. 할아버지는 자기네 큰아들과 8년 차이로 아기를 낳은 거야. 삼촌은 할아버지가 낳았으니까 어른 새끼고 난 할아버지의 아들이 낳았으니까 아이 새끼지. 난쟁이 아이 새끼라고 두들겨 패던 삼촌이 베트남 파병 용사야."

펼칠 때마다 첩첩산중이다. 강철이는 비밀을 털어놓듯 말을 꺼낸다.

"신문을 팔았어. 너희들을 위해서."

"상관없어. 이젠."

천배는 '이젠'이란 말에 힘을 준다. 진실은 절박함 속에서 더 색깔이 진하다는 생각이 들었다.

"다시 평화시장으로 간다."

"동대문?"

"아버지가 4학년 때부터 봐 둔 자리인데 몇 년 늦게 출두하는 거야. 미싱밥 먹을 때 동대문에 놀러오면 짜장면이라도 먹으며 얘기를 나눌 수 있겠지. 아, 물론 그땐 돈도 당연히 내가 내고."

이 밤이 새고 나면 천배는 다시 중딩 친구들이 전혀 모르는 세계로 가야 하는 것이다. 어둡다. 헝겊 조각에서 쏟아지는 먼지를 먹으며

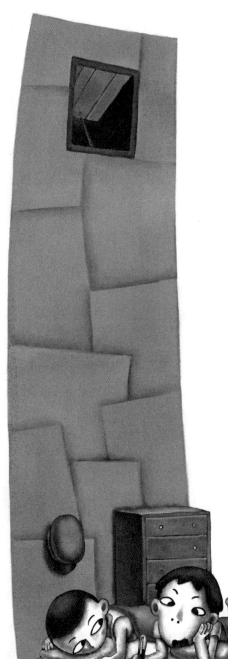

재봉질하는 천배의 모습
이 쓸쓸하게 겹쳐지는데,
　"죽은 사람도 있었대.
내가 동대문 시장에 들어
가기 전이지만."
　"……?"
　"미싱을 돌리던 그 형이
몸에 불을 붙인 거야. 자신
은 차비를 아껴 집에까지
걸어가면서 어린 시다들에
게 풀빵을 사 주던 착한 사
람인데…… 이름을 까먹
었네."
　가장 무겁게 떨어지는
쇠붙이는 아무래도 자물
통일 거라는 생각이 든
다. 깊은 밤이 사위어
가는 탓일까. 어두울
수록 천배의 쇳소
리가 자물통처

럼 심장에 떨어지는 것 같다. 닫혀 있으므로 더 무거운 것이다.

붕대에 싸인 전태일이 침대 위에 누워 있고 어머니와 친구들이 임
종을 지켜보는 자리다. 죽음의 맹세는 숨소리조차 덮어 버린다.
'나 하나가 죽으면 조그만 구멍이 하나 생길 거예요. 노동자와 학생
이 모여 데모하고 소리를 치면, 그 구멍이 조금씩 넓어지면, 노동자
들이 어떻게 해야 할지 자기 권리를 찾을 수 있을지 알게 될 거예
요. 그렇게 하겠다고 약속해 줘요.'
태일이의 어머니는 흐느끼며 맹세한다.
'내 몸이 가루가 되더라도 네가 부탁한 걸 하겠다.'

"그 형이 예수야. 지금 평화시장 시다들에겐."
천배는 이제 의식 있는 미싱 시다로 성장하고 있는 것이다. 그런
데 이상하다. 빗자루처럼 딱딱하던 천배의 몸을 끌어안는 순간 지푸
라기처럼 푸시시 잦아들 것 같다. 그랬다. 미싱 공장에도 예수가 존
재할 수 있는 것이다. 순간 강철이의 머리에,
'아프리카에선 흑인이 예수일까?'
그런 문장이 퍼뜩 떠오르는 것이다.

담벼락 너머 가로등에서 불빛도 쏟아졌다.
오줌을 누기 위해 수채 구멍 앞에서 허리띠를 끄르다가 깜짝 놀랐
다. 쓰레기장 담벼락에 걸린 천배의 그림자가 거인처럼 커다랗게 확

대되었기 때문이다. 그렇다. 적어도 천배는 학준이나 성민우 선배처럼 빛만 있는 그림자가 아니었구나.

삼선 반대 대모를

삼선개헌.

1969년. 박정희 정권 연장을 위해 대통령의 3선이 가능하도록 헌법을 개정한 사건이다. 삼선 개헌은 1968년 '국민복지회 사건'과 함께 공화당 내 반대파인 정치 세력을 제거한 후 1969년 1월 연두 기자회견으로 공론화시켰다. 야당인 신민당 의원 3명을 포섭해 모두 122명의 개헌 정족수를 확보하고 대한반공연맹과 재향군인회 등 50개 단체가 개헌 지지 성명을 발표하였다. 점거 농성 중인 야당 의원들을 피하여 9월 14일 일요일 새벽 2시 국회 제 3별관에서 1200명의 기동 경찰이 국회 주변 통행을 차단한 가운데 날치기 통과되었다. 10월 17일 국민 투표에 부쳐져 총 유권자의 77.1%의 참여 하에 65.1%의 찬성을 얻어 확정되었다.

뉴스에 관심을 기울이기 시작하면서 강철이는 '이게 바로 성장통이구나.' 생각한다.

6학년 때부터 〈재치문답〉이나 〈백만인의 퀴즈〉가 심드렁해지더니 〈남궁동자〉나 〈쥐띠 부인〉 같은 라디오 연속극에 잠깐 귀를 집중하기도 했다. 그러다가 '수출 7억 불 달성'이나 '경제개발 5개년 계획' 같은 대한 뉘우스가 익숙해지더니 점차 백마부대 파월 장병이나 대학생 데모 소식 같은 사회 문제에 귀를 열기 시작한 것이다.

데모는 주로 서울대나 고려대, 연세대 등에서 포문을 열더니 지방 대학까지 스크럼이 퍼져 나갔고 곧바로 서울 시내 고등학교까지 바리게이트를 넘어 물수제비처럼 퍼져 나갔다. 아카시아 사이로 매미소리가 우수수 쏟아지던 6월 하순, 수상한 소문들이 신문지 귀퉁이에 쬐끔씩 고개를 내밀던 즈음이다.

"진짜 데모한다. 데모."

오줌을 누러갔던 덕규가 새빨간 얼굴로 교실 문을 박차는 바람에 아이들도 대번에 사태를 파악하고 가슴을 쓸어내리는 중이다. 중학생들은 아직 교실 바깥에는 나가지 못한 채 술렁술렁 얼굴만 쳐다보면서 폭풍 전야의 긴장감이 쌓여 있다. 숨소리도 나지 않는다.

그때 문이 불쑥 열렸고 아이들이 여전히 입을 다문 상태이다.

공공칠님이다. 문을 열고 씨익 웃어 주는 바람에 굳었던 어깨가 봄날 눈 녹듯 풀리려는 중이었다. 공공칠님이 금지된 말을 툭 던진다. 아주 장난스럽게,

"야, 데모 안 해?"

"안 해욧."

합창이다.

'데모 안 해.'

그 썰렁 유머에 가슴이 뻥 뚫리면서 그렇게 큰 웃음 바다를 만들 줄은 차마 몰랐다. 선생님의 물음에는 '안 해요.'가 정답이지만 그 물음 자체가 통쾌한 것이다. 그때 바로 뒤에 서 있던 감자님이 공공칠님의 어깨를 툭 치더니 '이 양반 뭐하는 소리여.' 하는 표정으로 이맛살을 찌푸린다. 허리를 굽신대며 싹싹 비는 시늉을 하는 공공칠님을 보며 아이들이 다시 자지러지며 배꼽을 잡는데 강철이 혼자 참참하다. 원래 저 정도 '유치 코메디'를 생각했던 게 아닌데, 하는 허망함이다.

"에잇, 나가자."

종대가 뒷문으로 뛰쳐나갔고 나머지 아이들도 그 뒤를 따라 쏜살같이 운동장 쪽으로 치달렸다. 그리고 생전 처음 말로만 듣던 고등학생 선배들의 스크럼을 만난다.

으잇쌰 으잇쌰

별관 고등학교 1학년 선배들까지 어깨동무를 한 채 '으잇쌰 으잇쌰' 함성을 지르며 복도를 뛰쳐나갔다. 새까만 교복들이 우르르 난간을 넘어 운동장으로 뛰어내리더니 빠르게 대오를 갖추기 시작한다.

오히려 선생님들의 태도가 어정쩡했다. 계단 위에 오그르르 모여 제자들의 스크럼을 물끄러미 쳐다보고만 있을 뿐 아무도 제지하지 않았다. 오히려 백상학교 수준이라면 당연히 이 정도 거사를 벌여야 한다는 눈빛으로 미소를 짓고 있었지만 더 이상 움직이지는 않았다.

감자님이건 부끄님이건 심지어 공공칠님까지 모두 팔짱 낀 구경꾼이 되는 게 신문팔이 때 적극적으로 나서던 모습과는 너무 다르다. 강철이 혼자 '창백한 지식인'이란 문장을 떠올리는데 참깨폭탄님은 아까부터 입술을 옹물고 있는 중이다.

단상에 오른 사람은 학생회장 빼빼 선배가 아니었다.

덩치 큰 선배 하나가 상기된 표정으로 단상에 올랐고 그 옆으로 다부진 체격의 교복들이 호위병 대열을 이루고 있는 중이다. 어디선가 본 듯한 얼굴이다.

"제 개인의 명예를 위해서가 결코 아니라 조국을 바로 세우기 위해서 이 자리에 올라왔습니다."

'고등학생이 되면 나라 사랑을 주장할 수 있구나. 유관순 누나처럼.'

강철이는 출렁이는 교복 윗도리 푸른 물결 속에 우우우 빠지고 싶은 설렘으로 두근거린다. 장차 큰일을 해야겠다며 주먹을 쥐어 본다. 문득 스크린에 떠오른 천배와 기세를 설레설레 지워 내면서.

"삼선개헌 반대한다!"

"반대한다! 반대한다! 반대한다!"

그런 도도한 물결의 복판에 합류하고 싶은 것이다. 문득 '죽을 때 죽더라도 저렇게 금지된 언어를 목이 터지게 외쳐 보고 싶다.'는 결의가 서기도 했다. 아무도 이 대열을 막지 못할 줄 알았는데.

그때였다. 한참 동안 운동장을 노려보던 참깨폭탄님이 박달나무

몽둥이를 움켜쥔 채 멧돼지처럼 질주하는 것이다. 계단을 세 칸이나 남겨 놓고 몸을 날려 축구공처럼 운동장에 쿵 떨어지더니 종횡무진 몽둥이를 휘두르는 시늉을 한다. 동시에 스크럼 대열이 좌르르 퍼져 나갔다가 다시 무더기무더기 모여들곤 하는 것이다.

"삼선 반대! 삼선 반대!"

이쪽으로 쫓아가면 이쪽 대열이 우르르 무너지는 대신 반대쪽의 구호가 눌린 풍선처럼 불쑥불쑥 솟아 나오기도 했다. 구경하던 나머지 중학생들도 계단 위에서 주먹을 추켜올리며 '삼선 반대' 구호를 따라 외쳤다. 가끔,

"삼선 찬성. 찬성. 우히히히히."

"색꺄. 똥인지 된장인지 찍어 봐야 구별하냐."

돈희가 손바닥 마이크로 장난 구호를 외치다가 종대에게 발길질 당할 뻔하기도 했다. 그 와중에도 계단의 중학생들이 한 발자국씩 내려오면서 스크럼이 점차 튼튼해지는데.

참깨폭탄님의 몽둥이도 건성에 헛손질이었다.

맨 처음 운동장을 향해 질주할 때처럼 '동에 번쩍 서에 번쩍' 움직이는 게 아니라 그냥 나사 풀린 발동기처럼 느슨해지는 것이다. 눈빛 사이로 어둠의 굴곡이 패이는가 싶더니 몽둥이가 바람 빠진 풍선처럼 스르르르 쪼그라진다. 엉거주춤 몸을 돌리다가 사열대 위 주동자와 눈이 마주친 아주 짧은 순간 운동장 전체가 '철렁' 하며 침묵을 지켰다. 진압대 스승이 사열대 쪽으로 느릿느릿 걸어가면 주

동자 제자가 눈을 마주치며 마이크를 바싹 당기는 풍경이다. 맞장 대결이다.

강철이의 입에서 그동안 잊었던 이름이 순간적으로 툭 튀어나왔다.

성민우다. 강철이와 같은 종씨인 '성씨'다.

성순이 누나를 위해 매부리와 일전을 벌이던 정의의 사도가 '적장과의 담판'을 위해 몸을 세우는 그런 장면이다. 우리들의 영웅 성민우가 제식 훈련 '앞으로 갓' 자세로 뚜벅뚜벅 다가서면 심약한 수비수 참깨폭탄님이 곤혹스럽게 몸을 추스르는 풍경이 장엄하고 안타깝다. 스승이 먼저 입을 열면서 스파크를 끊는다.

"그만 하면 됐다."

"……."

"세상은 무섭다. 너는 진짜 모르겠지만."

"무릎 꿇고 사느니 서서 총을 맞으라는 선생님의 훈화를 따르렵니다."

'저렇게 당당해질 수도 있구나.'

강철이 혼자 '푸른 하늘'과 '붉은 태양'이란 단어만 연신 떠올리는 중이다. 성민우의 표정은 여전히 냉랭하고 담백하다.

"나는 데모를 막을 수밖에 없다…… 머리 잘린 낙지처럼…… 하지만."

저무는 노을 탓이었을까. 두 사람의 그림자가 바닥에 낮게 깔리면서 금세 콘크리트 바닥으로 스며든다. 참깨폭탄님은 몸을 돌리며 엷은 미소로,

"너를 훌륭한 제자로 기억은 하겠다."

분명히 들었다. 그 소리가,

'상상하고 싸우라'는 문장으로 바뀌는 것이다.

나뭇가지 사이로 보이는 푸른 하늘 사이로 기세와 천배 같은 '못 이룬 꿈나무'들이 얼핏 펼쳐졌다가 재빨리 사라졌다. 이제 강철이는 엑스트라들의 이루지 못한 꿈들을 일기장 구석구석에 기록하고 싶은 것이다.

겨드랑이 날개를 뽑아내며 그렇게 시대의 비탈길 중학생으로 성장하는 중이다.

김성동(소설가)

1

한밭을 한허리로 한 충청남도 얼 안에 그 삶 뿌리를 박고 있는 젊은 문학인들 모임에 『삶의 문학』이 있다. 『삶의 문학』이라는 더 없이 마땅하면서도 무서운 테제를 그 깃발로 내건 문학인들과 만나게 된 것은 그러께 가을이었던 것으로 떠올려진다. 이 떠오름은 이 많이 모자라는 중생에게 아주 종요로운 것으로 남아 있으며, 이제도 이어지고 있고 앞으로도 이어지게 될 것으로 믿는다. 삶 따로 문학 따로 마치 따로국밥이라는 것처럼 따로 떨어져서 문학하는 사람들끼리만 따로 모여 노는 땅 불쑥한 누리가 있을 수 없으므로, 문학이 곧 삶이요 삶이 곧 문학이니 삶으로서 문학과 문학으로서 삶이 한 몸뚱이 두 이름이어야 한다는 굳은 믿음을 갖고 있는 중생과 이 젊고 끌끌한 문학 싸울아비들 만남은, 마침내 그렇게 될 수밖에 없는 인연으로 된다.

그때에 이 중생은 무너지고 바스라진 몸과 마음을 가까스로 추슬러가지고 한밭 변두리에 있는 산내 구도리 마을에 엎드려 있었으니, 한국전쟁이 터지던 그해 7월 첫 때 어름 산내면 낭월리 뼈잿골에서 리관술, 송언필 선생이며 민족계관시인이었던 유진오 선생 같은 조국의 별들과 하냥 땅보탬되신 아버지께 영험 없는 장엄염불 공양이나 저쑵고 있었다. 세상에서 말하는 바 '산내 학살사건'을 다룬 장편소설 『풍적(風笛)』을 어떤 계간지에 이어싣기 2회 만에 잘리고 났을 때였다. 그렇게 염불 골짜기와 곡차 수렁에 빠져 허우적거리는데 여남은 문학 싸울아비들이 찾아왔던 것이다. 『삶의 문학』을 하는 '젊은 피'들이었다. 갈가리 찢겨지고 바스라진 시대와 역사를 바로 세우기 위하여 몸뚱이 온새미를 붓 삼아 뚫고 나가는 '진정한 작가'가 되어야 한다는 새삼스러운 마음 다짐으로 시대와 역사처럼 바스라지고 찢겨진 개인을 추스르고 있던 이 중생과 이들 만남은 싱싱한 놀라움이었다. 이들 또한 시대와 역사 생채기를 꿰매기 위하여 붓을 잡았다고 했으며 시퍼런 눈빛으로 이 땅이 놓인 자리를 이야기하였는데, 그들이 하는 말이 가슴 무너져 내리는 이제 여기에 굳건히 발딛은 이들 그것이었음은 그들이 두고 간 『삶의 문학』 5집이 웅변하여 주고 있다. 때로는 설익은 데가 없는 것은 아니었으나 넉넉한 늘품이 담겨져 있었던 것이다. 뒤를 이어 지난해에는 6집이 나왔고, 한마디 올라선 어려운 싸움 자취가 보여 올해 선보일 7집이 기다려지거니와, 골칫거리는 이제부터라는 생각이다.

두루 알다시피 오늘 이 땅에서는 모든 것이 서울 노른자인 '중앙 집중' 시대이다. 정치·경제·사회는 물론이고 그것이 문화에 이를 것 같으면 더구나 그러하다. 사람새끼만 서울로 가야 우러러 모셔지는 것이 아니라 강아지새끼까지 그러하며, 이것은 그대로 시골 사람들 피와 눈물과 한숨과 땀이 고속도로를 타고 올라간다는 말로 된다. 지방자치제가 하루빨리 이루어져야 할 까닭이 참으로 여기에 있으며, 정치에서 지방자치가 이루어지기 위해서는 무엇보다도 먼저 문학에서 지방자치가 이루어져야 할 것이다. 몇몇 토호 권력들 배나 불려 주는 지방자치가 아니라 사람사람이 저마다 주인이 되는 주민자치가 되고, 몇 사람 스타급 문인들 이름이나 빛내 주는 문인자치가 아니라 저마다 정부를 이루는 문학자치가 되어야 함은 물론이고. 8.15 바로 뒤에 진보적 문인들이 모였을 때 그 모임 이름을 '문학동맹'으로 할 것인가 '문학가동맹'으로 할 것인가를 놓고 뜨겁게 싸웠던 까닭이 어디에 있었던가를 곰곰이 따져봐야 할 것이다. 무릇 이 땅 위에서 일어나는 모든 일은 사람이 하는 것이고, 사람이 움직이게 되는 것은 그 사람 마음이며, 그 마음을 갈빗대 밑으로부터 쑤시고 들어가 움직이게 만드는 것은 문화요 문학이 아닌가.

우리가 타는 목마름으로 그리워해 마지않는 나라, 민주화와 나라 민주화를 바탕으로 한 민족통일과, 민족통일을 바탕으로 한 인간해방을 위하여 문학이 해야 될 일이 여기에 있으며 문학인의 힘 또한 여기에 있을 터이다. 이 누리에 살아 움직이는 모든 것들은 풀잎 하

나라도 다 제 뜻대로 움직이고자 하며, 시키는 대로 끌려가게끔 옭
매거나 어떤 커다란 힘에 의하여 그것이 막혔을 때는, 문득 대창이
되어 꼿꼿하게 일어서게 되는 것이다.

본디부터 제 뜻대로 움직이고자 하는 풀잎들 마음을 탑새기주고
억누르고 낫질해대는 자들은 누구이고 그자들 본바탕은 무엇인가
를 짱짱이 밝혀내어, 풀잎 풀잎마다 숨통을 숨통이게끔 해주는 것
이 문학인이 문학인일 수 있는 조건이며 또 의무가 아닌가. 문학인
들이 힘을 내야 할 까닭이 여기에 있는 것이다. 더없이 부드럽고 약
한 듯한 붓 한 자루가 그것을 잡은 사람이 누구냐에 따라서 인간해
방과 계급해방을 위한 훌륭한 잠개가 될 수 있다는 것을 보여 준 것
이 저 러시아 혁명기 때 글지 고리끼이며 에쎄닌일 것이다. 해방 공
간에서 조선 글지 김태준·한설야·리태준·조운이며 림화·리용악
일 것이다.

이른바 중앙문단과 코딱지만한 연줄도 보살핌도 없이 제 줏대 힘
으로 일어나 굳건하게 그날을 세워 가는 『삶의 문학』모인 사람들에
게 세상 사람들이 눈길 주는 까닭이 어디에 있는가. 『삶의 문학』은
한밭을 한허리로 하여 일어났으나 한밭과 충청도를 뛰어넘어 온 나
라로 퍼져 나가야 하며 온 나라에서 감감한 오밤중 등불처럼 일어나
고 있는 문화운동 알과녁이 되어야 한다. 그러한 될 끼 한 끈을 보여
준 것이 이번에 나온 시선집이다.

『삶의 문학』은 스스로 믿는 마음을 가져야 한다. 스스로 믿는 마음에는 자냥스러운 터무니가 있어야 하며, 그 터무니를 다지기 위한 피나는 싸움은 정작으로 이제부터일 것이다. 신새벽 이슬방울처럼 갓 맑은 문화운동 고갱이가 되기를 바라는 『삶의 문학』에 뜨거운 손뼉을 보낸다.

2

26년 일찍 썼던 글이다. '삶의 문학, 문학의 삶'(한남대 신문) 1985년 6월 3일치에 실렸던 것으로, 진서투 낱말이며 개념어와 글투를 그 뒤 이 중생이 매달리게 된 조선 토박이 말과 글투로 바꾸었고 얼마쯤 새로 덧붙여 넣기도 하였지만, 그때에 썼던 글과 크게 다르지 않은 글을 앞머리에 넣는 데는 까닭이 있으니─ 시인·소설가인 강병철한테서 장편소설 원고를 받았기 때문이다. 컴본주의시대에 발맞추어 워드로 찍은 소설 앞머리 빈칸에 돌돌붓으로 적어 넣은 몇 자 글월이 보였다.

"문득 가슴이 싸─해집니다. 스무 살 후반쯤 대전 산내 어디쯤에 김성동이란 소설가가 있다는 소리를 듣고 가슴 설렌 시절이 지척입니다. '삶의 문학' 틈에 끼어 몇 차례 뵈었으나 나중에 선배님께서 쓰신 삶의 문학 후일담 기록에 제 이름은 없더군요."

강병철이 서운해 하는 '삶의 문학 후일담 기록'이라는 것이 아마도 앞글일 듯한데 아무리 짯짯이 보고 또 봐도 삶의 문학 동인들 이름자는 보이지 않으니, 강병철이 눈에 헛거미가 잡히었다는 말인가? 그럼으로 서운해 할 것 없으며, 이제라도 그 이름들을 불러보겠다. 강병철이를 맨 앞에 넣겠다.

"강병철, 김영호, 리은봉, 리은식, 윤중호, 림우기, 리재무, 전인순, 전무용, 리강산, 류도혁, 채진홍 ……."

한 시절 곡차잔 나누며 문학과 인생과 그리고 혁명을 놓고 밤새워 흠뻑 마시었던 그리운 이름들인데, 더구나 뉘우침으로 눈에 밟히는 것이 시인 윤중호이다. 안타까운 나이에 저뉘로 간 동무 윤중호에게 강병철이 보내는 상엿소리 한 자락이다.

독하게 울지 않던 어깨에 수없이 기대었다
헤어지기 위해 모인 이 자리
네가 없는 술과 노래 우리끼리 감당하라는구나
너는 구천에서 걀걀걀 술타령으로 비 뿌리고
나머지는 지렁이처럼 가늘게 젖어 있겠구나
　　　　　　　　　　　　　　　　　－「구천에서 내리는 비」

그러나 병철이. 중호가 간 것이야 물론 가슴 내려앉게 애잡짤하지만, 저뉘로 가버린 것은 중호만이 아닐세. 혁명을 위한 뜨거웠던 마음도 갔고 서늘하게 갈빗대 후비고 들어왔던 사상철학도 갔으며, 무엇보다도 갓 맑게 슬퍼서 뜨거웁던 문학이 갔지. 사람무리가 꿈꾸었던 그 마지막 다다름자리인 소비에트가 뜯어 헤어졌으며 동구권이 무너져 내렸지 않은가. 세계는 이제 북미합중국 사북으로 세계를 먹어 버리는 신제국주의 전략인 이른바 '세계화 이데올로기' 깃발 아래 납죽 엎드리게 되었구먼. 미국의 '주적 1호'가 중국이야. 미국이 세우는 모든 세계 정책이 죄 중국을 겨냥해 대고 있어. 중화제국주의 '충용한 신민'이 되어 버린 4대 소수민족을 부추겨 중국을 찢어발기고자 하는 것이 미국 속셈이야. 제국주의와 제국주의가 세계시장이라는 고깃덩어리를 놓고 겨루는 이른바 '제제전쟁'이 비롯된 것이지. 중국은 혁명 4세대인 후진타오 시대에서 혁명 5세대로 넘어가려 하고 있어. 많은 것이 바뀌어 버렸네. '노동자계급의 선봉대'라는 당 강령을 당장(黨章)에서 빼 버린 지 오래인 중국은 이미 중화인민공화국이 아니야. 노동자·농민 등 무산계급 이익을 대변해 온 '혁명당'에서 착취계급으로 타도 대상이었던 '국민정당'으로 바뀌어 버린 지 오래이지. 이름만 중화인민공화국이지 자본주의국가가 되어 버린 것이고. 러시아 또한 크게 다르지 않아.

눈보라는 무섭게 휘몰아치고/ 끝없는 벌판에/ 보지 못하던 썰매가 달리어 간다/ 낯설은 젊은 사내가 썰매를 타고/ 달리어 간다/ 나의 행복은 어디에 있느냐/ 미칠 것 같은 나의 기쁨은 어디에 있느냐/ 모든 것

은/ 사나운 선풍 밑으로/ 똑같이 미쳐 날뛰는 썰매를 타고 가버리었다'
고 슬피 울던 에쎄닌이 31살에 스스로 목숨을 끊은 다음, 혁명의 조
국 러시아에 볼셰비키는 없어.

새꼽빠지게 세계 정세를 말할 것 없이 대한민국이라는 이름의 나
라꼴을 보자. 멀쩡하게 살아 숨쉬는 가람을 죽은 강이라고 억지소리
하며 '4대강 죽이기 사업'을 밀어붙이는 토건정권 아래 90% 민중들
이 고통스럽게 살아가는 이 절망의 벼랑 끝에서 문학인은 무엇을 할
것인가? 아니, 무엇을 할 수 있다는 말인가? 죄 쫓겨나고 겨우 네 집
만 남은 두물머리 유기농군들이 '4대강 최후 항전기지' 버틸 돈을 장
만하겠다며 찾아 왔기에 팔아서 보태라고 못난 글씨 몇 점 써 주었
는데 얼마나 버틸 수 있을지 모르겠어. '지는 싸움'을 벌이고 있는 농
군들이 마지막으로 장엄하게 깨질 때 그 자리에나마 함께하겠다며
둘러보았던 '마지막 항전기지'에서 바라본 두물머리 가람 물빛은 쪽
빛으로 아름답더군. 이 글이 뒤에 붙은 강병철 장편소설이 책으로
묶여 나올 때쯤이면 아마도 두물머리 가람둑에는 터무니없게도 '자
전거 도로'가 '아스팔트 세멘공구리'로 뒤발되어 있을 것이니, 슬프
다. 문학이란 무엇인가? 애매한 덤터기 씌워 매를 맞게 되면 아프다
고 왜 때리느냐고 말로 하자고 소리라도 지를 수 있어야 하는데, 아
얏 소리도 못하게 하는 오늘이야. '마이크'를 주지 않는 것이지. 그
넘쳐 나는 매체 어디서도 이 중생한테는 '지면'을 주지 않는다는 말
이다. 그래서 더욱 값진 이 지면일세. 더구나 강병철로 말하면 이 중

생과 그 작가 정신을 같이하는 글지이므로 턱 끝을 주억이리라는 생각이니, 관세음보살.

3

『토메이토와 포테이토』를 꿇아매겨볼 재주가 이 중생에게는 없다. 다만 한 가지, 배추 줄기처럼 시퍼렇게 갓 맑은 한 어린 넋이 안개처럼 뿌우옇기만한 저잣거리에서 팔만사천 가지 꼴로 살아가는 하늘 밑에 벌레들과 부딪치며 어떻게 삶과 인생에 눈 떠가는가 하는 활동사진을 보여 주는 소설이라는 것은 알겠다. 주인공 발걸음을 미좇아가며 저마다 인생역정을 되돌아보는 '추억의 정서'에 젖어 들게 되는 것은 그러므로 덤으로 얻게 되는 즐거움이겠고.

투박한 농군 같은 충청도 서산 촌놈 글지 강병철 앞날에 영광 있기를.

박명순(공주대 겸임교수)

1

책 읽는 사람을 동경하던 분위기는 고풍스러운 박물관으로 사라져 버린 지 오래다. 가상과 현실을 오락가락하며 다양한 맛뵈기의 삶을 선택적으로 제공하는 사이버 공간을 배회하다가 텔레비전을 통하여 결산하는 것만으로도 머릿속이 터질 듯 분주한 것이 현대인이다. 또 영상 게임, 드라마, 유행을 뒤좇는 쇼핑 행위 등 자본의 힘으로 굴러가는 중독성 물질들이 빈틈없이 군상들을 휘감고 있어서 소설 읽기의 공간이 좁아지는 것이다.

그런데도 나는 소설 읽기가 세상에서 가장 좋았던 그런 시절이 있었다. "외롭고 막막할 때 무엇을 하느냐?"고 물으면 나는 거침없이 대답했었다. "소설을 읽으면 잠 안 오는 것이 고마우며 막막했던 심정이 열정과 의욕으로 바뀐다." 고. 나에게 그 시절은 다른 무엇과 비교할 수 없는 최우선 순위가 소설 읽기였다.

그 80년대 시국에 무크지 『민중교육』에 『비늘눈』을 썼다는 이유만으로 해직된 필화사건의 작가 강병철을 만났다. 그는 5공화국 해직교사였지만 투사라기보다는 천상 글쟁이었다. 독자로서 소설 읽기보다 작가로서 소설 쓰기를 더 좋아하는 사람. 자신의 작품을 구상하거나 쓰는 일이 아니면 주로 자신의 작품을 곱씹어 읽기를 즐기는 그런 사람이었다. 그렇지만 그는 소설보다는 친구를 더 좋아하는 듯하다. 전화벨이 울리면 금세 달려 나가 술과 자신의 작품을 함께 마시고 안주로 주변 문인들이나 작품들을 맛나게 먹는다.

그는 그렇게 긴 세월 글쓰기 하나에만 매달려 살아왔다. 등산도 운동도 영화도 모두 관심 밖이다. 오직 한 가지에만 평생을 몰입해 온 사람들에게는 남을 의식할 필요가 없는 그만의 세계가 존재하기 마련이다. 열 번째 책을 상재하는 강병철 역시 그러할 것이다. 그의 세계는 몸 따로 마음 따로인 세계가 아니다. 몸의 모든 촉수가 글쓰기만을 위하여 열려 있는 사람. 그리하여 오직 곤충의 더듬이처럼 문장의 흐름에만 민감하게 반응하는 사람이다.

그는 유년기부터 세 개의 주름이 있었다고 한다. 얼굴을 펴면 주름이 사라지지만 사념에 잠길 때마다 다시 골이 지는 것처럼 이 세 개의 촉수는 그의 업이요, 넘어야 하는 문턱이다. 그래서일까, 그는 시, 소설, 산문까지 세 개의 짐을 동시에 짊어진 채 도정을 멈추지 않는다. 안쓰럽지만 때로는 그런 짐들이 그의 작품 세계를 총체적으로 안내하는 친절함으로 받아들여진다. 시를 읽다가 걸리는 문턱이 산문 속으로 넘어가게 되고 소설을 읽으며 걸리는 문턱이 시에서 풀어지기도 한다. 그러면서 궁금하다. 그의 작품을 읽으며 '탁' 걸리는 문턱들을 만나게 되는 순간, 그때 작가는 독자를 향해 어떤 표정으로 마주할까. 아마 쓸쓸하게 웃고 있으리라.

그의 첫 출발은 소설이다. 소설집 『비늘눈』은 해직교사가 된 사연과 그의 초기 작품들을 담았다. 비슷한 시기에 발간한 시집 『유년일기』에는 쫓겨난 교단에 대한 짝사랑을 호소했고 『하이에나는 썩은 고기를 찾는다』에서 그는 왜곡된 사회 현실과 정면 대결하지 못하는 자괴감과 분노를 표출했다. 내적으로 승화하지 못하는 이 분노와 자괴감은 현실에서의 부적응만큼 시어의 생경함을 수반하지만 비정상적인 약육강식의 사회 논리를 비판하는 힘이 되기도 한다. 『꽃이 눈물이다』에서 장년에 접어든 한 사내의 인생 역정은 텃밭에서의 도피가 엿보이기도 하고, 산문집 『쓸뭉선생의 좌충우돌기』에 담긴 교단 생활의 자화상에는 그 자체가 사회 고발이면서 창백한 지식인으로 살아가는 참회가 묻어난다.

2

성장 소설이란 소년기를 거쳐 성인의 세계로 입문하는 인물이 겪는 내면적 갈등과 정신적 성장, 자신을 둘러싸고 있는 세계에 대한 각성의 과정을 담는다. 미성숙한 주인공이 어떤 경험을 통해 자아의식을 각성하는 과정을 묘사하고 있는 것이다. 그래서 보통의 성장소설이라면 갈등과 해결을 둘러싼 특정한 성장의 드라마가 전개된다. 이 과정에서 몇 단계의 시련을 겪는다. 그리고 이 시련을 극복하여 새로운 세계로 진입하게 되는 독특한 서사 구조를 갖는다.

그러나 그의 성장 소설 『닭니』와 『꽃 피는 부지깽이』의 연장선에 있는 『토메이토와 포테이토』의 서사 구조에서 자아를 각성케 하는 갈등 극복과 성장의 돌파구를 찾기가 어렵다. 결정적인 성장의 계기 대신 다양한 통과 의례적 사건이 파노라마식으로 펼쳐질 뿐이다. 추보식으로 열거하면 다음과 같다.

① 고향을 떠나 누나와 서울에서 자취한다.
② '정글의 교실'에서 물리적 충돌을 겪는다.
③ 수학 천재 기세와 특별한 우정을 나누었으나 갑자기 죽음을 맞는다.
④ 불한당의 등장으로 위기에 처하나 죽은 기세가 나타나 구원해 준다.
⑤ 체벌이 관성화된 교육 현실을 해학과 풍자의 시선으로 고발한다.
⑥ 성희롱 교사에게 일침의 저항을 보이기도 한다.
⑦ 가정 형편 때문에 평화시장으로 떠난 천배를 새롭게 인식한다.
⑧ 여자 목욕탕을 엿보다 낙상한다.
⑨ 삼선 반대 데모 사건을 겪으며 세상의 흐름을 성찰하게 된다.

'바흐친의 대화 이론'에 의하면 시의 언어는 단성성을 지니고 소설의 언어는 다성성을 지닌다. 시의 목소리는 신을 닮고 싶어 하는 절대

성과 중심을 지향하는 구심력을 추구한다. 반면 소설의 목소리는 다양성이 상충함으로써 뒤죽박죽 섞인 가치관과 다양한 스펙트럼의 인물들이 서로의 목소리를 드러내는 의사소통 구조가 된다. 이것을 언어의 다성성, 이어성이라고 했다. 그러므로 좋은 소설은 등장인물에서 뿜어 내는 아우라가 과거, 현재, 미래의 시공간을 종횡무진하며 서로 활발한 소통이 가능할 수 있는 세계가 창조되어야 한다고 언급하였다.

『토메이토와 포테이토』는 『비늘눈』, 『엄마의 장롱』, 『꽃 피는 부지깽이』, 『닭니』에 이어 그의 다섯 번째 성장소설집이다. 그는 문체주의자의 성향을 보이며 소시민적 담론을 전면에 내세우는 작가이다. 담론에는 짭조름한 바닷물과 생강 냄새가 섞이기도 하고, 교육현장의 상황이 친구나 가족의 애환으로 펼쳐지기도 한다. 또한 '인간적인 것 가운데 나와 무관한 것은 없다.'는 섬세한 더듬이가 빛을 발한다. 그러면서도 시대의 모순을 풍자와 해학으로 담아낼 줄 안다. 이는 다각도의 등장인물이 저마다 주인공으로서 불쑥불쑥 제자리를 만들어 가며 '인간적인 너무도 인간적인' 사람 냄새를 배어 나오게 한다. 주인공과 엑스트라가 불분명한 대신 인물과 인물의 개성적 대화가 풍성해지는 것이다. 독자들 또한 이들 대화에 엑스트라가 아닌 대등한 참여자가 되어 가는 것이 이 소설이 지닌 마력에서 단연 돋보이는 점이다.

『토메이토와 포테이토』의 등장인물들은 유일하게 기세만이 환상적 인물에 가까울 뿐, 특별히 선하지도 악하지도 않은 장삼이사 소시민적 인물들이다. 선생님들 역시 관성적 체벌과 성희롱을 보여 주지만 이들에 대한 시선도 차갑지만은 않다. 다혈질의 감자님(영어 선생님)이 피아노를 칠 때는 예술적 감성을 지닌 인물로 형상화한다. 이는 교실 모순을 개인 차원이 아닌 65명의 콩나물 수업에서 주입식 교육에 몰입할 수밖에 없는 교육 현실의 열악함에 대한 풍자와 해학의 차원에서 조명하고 있기 때문이다. 이로써 그의 성장 소설은 기존의 사회를 유지해 온 권력적인 담론에 대해 대항 담론의 장으로 기능할 수 있는 가능성이 열리는 것이다.

또 하나는 교사와의 충돌 장면이다. 특히 '선생님의 나쁜 손'에서 "자지를 만지지 마세요."라고 돌출적으로 고함치는 성강철의 용기는 해학적 비장미를 자아낸다. 또한 관성화된 억압 구조 속에서도 웃음을 잃지 않고 희망을 꿈꾸던 60~70년대 청소년들의 모습이 현재의 청소년들과 오버랩 되어 씁쓸함을 배가한다.

60~70년대 청소년들에게 교사는 지금보다 강한 영향력을 행사했다. 그 영향력이 개인에게는 부정과 긍정의 양 날개로 작용했을 것이다. 그럼에도 작품에 등장하는 부정적 인물 위주의 사건 구성은 작가의 교육 현장 고발 의식을 어느 정도 담고 있는 것으로 해석된다. 작금의 교육 현장에서 체벌 금지가 중요한 화두로 떠오르는 시점에서 이러한 고발은 의미심장하다.

주인공 성강철을 성장하게 하는 가장 큰 힘은 친구이다. 특히 그 시대에는 대부분 호구지책 해결에 허덕이는 현실 속에서 부모의 영향력은 크게 작용하지 않았다. 그래서 사춘기 벗들과 함께 막힌 장벽을 뛰어넘는 모습이 껍질을 깨는 생명 탄생의 기쁨과 아픔 속에서 전개된다. 이때 복잡다기한 성장 과정과 진통의 드라마가 생략되는 아쉬움이 보이기도 한다. 이 아쉬움 속에서 기세가 강철을 지켜 주는 환상의 필연성이 부여된다. 기세의 존재는 죽어서까지 성강철에게 성장의 밑거름으로서 자양분이요, 배경이 된다.

기세와 대등하게 중요한 인물로는 천배가 등장한다. 천배는 난쟁이 아버지와 의붓 어머니에게 천덕꾸러기로 키워지다가 평화시장 시다로 가 버린 친구이다. 동시에 성강철에게 있어서 작은 것끼리 서로 등을 기대는 '깨어 있는 이웃'으로 의미가 부여된다. 교실의 약자였던 천배는, "근로기준법을 지키라."고 외치며 분신했던 전태일을 삶의 주체 속으로 이끌어 가는 존재로 성장하여 성강철을 각성시키기도 한다.

3

『토메이토와 포테이토』에서 작가는 키와 몸무게를 집요하게 표기한다. 천배130센티, 33킬로, 울쌍님165센티, 58킬로 식의 표현을 통해 작가가 의도하는 바가 무엇인가? 『토메이토와 포테이토』를 읽는 과정은 이 수수께끼를 푸는 과정이기도 했다. 모든 사람의 키와 몸무게를 수치화하는 작가의 내적 절실함을 이해하려고 노력했음에도 독자는 때로 마음이 불편할 수 있다. 필자는 이 불편함을 '솔직함에 익숙하지 않은 현대인의 정서'와 연관 지어 본다. 키와 몸무게는 본인의 의지와 무관하게 타인에게 공개되는 몸의 외피이다. 운동선수나 연예인 같이 몸이 상품가치인 공인들의 몸은 숫자가 당사자의 존재 의미로 담론화되지만 이 소설에서의 신상 공개는 상황이 다르다. 이렇게 수치화됨으로써 다양한 상상의 가능성이 사라지는 대신 고정된 이미지로 복제되어 존재한다. 사적인 인간이 공적 인간이 되어 버리는 변신의 기술이라고 할까? 또, 이 수치화에는 힘에 대한 선망과 함께, 폭력이 난무하는 사회를 비판 저항하는 의지를 담아내고 싶었을 수도 있다. 수치화함으로써 닫히는 정체성, 그리고 이 한계를 벗어나고자 하는 성강철의 무의식적 몸부림을 집착에 가까운 반복성 표기로써 기호화하려는 의미를 담지하고 있는 것은 아닐까?

『토메이토와 포테이토』는 서른한 개의 소제목으로 이루어진 옴니버스 형식이다. 장면과 장면은 때로는 독립적으로 때로는 겹치면서 단절과 이음을 점철시킨다. 그 연결 방법 중의 하나가 노래이다. 노래를 읽는 재미는 소설에 새로운 의미의 대화와 소통 과정을 부여한다. 시대를 상징하는 풍자와 해학으로서, 내용의 전면에 등장하지 않는 행간의 사연들을 노랫말로 만나게 되는 점은 특이하다. 시공간을 종횡하는 대화의 가능성이 문장의 틈새에서 노래 가사로 반영되는 것이다.

그럼에도 불구하고 작가의 여성에 대한 관점은 한계를 노출한다. 『토메이토와 포테이토』에 등장하는 여성들은 안타깝게도 작가의 구체적 관심과 갈등의 결핍으로 타자로서의 운명을 감수해야 한다. 친누나인 선옥이 누나를 제외한 나머지 여성들은 선망의 대상이나 천사표로서 대상화되어 등장할 뿐 주체로서의 존재감이 부재 또는 빈약하다. 남학교 전교회장 선거에 배경 음악 정도로 등장하는 웃음과 같이 부차적 존재일 뿐이다. 이렇게 여성이 타자화된 성장 소설은 자칫 현실을 왜곡하는 판타지이거나, 미래에 대한 전망 구조를 약하게 하여 인간 성찰의 가능성을 제한할 수도 있다. 이것들이 체험 위주 서사 구조로서의 작은 문제점일 뿐, 강병철의 솔직함의 한계가 아니길 바란다.

4

현대인들, 특히 지식인들은 경쟁 사회에서 살아남기 위해 맨 얼굴을 포장하기에 분주하다. 소외가 일반화되고 특히, 디지털화가 진행되는 어쩔 수 없는 풍토 속에서 작가 강병철의 이미지는 더욱 특별해 보인다. 그는 노력이나 수양과 무관하게 늘 맨 얼굴에, 맨몸인 원초적 냄새를 풍긴다. 그래서 평론가 이은봉은 '작가 강병철로부터 받는 이미지와 작품의 이미지가 너무도 흡사해서 그의 소설은 그 자신의 삶과 세계에 대한 다큐멘터리적 기록'이라고 했다. 비슷한 맥락에서 시인 김열이 '참숯 같은 사람'이라고 했으며 최은숙은 '조연을 위한 섬세한 더듬이', 임지연은, '미니마 메모리아'라고 했다. 특히 도종환의 '서정적 문체에 잠겨 풍요로운 이야기를 단숨에 읽고 나서 새도록 잠을 이루지 못했다'는 문장이 그의 몸에 진하게 겹친다. 강병철을 그린 정영상의 유고시로써 글을 마치는 내 마음은 풍요로우면서도 수수롭다.

아직도 진흙인 사람이 있다

진흙길인 사람이 있다

아직 포장되지 않은 인간이 있다

도시의 길처럼, 시멘트처럼, 아스팔트처럼, 콘크리트처럼

포장되어 버린 이들은 그와 친구 못한다.

진흙은 사람의 본 모습이다.

진흙을 빚어서 사람을 만들었다고 하지 않는가

— 정영상, 「진흙」 중에서

작가의 말

강병철

1

　장마철 급류에서다. 물살에 쏠린 나뭇가지 양쪽으로 수백 마리의
벌레들이 울긋불긋 붙어 있었다. 딱정벌레나 진딧물 자벌레 같은 노
랗고 까만 생물들일 뿐 정확한 기억은 아니다. 순간.
　딱.
　돌부리에 부딪치면서 나뭇가지가 양쪽으로 하나씩 갈라졌다. 강
변으로 쏠린 가장이의 벌레들은 꾸물꾸물 수풀로 기어올라 생명을
이어갔고 강물로 쏠린 가지는 꾸불텅 자맥질 포스로 모두 물속에 빠
져 세상을 마감했다. 돌부리를 사이에 두고 생사가 교차되는 모습을
무심하게 바라보았다. 사는 게 그랬다. 갯마을의 유년기와 특별시
골목길의 사춘기까지 모두 운명이었다.

2

중학교 동창회에 다녀왔다.

39년 만에 만난 올빼미 출신 옛 동지들이다. 지하철 가까운 식당을 열면 매캐한 숯불 연기 사이로 하얀 이빨들이 옥수수처럼 쏟아졌던가. 단절된 필름도 있었고 더러는 예전의 까까머리가 아슴아슴 겹쳐지기도 했다.

세월이 흘렀고, 벗들은 반백의 버스 기사가 되고, 사장이 되고, 돈보기 한의사나 대기업 명퇴 사원이 되거나 일찌감치 하늘나라에서 자리 잡은 벗들도 있었다. 그 수두룩 군상 중의 글 쓰는 사내 하나, 조개처럼 입 다문 것은 소심증 탓이다.

3

수렁이었다.

시국이 그랬지만 사춘기라서 더 특별하기도 했다. 그 콩나물 시루에 갇힌 채 가물게 오래 크려고 숨 죽이던 시절이다. 세상이 만만치 않았다. 차장 누나들은 통행금지까지 만원 버스에서 팥죽이 되었고 또래의 여공들은 공단의 닭장 틀에서 실타래를 뽑았다. 마찬가지였다. 지개 작대기 집어던지고 무작정 상경한 갯마을 성님들 역시 기름밥을 먹으면서 얇은 종이돈을 연신 밑 빠진 독 속에 채우려했다.

토메이토와
포테이토

또 있다. '월남에서 돌아온 새까만 김상사' 얼굴에 덕지덕지 기미 투성이도 그랬고 역전의 용사 예비군 아저씨들이 운동장에서 기합 받는 풍경도 우울했다. 경찰관들은 장발족 청년들의 머리를 닥치는 대로 가위질했고 미니스커트 입은 여자의 허벅지 비늘을 짯짯이 살 피며 치마 길이를 재기도 했다.

사춘기는 판잣집과 리어카 사이에서 햇살 쬐며 보냈다.

산 너머 초록색 아파트가 아득한 나라 풍경처럼 황홀하기도 했다.

'많이 벌면 저런 꿈나라에서 살 수 있을까?'

설레는 가슴 땅 속 깊이 파묻기도 했다. 남대문 시장은 비교적 편 안했다. 물건들의 색깔만 황홀했지 가격대가 낮았고 부딪치는 군상 들의 몰골이 부담이 없었다. 종로에서 서울역쪽으로 걷는 도중에 이 따금 사람 냄새를 맡기 위해 구경 가기도 했다. 어느 날 와우 아파트 가 무너져 버렸고 남대문 시장도 화마에 쓸려 재가 되었던 것 같다. 그때까지 당연히 전태일을 몰랐고.

4

소설은 어차피 허구다. 1970년도 중학생 사진첩을 배경으로 했 지만 등장인물의 진위 논란이나 검증은 의미가 없다. 벗들의 얘기 를 섞었고 옆 테이블 술꾼들의 스냅을 재빨리 문장화시키기도 했다. 이따금 완성판에조차 메스를 대었던 것은 천상 분필장이 결벽성의 한계였으리라.

이제 초로의 문턱이다.

희망과는 달랐지만 이음새를 엮다 보면 세상은 때때로 살얼음판까지 두루뭉술 넘겨주기도 했다. 그러나 고개를 들다가 수시로 놀란다. 소스라치던 꽃들의 잔치가 삽시간에 사라지고 그렇게 진부한 초록으로 덮여 있다니.

2011년 비 내리는 5월
강병철 허허롭게 쓰다.